喬一樵

山城畫蹤

Motoko
Smile

女人不哭不是沒有眼淚
只是還沒遇見讓她容許自己軟弱的男人

作者序

睽違十年，沒想到有機會再爲山城寫序，今年正好是嘗試寫作的第十年。

創作十年，若我仍能靈感不墜的繼續寫作，那是因爲現實生活持續提供素材，寫作讓我在真實人生中始終保持好奇與開放，也幫助消化與反芻經驗，可以說因爲寫作，我變得有耐性，願意給予快樂、悲傷、失落和痛苦多一點時間，等待這些經歷與感受在化成文字時，彰顯出真實的價值與意義，轉化爲讓我繼續前行的能量。

十年前的山城，是不成熟的藝術市場觀察筆記，台灣藝術家首次在國際市場上發光發亮，尤其是前輩藝術家，當時旅居海外的我，滿滿的思鄉之情，因此創出了趙波這個人物。十年更迭，當年叱吒風雲的藝術家已不再引領風騷，藝術舞台的地理位置也已轉移，山城再版，我猶豫著是不是該大幅度的修改，讓裡頭關於藝術市場的側寫更符合現況，這個念頭僅僅一閃而過就被放棄。

山城的重點從來就不是藝術，而是愛珍這個多少有我影子的角色的自我探索，若要說寫完山城以後，於我的生命有何啓發，那就是完成了自省的功課後，鬆了一口氣，終於可以睜開眼睛好好看看客觀世界。後來的書寫，就如同江城的雕塑一般，從未經雕琢的木頭中看出潛力，邊創作邊摸索這塊木頭應該是什麼模樣，寫作對我來說也變得像與世界對話，時而竊竊私語、時而振振有詞、時而瞠目結舌。

從尋找自我到忘記自我，是一個人走向世界的必然旅途，十年了，至今仍然感到很慶幸，能與山城這隻翩翩飛舞的山蝶相遇，讓我這個旅人依然走在道上，繼續旅程。

喬一樵 2021/12/6

獻給父親

我的西之木

楔子　冒著風雪

聖誕節剛過的週末，歐洲遭遇了一場意外的暴風雪，西歐各主要機場航班取消了六成，剩下的四成則無限期延後，數十萬人受困機場，絕望地想在飯店找到一席床位，躲避這場風雪，等候機場重新開啓。

布魯塞爾證券交易所旁的一家五星級飯店裡，鍾愛珍正坐在大廳，惱怒地看著不斷由門口湧入的旅客對櫃檯叫囂爭取空房，似乎坐困愁城的人，除了她之外，還有其他百餘位旅客相伴。她的壞心情卻不會獲得一點安慰，冷眼旁觀這些接近崩潰的旅客，他們捨機場飯店進入市中心，期待在五星級飯店裡尋得一房，若不是太天真，就是太絕望。

而鍾愛珍自己，則是這些人裡最絕望的一位。和其他人不同的是，來到這個飯店在她的計畫之中，而且她還擁有這飯店裡最舒適的一間房間：總統套房。儘管如此，除了要面對揮之不去受困的感覺，還有暴風雨後殘酷的現實等著。

這一切都是因爲，她所等待的人出於和這些旅客相同的理由，而無法搭上預定班機趕來布魯塞爾和她會合。

看著現場爲了求得一房而歇斯底里的旅客，她的心情盪到谷底，爲了這個約會，她花了多少心血，一個晚上四千歐元的房間，雖然目前大廳裡隨便都找得到人願意付更高的價錢擁有她的房間，但她總不能跑去睡街上吧？想到自己竟爲了一個最終落空的約會而使荷包大失血，此刻即使處於富麗堂皇的大廳，坐在舒適的路易十六沙發椅上，手裡握著調得恰到好處的瑪格莉特酒，她還是免不了沮喪，或許，她此生最落魄的處境，是該搭配這荒謬劇般的場景。

「我沒有辦法過去，甜心。」他稍早在電話裡解釋，「機場封閉，明天和後天的航班都不確定，看樣子我們得改約了。」

他的語氣裡甚至沒有一絲遺憾。那當然了，他此刻正坐在紐約上東城舒服的公寓裡，等候一整個團隊的祕書幫他安排一切，這人絕對不會讓自己淪落到在機場櫃檯或在飯店裡，望天祈求班機起飛的下場。鍾愛珍可以肯定，祕書早就有效率地重排他的行程表，不需花太多腦筋就能猜到，取消遠在歐陸的一個行程可以排進多少北美當地的畫商、情婦或畫商兼情婦的約會！

她最大的失策，在於對自己的自信，手上擁有那幅畫的獨家經紀權，讓她認爲自己贏定了，所以在與他交涉的整個過程，她一直擺高姿態，出入五星級飯店，三星餐廳，這些上流社會稀鬆平常的社交場所，這樣的姿態，雖然幫她快速擄獲這個人的注意力，但她所剩不多的存款也以更快速的方式消耗。

這個財務的窘境，都怪俄國佬延遲交款，最後逼得她只求收回一半的畫款，賤價賣出年分和狀況都上好的康丁斯基，在那之後，她的銀行存款急速下降。所有幹這一行的老鳥都會說這是常發生的事，天下沒有穩賺不賠的生意，大多數人以爲是暴利的藝術品市場，風險尤其險峻。

她不是不明白這道理，只是幸運之神一直站在她這邊，在那個俄國佬之前，她從來沒遇上大問題，她認爲只要夠小心，就不會輸，一個亞洲女人要在這個頂尖的藝術圈子裡生存並不容易，因爲意識到這點，她總是付出比別人更多的努力，也比別人更謹慎，她向來信奉的哲學是：沒有辦不了的事，只有成不了事的人。

而她自信自己有膽識和知識，最重要的是，在這些西方人眼裡她還有致命的魅力，只要她下定決心，幾乎沒有辦不成的事。

六個月前，那幅被貼上日耳曼畫派標籤的仕女肖像，靜靜躺在她的電子信箱裡等待被發掘，她一眼就看出那幅畫與眾不同。

仕女端莊嚴肅的表情、澄澈的眼睛，這些線索向她傳達著一個很重要的訊息，腦子裡直覺的聯想讓她不禁心跳加速。她那時抖著手，強裝鎮定聯絡畫主，電話一接通，立即要求急於脫售的城堡主允許她到現場看畫。

聯絡上的時間太晚了，臨時找不到合適的飛機或火車，於是她決定開車上路，從巴黎一路開到瑞士雷夢湖畔的洛桑市，在高速公路上不要命的超速飛馳七個小時，這段時間，她不斷祈禱，千萬別讓其他人搶在前頭，比她早一步證實心裡的懷疑。

抵達時正好天亮，本來應該虛脫的她卻呈現亢奮的狀態，衝勁十足地按下破舊城堡門鈴。

結果竟出乎她意料之外，城堡主人說她是唯一一位回應的畫商，他十年前在倫敦佳士得藝品拍賣公司以一萬一千英鎊買下這幅畫後，隨手放在抽屜裡，根本沒當一回事，不要說修復，連裱框都沒有。現在遇上經濟危機，必須轉賣城堡求現，連同裡面的家具和收藏品一併得清空，換句話說他正在進行跳樓大拍賣。

拂去畫布上的灰塵，親眼看到畫時，深淺土黃色調的畫面，鍾愛珍更加肯定自己的懷疑——這絕不是日耳曼畫派的畫。比起同時期的畫，這幅畫的陰影表現法更渾厚，細細觀察那飽和度、純度，這幅畫來自更早之前的年代。

而那不可錯認的左撇子技法正是讓她激動不已的原因，這正好是她藝術史碩士論文的主題，她不可能搞錯，這幅畫來自文藝復興時期一個善用粉筆和水彩混合、左撇子的大師。

但是佳士得的鑑定難免讓她遲疑，假如這不是手法高明的仿畫，就是佳士得犯下有史以來最大的錯誤。

隱忍著說出猜測的衝動，她建議堡主將畫送到專精美術數位成像的盧米埃科技公司，做進一步鑑定，她另外也寄了更細緻的照片給論文指導教授，現在的羅浮宮館長，懇求他表示意見。

實驗室的報告和證書，五個月後才有結果，漫長的等待之後，她和堡主取得一份厚厚的鑑定報告，以及一張關鍵的證書，在這之前，教授早就回信確認她的懷疑，她這才終於得以說服人：那是幅達文西。

爲了維持生計，達文西常幫貴族家庭成員畫肖像，根據推測，仕女圖有可能被這些家族拿來相親，送給談親事的家庭，藉以判斷藏在深閨中的仕女長相，因此留下一系列米蘭仕女肖像，掛在羅浮宮裡著名的〈La belle ferronière〉正屬於這一系列的代表作。

而這幅畫裡的仕女，和〈La belle ferronière〉裡的仕女神韻有某種共通之處，達文西主張眼睛是靈魂之窗，因此特別注重眼睛的細部表現，這也是鍾愛珍一看到圖片裡仕女晶亮的眼睛時，腦子裡立刻鈴聲大作的主要原因。

洛桑堡主手上的這幅，或許是最珍貴的一幅，因爲畫中的仕女側臉入畫，這在達文西的畫裡是很少見的，也許因此逃過拍賣行專家的法眼，被鑑定爲十九世紀日耳曼畫派某不知名畫家的作品。

證明那是幅達文西當然是個了不起的發現，但回歸現實面，城堡主人自然不會放過這個機會，笨到要求之前的價錢。據他的說法，爲了報答鍾愛珍，他願意給她獨家經紀權一個月，僅僅一個月，另外還要求六千萬歐元爲這幅畫的最後底價。

此刻坐在飯店裡，回想過去六個月來的經過，她不禁再一次感到後悔。抵達洛桑那天，堡主只要求十萬歐元，區區十萬歐元，可恥的是，受到俄國佬打擊後，她連這點錢也拿不出來，因此才會轉而爭取獨家經紀權。

想起那高傲堡主的嘴臉就讓她恨得牙癢癢。

「這一個月，可是爲了報答妳的慧眼識英雄呀。」

很快的，全世界頂尖畫商聞風而至，她知道自己的機會不大，與其亂槍打鳥，白白浪費掉一個月，不如鎖定目標直搗黃龍，對準實力和眼光兼具的頂級收藏家，而這類收藏家，全世界不超過十人，她必須從這些人裡挑出有能力對抗佳士得的收藏家，而唯一兼具實力、眼光、膽量這三項特質的，全世界只有一個人，在紐約的他——馬文·林區。

雖然不算高明，但美人計是她那時想出能最快速抓住他的注意力，並擠進他緊密行程表的唯一方法。畢竟，在往來的多次經驗裡，他曾經暗示過很多次，以他這個等級的收藏家，願意委屈身段和她這種自由畫商做生意，最大的理由是對她個人的興趣。

要燃起他倆間的火花並不難，她在業界普遍的成功形象，早就贏得高度的重視和評價。他們公然出入卡地亞基金會的酒會，當全巴黎都嫉妒地看著她的手掛在這個全世界最重要收藏家的臂彎裡時，她知道大家也都不懷好意地等著看她失敗。

馬文並不笨，發現達文西這件事，他必然已從其他畫商口中得知，只是在等她開口，順便享受她的陪伴。經歷了幾個禮拜的周旋鋪陳，一個月經紀約到了最後一個週末，趁他要到布魯塞爾出差的機會，遠離巴黎畫商間的角力戰，在這個豪華與浪漫兼具的飯店裡，她十分有自信能說服他買下那幅畫。

她準備老實跟他提堡主的底價，開誠布公要求五百萬的佣金，六千五百萬的代價，買下一幅市值兩億的畫，這個數目並不過分。她知道巴黎那些如豺狼虎豹的畫商，一開口就會是一億元。但漫天要價不是她的風格，一向都不是，這也是她能在這個圈子立足的主要原因之一，價格透明，客人付畫主底價，根據與她的交情和服務滿意度付雙方都認為合適的佣金。

她早就有心理準備五百萬佣金可能會被砍到四百萬，甚至三百萬，想到這裡，她喉嚨乾澀，膽汁上升，但她沒想到，結果竟是一無所有。

當然她可以在電話裡跟他提起畫的事，但她不認爲透過一條電話線，就能說服他拿出六千萬買一幅「傳說中」的畫。

她是這麼有自信，篤定他一定會感興趣，連隔天飛往洛桑的機票都買好了，光是想像在那個貪婪的堡主面前和馬文握手慶賀成交的畫面，她都能飄上雲端。但現在這一切都毀了，不管怎樣，她絕不能在電話裡提到那幅畫，因爲這筆生意可以毀，但馬文對她的信任不能毀，不能讓他知道她從頭到尾只是在利用他。馬文林區絕不能知道，整樁韻事對鍾愛珍而言不過就是一筆生意。

第一章　離家的山蝶歸來

踏出家鄉機場那一刻，她頓時感到呼吸困難，太多年沒接觸亞熱帶海島的溼熱空氣，竟讓她失聲了。攔下一輛計程車，萬般困難地讓司機理解她的目的地，接著就癱在車後像個洩氣的氣球。

至少，這一趟車錢她還付得起，她苦澀地自我嘲諷。

這一次她不得不承認自己真的輸了。

暴風雪之後，經濟的暴風雪才真正抵達藝術市場，一年前美國次級房貸危機引發的全球金融風暴，無可避免地觸及塔頂富豪專屬的奢侈品市場，現在想起來，一切都是有跡可循的，早在俄國人留下呆帳那個爛攤子時，她就應該警覺抽身……

經歷過布魯塞爾枯等的週末後，她還心存僥倖，認爲即使失去了達文西的獨家經紀約，但擁有和馬文這個頂級收藏家的關係，比起無數的競爭畫商，她依然占著優勢。

好不容易等到二月初，終於和馬文見了面，他不無惋惜地說：「過去這半年，光是在股市，我虧的錢都可以買十幅達文西了。」

她試著用「市場過幾年總會好轉」的說法來安慰馬文，強調這幅達文西可是藝術投資百年難得的機會，她甚至保證可以爲他跟畫主爭取至少三成的折扣。

真正讓她明白大勢已去的，是他接下來的回答。

「問題是，我不再有能力收這幅畫，寶貝，不怕妳笑話，我的公司最近正在爭取老好人歐巴馬的聯邦補助金。」

唯一讓她感到安慰的是，其他畫商面對這稀世之寶也是一籌莫展，這顆好不容易被她從沙礫中挖掘出來的珍珠，面臨了有價無市的窘境，偏偏堡主卻吃了秤砣鐵了心，堅決不降低底價。本來嘛，他能有什麼損失？當年也只付出相當於一瓶好酒的價錢就買到的畫，不是嗎？

就在此時，家鄉傳來的消息，給了她一個還算得體的藉口退出這個陷入膠著的戰場。

「我祖母過世，我得暫時離開法國一段時間。」

坐在計程車後座，她不自在地挪動著身體，回想起離開巴黎前的事情，讓她心情沮喪，無法忘懷這次回鄉實質上是爲了逃避破產的難堪，而不是爲了奔喪。

就算爲了家人回來，與其說是爲了生疏的祖母，毋寧說是爲了父親。

鍾振興是個一生都不得志的藝術家，逢人便說他一生最大的成就，是培養了女兒的藝術鑑賞能力。十幾年來經歷一連串中風，導致他不良於行、言語困難，在少數幾次的返鄉之旅裡，鍾愛珍覺得父親正漸漸忘記所有人、忘記她，又或者，是她不再認得他。

每次看著痴痴呆呆的父親，她必須提醒自己，這不是只要手握繪筆就神采奕奕的父親，更不是那個可以和她聊上一整夜貫穿古今的藝術史理論的父親，這只是一副沒有了靈魂的軀體。

探完親回法國後，她總覺得像逃難般，回到熟悉的工作，讓忙碌壓抑下心底那個多愁善感的孩子，那個軟弱的鍾愛珍。

哥哥在電話裡說祖母彌留那幾日，本來就有糖尿病的父親狀況一直不穩定，或許是感知到什麼，在自己母親過世那一天，甚至因爲肝昏迷而住院，出院以來血糖一直控制不住，因此導致不少併發症。

這些消息傳來時，鍾愛珍和馬文的周旋正進入最後階段，這些現實人生的問題反而顯得不真實，她拒絕消化電話裡的訊息，試圖用「父親還能更糟嗎？」來自我安慰，關閉可能的焦慮擔憂。

她的思緒回到窗外的景致，中部鄉間的景觀漸漸出現在車外，鐵皮屋搭蓋的工廠，紛亂的養鴨場，成排的販厝，和大片田間憑空冒出的幾幢「農舍豪宅」。車子下了高速公路，進入她成長的小城，一個通往著名觀光山區的入口城市，人行道兩旁的洋紫荊花映入眼簾，她這才終於感覺回到這個以紫荊花爲市花的家鄉。

壓下鼻酸的衝動，她苛責心裡那個沒用的孩子，戴上強硬的面具：不論是父親或祖母，反正早就感覺不到他們的存在了，何必虛情假意，假裝這一切對自己有多大意義？

計程車門剛發出關上的悶響，紅漆斑駁的大門應聲打開，她的大哥鍾志豪踏出門檻，接過她手裡的兩個大行李箱。

「累不累？」他問。

她比比自己的喉嚨，粗嘎地發著氣音：「啞了。」

他皺起眉頭，邊領她進屋邊喃喃念：「太久沒回來，水土不服呀？」

鍾愛珍跟在身後觀察大哥，發現他變胖了，寬廣鬆垂的腰腹，略為稀疏的頭髮，昔日溫文儒雅的青年，現在完全變成一副中年男子模樣。怎麼會縱容自己變成這副模樣？她在心裡批判。父親即使臥病十幾年，頭髮還是茂盛烏亮呢。

對照起來，鍾愛珍一身俐落的名牌套裝，出機場前，特意在洗手間重新畫好無懈可擊的妝，她的外表不只和自己大哥相差甚大，和這樸素的房子更是格格不入，尤其屋子裡頭還零零亂亂的，正布置著靈堂。

嫂嫂李婉玉帶著兩個孩子出來迎接她，老大皓傑出生時，鍾愛珍曾經回來探望，老二，叫什麼來著？皓然？老二出生時，她人在美國談一筆交易，既然錯過了生產，後來也就沒特別理由回來，所以她根本就沒見過這孩子，他們現在都長這麼大了？

「叫姑姑。」李婉玉命令孩子。

「姑姑。」孩子們異口同聲道。

她勉強擠出笑容，跟嫂嫂點點頭，心底微微詫異，連李婉玉也變成中年婦女體型，擁有比少女時期粗了一倍的腰和粗壯的手臂，不施脂粉的臉色枯黃泛油光。猶記自己高三時轉入一般中學，那一年裡她勉強只交到婉玉這個朋友，因此時常約了週末一起出遊，後來上了同一所大學，鍾愛珍和大哥感情親近，自然而然的，好友李婉玉對鍾家大哥也不陌生，李婉玉出社會後跌跌撞撞經歷過幾段感情，在愛珍出國幾年後，才正式和鍾大哥交往。

一般人應該會很興奮，至少會想探問好友和大哥的交往細節吧？可惜鍾愛珍那時遠在法國求學，新生活、功課、約會占據了她全副精神，身邊圍繞的朋友們，各個感情經歷精采刺激得像電影情節般，她哪有耐心聆聽李婉玉那些扭扭捏捏的，我愛你、你愛她、她不愛你，令人打呵欠的愛情？

李婉玉接過她手中最後一個行李箱，柔聲問了和丈夫一模一樣的問題：「累不累？」

「習慣了，妳呢？」她用沙啞的，像老頭的聲音回答。

李婉玉不自然地撥撥頭髮，好像很久沒聽到這個問題了，「噯，還不是老樣子？皓傑、皓琳都上小學了，不用盯那麼緊，我輕鬆不少。」

所以老二叫皓琳，鍾愛珍在心裡默念三次那個名字，但願明天醒來還記得。

「媽呢？」

忙著將她行李抬往二樓房間的大哥回答：「去看爸了，自從出院以後，他精神很糟，好像感覺到奶奶過世的樣子。」

鍾愛珍依稀記得曾在電話裡聽到大哥提過，父親昏迷醒來後，本來半邊癱瘓的身體變成了全癱，家裡實在照顧不來，只好送到城郊的安養中心。

她想起來大哥當時是這麼說的：「在機場附近，開車過去只要十五分鐘，那裡環境不錯，價錢也比請個外勞在家裡划算。」

她不覺得這有什麼好特別解釋的，本來家裡就沒有照顧病人的設備，更何況，總不能讓瘦弱的母親照顧高大沉重的父親吧？她也有自己的生活和娛樂呀，每個人都應該爲自己而活，而不是別人，這本來就是天經地義的道理。

她完全沒想到，以她當時的經濟能力，可以幫這個從小就疼愛、偏好她的父親做更好的選擇，例如請全天候看護在家照顧，將一部分的房間改裝成病房，這些只需要花錢就能做好的安排。

鍾家一向是遵循傳統的，長男和長媳就該負起責任，照顧全家，而排除在遺產名單之外的女兒，也同時可以自外於這些責任，沒有人要求鍾愛珍出主意，或是為父親另做安排，於是她也就樂得輕鬆，在巴黎過著和家鄉這個小城天差地別的生活。出國十二年，總共只回來三次，每次都只待兩個禮拜，就因為順便在亞洲其他地方安排了行程而匆匆離去。

對鍾愛珍來說，充滿奧斯曼建築和露天咖啡館的巴黎，還比這個灰濛濛多雨的山城更像家；說著法語，而不是帶著南部腔調的國語，反而更讓她習慣，也更能掌握想表達的東西。

往床上丟下三大箱行李，一個橙色柏金包，脫掉Christian Lacroix的外套，她無比悲慘地想：回家了。

對一個破產，不再負擔得起巴黎市區一房一廳公寓的女人來說，這裡才是她的家。

她實在，恨透了輸的感覺！

大雅路是紫荊市裡最寬廣、最悠閒的一條林蔭大道，從山腰的蘭潭循坡而下，筆直進入市區，沿路經過湖畔豪宅、日式別墅區、咖啡館、庭園茶館、特色餐廳和品味商店，占地寬廣的紫荊市第一男中，優美靜謐的二二八紀念公園，大雅路常被當地人拿來比擬首都最優雅的城區天母。

大雅路上滿是大坪數且採光明亮的商店和餐廳，事實上，比起昂貴的天母，這裡顯得更大氣、更優雅，紫荊山城的市民們離首都的忙碌汙染很遙遠，生活步調緩慢自在，即使在路邊並排停車，進入商店辦事，也不見後人鳴喇叭叫囂，時間和空間，是這條路上最引人入勝的風景。

一幢簡潔的清水混凝土兩層樓房配上大片玻璃牆，出色的現代建築風格，被擋在一堵樸素無華的混凝土牆後，高達三公尺的原色牆上，簡單地刻著「木之藝廊」四個中文字，沒有上漆，沒有其他說明，路人得走到牆的前方才能看清那四個字，也才領悟這個大雅路上獨一無二的建築景觀，原來是間藝廊。

一個身材英挺的中年男子，戴著眼鏡，謙和的臉上透露出睿智，正推開木之藝廊看似沉重實則輕巧的玻璃銅門。一入門，潺潺水聲首先入耳，左側一面兩層樓高的青苔牆面緩緩淌著水流，門外的喧囂紛擾，在這裡洗滌淨化，他臉上原本緊繃的線條自然而然的軟化了下來。

迎面走來一個氣質文靜的女孩，笑吟吟問候：「趙醫生，你來啦？」

趙經生點點頭，手指比向樓上辦公室，「江城沒翹班吧？」

小靜在木之藝廊工作好幾年了，對他的幽默不陌生，掩嘴笑笑，「恐怕他會問你同樣的問題。」她比了比樓上，「腳步輕點，打坐著呢。」

「玩香、打坐，這傢伙就是不幹點正經事。」趙經生嘟噥著，但還是放輕腳步，走上樓去。

一打開門，一股隱約的檀木香流洩而出，低沉有如共鳴的樂音則不知從何處傳來，他尋找的人，正在木簾掩住的落地窗前，盤腿坐在一方藏旗圖案編織而成的坐墊上。

趙經生的進入絲毫沒打擾到那人，只見他閉上眼睛，如女性般長長的睫毛垂在平滑的臉頰上，挺直的鼻梁和薄唇，彷彿是尊莊嚴的玉雕菩薩，沉靜自在，不受外界干擾，動也不動。

他想起妹妹第一次見到江城時，回家立刻宣布自己一定要嫁給這個男人。

「他才是我心目中的男人。不，他比男人更男人。」

真正認識了江城後，他才明白妹妹指的不是外表，而是江城給人的感覺，強壯而溫柔，彷彿胸中蘊藏十分力氣，而能信然僅用一分力氣，輕輕地撥過水紋，捻起蓮花。

認識他十幾年，趙經生還是沒摸清楚江城到底是個怎樣的人，他對事物的喜惡，界線究竟在哪，也不了解何以擁有出色才華和洞悉世情能力的他，卻寧可窩在這個小地方，當個淡泊隨意的小藝廊經理。

眼前的江城輕淺地吐出一口氣，從冥思的世界裡回歸現實，趙經生等著江城開口說第一句話。

「水桶裡的水滿了？」江城平靜低沉的聲音，彷彿和沉香同調，緩慢而幽微地傳來。

趙經生扯開嘴角笑笑，「不滿就不能來？」

江城站了起來，硬是比本來就不矮的趙經生高過一個頭，寬鬆的唐裝掩蓋住他結實的肌肉，他赤著腳，無聲地走到窗前，無一絲多餘動作地將木簾拉開。

「我今天下午休診。」最後他還是主動道出來意，反正他不說，江城也不會問，這傢伙根本不關心這些事情，對他來說，這世界上所有的事情都是瑣事，不值得浪費一個念頭或言語去操煩。

「說吧，要什麼東西？」

「爺爺的版畫，想送一個朋友。」

江城斜看他一眼，「去找小靜拿。」

「這個朋友……有點特別，我想要裸女系列的版畫。」

「裸女的版畫都是編了號的，我們手上剩下不多。」

趙經生看向窗外的綠蔭，眼神遙遠地說：「我知道，所以才想拿來送這個朋友。」

江城沒有多問，連那個朋友是男是女都不好奇，逕自走到屏風後頭，拿出三幅趙波裸女素描，「就這三幅，只剩素描版畫，你挑一幅帶走吧。」

趙經生回過頭來，臉上有著一抹來不及拭去的感傷，江城挑了挑眉，保持不動聲色。

趙經生比向一幅女子憑窗托腮的圖，「我拿這幅吧。」

江城撇撇嘴，「最好的一幅。」

不等趙經生回答，他按下對講機，要小靜上樓拿畫去裱框。

「版畫和裱框的費用就掛在我帳上吧。」

「掛什麼帳，都是趙家的東西。」

「那不一樣，會計難作帳呀。」他故意提起帳本，料想會激出江城厭惡的表情。他卻面無表情，聳肩道：「隨便你，你要拿走原畫，也不關我的事。」

「有你這麼管藝廊的嗎？」趙經生開玩笑道。

江城終於露出一個斜斜的，輕淺的笑，比較接近自我嘲諷，「是這個藝廊管我吧？」

「少替自己不認真上班找理由了。」

「說得是，翹班的醫生教訓得真是。」他反譏回去。

走出辦公室前，趙經生回頭問道：「過兩天麗生會回來，大伯和姑姑希望你參加家族餐會，你來不來？」

他得到的答案是個挑眉的表情，那是個非常江城的回答。

站在母親身邊，鍾愛珍從來不知道該將雙手放哪裡，孩童時期到成年，從無知到老成，不管她在國外見過多少大風大浪，和多少世界名流富豪往來，只要一站在母親身邊，她立刻回到小時候，老被母親嫌棄不端莊、急躁粗魯，做什麼都不對的小女孩。

鍾愛珍的母親有個很典雅的名字：李書平。當了一輩子的中學國文教師，人也像個古典美女，淡雅細緻，五十七歲的年紀，頭髮仍舊保持烏黑，皮膚光滑白皙不見斑點，挺得直直的身軀，雖然只到女兒的肩膀，但銳利明亮的眼神，卻足以讓巨人低下頭來。

李書平從來不笑，她臉上最深刻的紋路，是嘴角旁那兩道長年抿抑的痕跡，在學校時她是個嚴肅的老師，讓學生敬畏，在家裡，她則是嚴厲的，爲了和隨性浪漫的丈夫抗衡，她在孩子面前扮的是黑臉，所幸老大志豪和老三愛倫，只要一個眼神就能壓制住，唯有老二，愛珍，是她永遠管不到，也碰觸不了的死角，在家時有偏愛她的父親處處維護掩飾，大學離家，畢業後立刻出國，到了那麼遙遠的地方，幾年才回來一次，她更是鞭長莫及。

鍾愛珍有一搭沒一搭和輪椅上表情木然的父親說著話，聊勝於無地在他消瘦的四肢上揉捏，李書平臉上帶著隱忍的脾氣，一湯匙一湯匙餵著表情木然的丈夫喝粥。

「喪禮還要兩個月才能辦，妳這段時間有什麼打算?」李書平淡然問起。

鍾愛珍妝容完美的臉上沒有表情，搖頭時耳邊的垂墜大耳環發出噹噹的聲響，她一走進這個鄉下地方的安養院，立刻吸引所有人的注意力，她也似乎很習慣受人注視，下巴抬得高高的，誰也不理。

李書平不免感到難爲情，這裡都是些病弱的人，連好氣色都難求，誰像她花上一小時妝扮才出門?在國外生活太久，不知該說她是不合時宜，還是根本就不再能回歸簡樸的生活環境。母親對她的不認同，鍾愛珍是感受得到的。

在巴黎時，她持續看了兩年的心理醫生，費了很大功夫才把心底那個自卑敏感的孩子給驅除，醫生最後將病源認定在母親對她長期的不苟同和批評，雖然她很明白心理醫生只能針對她願意坦承的部分去分析，但有這樣的母親，性格上受她壓抑，似乎也有點道理。

從小到大，不管她想什麼、做什麼，就是無法像哥哥、妹妹那樣讓母親滿意，這些年來，她好不容易找到方法，擺脫情緒化、軟弱的一面，過自己想要的生活，但是一見到母親，那個孩子又威脅要回到原有位置，她咬牙對抗威脅，告訴自己絕不能投降示弱。

絕不能讓母親知道自己破產的真相。

「是有幾個亞洲的客戶，趁這兩個月，我們有些重要生意可以談談。」她最後回答道。

「真不知道妳到底怎麼靠那些生意維生，一年也就賣幾幅畫，沒有固定收入和工作地點，沒有保障，哪天出了事，沒生意可做，看妳怎麼辦？」

出生教師家庭大概就是這樣，除了當老師和公務員，擁有所謂的鐵飯碗，其他的工作都是「不穩定」、「沒有保障」，所以在公立大學擔任會計的大哥，和當小學老師的妹妹，在母親眼裡成就都比她高。

即使這些年來在國外，轉手就是畢卡索或安迪沃荷，處理金額動輒上百萬美金，和全世界最聰明頂尖的畫商、收藏家、銀行家交手，她所付出和經歷過的一切，還不如通過那個該死的教師特考，派到窮鄉僻壤的小學校教小孩子ㄅㄆㄇㄈ！

她放下父親軟趴趴的手臂，憋著一口氣，逕自走出復健室，在院子一個隱密的角落，抖著手拿出香菸，瞪著爬藤的牽牛花發呆。

她該怎麼做才能快速賺到錢，東山再起，然後永遠離開這裡，不再回來？

抽不到兩口菸，她無比煩躁地捻熄手上的香菸。真是個爛地方！連根像樣的薄荷菸都沒有，這分明是在抽紙張，一點味道都沒有。

她一語不發地握著方向盤，速度飛快地超越擋路的車輛。

「開慢點，這裡不是國外，省道速限七十，一大堆機車橫衝直撞的，一不小心就會撞上。」她調整排檔桿，降爲四檔，不耐煩地指著前車啐道：「那人到底會不會開車呀？連五十都不到！」

感覺到母親的視線在自己臉上，她知道母親隱忍的脾氣正蓄勢待發。

「不如我問一下黃主任，有機會的話讓妳到學校去代課。」果然，李書平說出忍了一天的話。

鍾愛珍翻了個白眼，「我才剛回來兩天，妳能不能饒了我？」

「妳奶奶的喪禮日子看在兩個月後，妳剛也看到妳爸那個樣子，什麼時候有變化很難說，與其飛來飛去談妳那些生意，不如代課兩個月，妳是國外碩士畢業，我想沒有問題的。」

她呼出憋著的氣，「說到這個，哪有人死了一個禮拜還不能下葬的？什麼日子那麼了不起，非要等兩個月？」

「今年好日子不多，我們挑了風水不錯的墓地，得等人家整好地，咱們才能安葬不是嗎？」李書平的語氣像在教導小學生道理似的。

鍾愛珍喃喃念著：「沒見過這麼誇張的，在國外頂多一週內就下葬，看什麼日子風水……」

李書平不管女兒的碎念，語氣不容反駁：「代課的事妳考慮一下，妳待在家裡可以幫忙整理一下奶奶的東西，老人家喜歡收藏一堆陳年破爛，她那個房間，連我都懶得進去收拾。順便看一下祖父和妳爸的一些畫，妳比較懂，看看有沒有哪些有價值的東西，大家可以商量是要親戚分一分，還是乾脆賣掉。」

聽到這裡，她的耳朵豎了起來，「爺爺的畫還留著？」

鍾俊義是當年村裡的公學教師，小時候聽大人說過祖父沒課的時候，除了耕作家族的公田之外，就喜歡塗塗畫畫，但她卻從沒看過爺爺的畫作。

「和妳爸的畫全混在一起，我也分不清，所以才要妳幫忙整理。」

父親的畫她倒是熟悉得很，鍾振興擅長風景寫生，從學畫開始就以臨摹大畫家趙波的技法為志，得過幾次國內次要的美展獎項，但因缺乏原創性，加上畫風保守復古，跟不上當代藝術的潮流，以專業畫商的眼光看來，那些畫只能歸為業餘興趣，給親友收藏還可以，想賣錢？不可能。

她專注想像爺爺的畫風。

「拿來當奶奶遺照的那幅畫，會不會就是爺爺畫的呀？」

今天早上靈堂上掛起一幀十號肖像油畫，叔叔說是奶奶的遺言裡要求用這幅半寫實半寫意的畫像當遺照，畫裡的奶奶恐怕二十歲都不到，嘴角掛著淺淺的笑，怎麼形容呢？漂亮？不，那是一種言語無法說出的氣質，帶點嬌羞和嫵媚的少婦畫像，她知道祖母年輕時是美麗的，至少大人們都這麼說，還說那些姑姑們沒有一個遺傳到奶奶的外貌，他們家好像就是這樣，專挑壞的基因遺傳下去。

像她，就沒遺傳到母親的纖細娟秀，長手長腳的大骨架，若不靠飲食和運動保持身材，很容易會臃腫得像頭大象，她常聽到和自己有關的形容詞是亮眼和性感，什麼氣質啦，秀氣啦，這些形容詞和她一點關係都沒有。

「我怎麼聽說那是妳爸爸畫的，說是年輕時的練習作。」

聽母親這麼說，她偏頭想了一下，「那應該是他開始學習趙波風格之前的東西。」她不禁覺得可惜，照那幅肖像看起來，父親畫人物畫是有點天分的，只可惜後來中了趙波的毒，堅持只畫風景寫生。

「畫的事我不懂。對了，他之前的校長提過幫他辦個畫展，木之藝廊可以出借場地，妳大哥大嫂沒時間管這件事，妳有時間不妨去和他們談談。」

「木之藝廊？」

「趙波家族開的藝廊，在大雅路上。」

「這件事要找誰談？」

「趙波的孫子，趙經生醫師，他是木之的老闆。」

是錯覺嗎？她怎麼覺得母親的眼神閃躲，似乎不願意繼續這個話題，父親那些畫，有藝廊和學校願意幫忙舉行畫展，不是件好事嗎？

進入祖母的臥房，鍾愛珍才明白母親說的話，這哪是房間呀，明明就是垃圾堆！通鋪床上除了單人床墊外，四周到處塞滿大大小小的鞋盒和餅乾盒，能懸吊的地方都掛滿塑膠袋和麻布袋，床架下、牆上的架子則全擺滿沒有價值的陳年舊物。

她花了一整天，把所有東西全搬到後院絲瓜棚下，淨空房間，徹底打掃乾淨，接著又花了兩天功夫，丟棄九成的雜物，諸如喪家發的毛巾、老人會紀念品、雜誌報紙、花樣嚴重過時的布料、所有老祖母級的衣物、好幾箱作壽的碗盤……像發洩過剩精力般，她一頭栽入那堆除了回憶之外，毫無價值的垃圾山。

傍晚時分，李婉玉從安親班接回小孩，煮晚飯前踅到後院，探看這幾天忙著清空祖母房間的小姑。

「怎麼樣，都丟得差不多了吧？」

鍾愛珍卻動也不動的，埋頭翻著一本陳舊的紅皮小冊子。

「愛珍？」

「啊？」鍾愛珍終於抬起頭，眼神有點渙散，表情呆滯，「喔，妳回來啦？」

李婉玉拿走她手裡的冊子，好奇地翻著，「看什麼那麼入神呢？」

那是本按年分逐頁記錄的筆記，起始的年代是昭和十六年，中間改成民國，最後一頁標示的年代是民國八十年，每頁只有簡單幾行字。

「這是什麼啊？都是用日文寫的。」

「好像是爺爺的筆記，妳看每個年分旁邊都記錄稻米收成幾斗，易多少錢，應該是耕作紀錄。」

鍾愛珍拿回筆記翻給她看，「妳瞧這上頭的漢字：『夏……五百斗，冬……二百五十斗』，不是耕作紀錄是什麼？」她跳過不懂的日文，念出漢字部分。

「爺爺留了這本筆記，奶奶怎麼都沒說呀？」

「說了也沒用，這又不值錢。」鍾愛珍將手冊丟到一旁。

李婉玉將它撿拾起來，拍拍上頭灰塵，「我拿給媽看看，她搞不好對家族史有興趣。」

她聳聳肩，繼續在雜物堆裡翻找，「隨便妳，但我覺得媽對鍾家歷史不會感興趣的。妳說，爺爺既然是畫家，怎麼沒留下畫作呀？」

李婉玉還是興致高昂地翻著手冊內容，心不在焉地回答：「我聽妳哥說，爺爺只是當興趣畫畫，又不是真的畫家。」

鍾愛珍停下手裡的動作，思索了一會，一把奪回那本手冊，「搞不好爺爺在冊子裡記錄了畫過些什麼。」她偏頭思索道：「昭和十六年是西元……」

「西元一九四一年。」歷史系畢業的李婉玉反射性地回答。

「嗯，爺爺那時應該是二十出頭，大家都說爺爺年輕時畫畫，應該是他到南洋當軍伕之前開始學畫的，從開頭幾頁看起就知道啦。」

她從第一頁翻起，在記錄者龍飛鳳舞像蝌蚪一樣的日文平假名中困難辨識著，好幾行才出現一、兩個漢字。

手指停在民國三十七年那頁，那上頭赫然出現四個漢字：趙波贈畫。

趙波？

她猛然站了起來。

「妳著魔啦？」李婉玉瞪著她。

鍾愛珍喊了出來：「爺爺認識趙波？」

嫁進充滿文藝氣息的鍾家，李婉玉多少認識一些藝術史，對紫荊市名人趙波的鼎鼎大名也不陌生，「這有什麼好訝異的?趙波不就是紫荊市的人，那個年代，畫家的圈子又不大。」

鍾愛珍搖搖頭，激動地說:「趙波送過爺爺一幅畫!」

「是嗎?」李婉玉還是不明白這有什麼好驚訝的。

鍾愛珍捧著那本筆記，在瓜棚下大步踱著。

「趙波作品的行情價，假如是紫荊公園那一系列的油畫，之前在香港蘇富比曾經拍出六百萬美金的天價;蘭潭湖畔那一系列的水彩畫，也有五十萬以上的價錢。」鍾愛珍的腦筋快速地轉動著，「像這種朋友間的贈畫，恐怕是簡筆素描，紙本作品得看保存狀況，我得問問拍賣行估價多少……」

李婉玉笑了出來，「畫都不知道在哪裡，怎麼找人估價呀?」

鍾愛珍白了她一眼，帶著堅決表情，回國以來偶爾露出的頹敗神色全消失了，臉上重新發出光芒，「我得找出這幅畫。婉玉，這件事情妳誰都別說，等我找到再說，行嗎?」

不理會激動的小姑，李婉玉站了起來，走進廚房前，送回來一句話:「我啊，才不相信奶奶收著大畫家的畫呢。」

她追上前，「婉玉!」

「好啦好啦，我誰都不說，可以吧?我看這下，那堆垃圾突然間變成寶貝嘍?」

「除了我，誰都不准碰奶奶的東西!」

李婉玉大笑出聲，鍾愛珍直爽的性格還真是一點都沒變。

那女人推門進入木之藝廊時，在場所有人都停下動作，愣愣地看著她。

大波浪的長捲髮，讓香奈兒的墨鏡給圈到腦後，露出精緻完美的妝容，那不是大濃妝，而是費了很多功夫畫成的輕透裸妝，輕輕刷過的金色眼影自然而迷人，兩道細長的眉毛沿著眼窩高高聳起，像個皇室成員般高傲優雅，高䠷的身材簡單地穿著純白色的套頭露肩喀什米爾毛衣，飄逸的棉紗褲裙，將她比例良好的長腿拉襯得更修長，晒成健康小麥色的皮膚，就像她的妝扮一樣，恰到好處地襯托出她想給人的印象：驕傲和品味。

小靜低聲向參訪中的客人道歉，急急迎上前去，「小姐，您來參觀嗎？」

女人的眼神緩緩地降到小靜臉上，彷彿評估著她的身分，「我和趙經生先生有約。」她低沉的聲音裡帶點啞音，小靜這才明白什麼叫勾人魂魄的嗓音。

她結結巴巴地回答：「趙……趙醫生和江先生出去了，等一下才會回來。」

女人環顧木之藝廊挑高明亮的空間，裡頭展示著趙波的真跡，她走向一幅五百號的風景油畫，幾乎貼在畫前，仔細觀察著趙波的簽名。

「我等他，請妳幫我聯絡一下。」

小靜拿起電話撥了趙醫生的號碼，問道：「請問貴姓？」

「鍾愛珍。」那女子聲音裡的氣勢，彷彿打斷空間中那面水牆的幽靜，從此，改變了木之藝廊沉靜不變的氛圍。

十分鐘後，趙經生和江城走進藝廊，小靜吐了吐舌頭，比比後方展覽室，「在後室。」

兩個男人互看一眼。

江城促狹道：「能鎮住小靜的女人，看樣子不好應付，我上野口壽司喝啤酒，辦公室讓給你吧。」

趙經生也扯開嘴角：「那可不行，我們可是彼此的清白證人，如果淨雪聽到你不在場，一定會立刻從美國跑回來跟我算帳。」

小靜習慣了這兩人互相調侃式的幽默，她默默遞上剛才收到的名片。

江城接過來看了一眼，稍微提高音量：「鍾愛珍，國際級的畫商。」

趙經生搖搖頭，「這才是你想溜的理由吧？」

「你知道我對畫商兩個字過敏。」

「而我，是對姓鍾的過敏，你不准走，陪我進去。」

江城挑眉，卻沒問他那句話是什麼意思，趙經生一把將他推進後室。

木之藝廊最隱密的展覽室裡，展示著趙波較不爲人知的人體寫生，光線昏暗的畫面裡，畫的似乎是同一個女子，或背或側著身體，線條婀娜多姿，臉部總是被技巧地遮掩住，辨認不出模特兒的身分。

鍾愛珍細細觀察每一幅圖，趙波的畫法很有意思，彷彿光源來自這女子的身體，而不是外來的，他在風景畫裡慣用的濃重油彩，在裸女系列卻不見蹤影，通透輕薄的油彩，表現出女子凝脂般的肌膚，她幾乎可以感覺到畫家對這女子的愛戀和慾望，赤裸裸地透過油畫穿透而出。

以專業的觀點來看，趙波的人體畫比風景畫深刻許多，對東方藝壇不熟悉的她，想不透爲何市場上只能看見趙波的風景畫系列，卻少見這麼精采的裸女畫系列。

身後傳來的腳步聲打斷了她的思緒，她回過頭，看到兩個氣質相似的男子走進來。

她首先觀察了一下較高的那個男子，凌亂的頭髮顯得過長，卻也因此修飾了五官的銳利線條，以東方人的標準來說，他五官分明、深刻得過分，搭配上他高大健壯的體型，要不是腳上那雙讓人刺眼的拖鞋，絕對可以用氣宇軒昂來形容他。

比起這人，他旁邊的那位男子看起來年長些，鼻梁上的無框眼鏡讓他的氣質斯文溫和許多，簡單的淺藍色襯衫和卡其褲，她注意到這男人褲腰皮帶上掛著一個黑色的呼叫器，當下確定這才是她要找的人。

她等著他們靠近，直直地朝認定的那個人伸出手，露出精心調整過的溫暖笑容，「你一定就是趙醫生。」

「幸會，鍾小姐。」趙經生握住她的手，另一手比向好友，「這是江城，木之藝廊的經理。」

相對的，她給江城的笑容少了熱度，握手的力道也顯得疲軟，停留在他身上的注意力不超過一秒，她只專注在目標上。

「趙醫生，很感謝你願意撥時間見我。我們……」她本來就低的聲音壓得更低，幾乎是用氣音提出建議：「找個地方聊？」

江城對這兩人說：「用我的辦公室，你們請便。」

聽出江城語調裡的嘲諷，趙經生投去一個譴責的眼神，江城無辜的表情無聲回應：「人家只要你，我有什麼辦法？」

接著走出後室，用後面兩人能聽到的音量吩咐小靜：「給趙醫生和鍾小姐泡壺碧螺春，送上辦公室去，有人找就說我在野口那裡。」

小靜放下茶壺走出去，門一關上，鍾愛珍立刻說：「我在電話裡提過想和你談的事情。」

趙經生藉喝茶的動作掩飾和女人獨處的不自在，沒想到鍾振興的兩個女兒差這麼多，他回憶著聽說過的鍾愛珍：旅法十幾年，很少回家，印象中她也在藝術圈，他本來以爲會是個和父親一樣的藝術家，沒想到是個畫商。

「其實除了我父親的畫展之外，我還有另一件事想請教趙醫生。」

她的銳利和專注讓他暗自猜測，這幹練的一面到底像誰？她父親？抑或母親？

「妳請說。」他將茶杯推到她面前，很懷疑她會不會喝咖啡以外的東西。江城大概是故意的吧。

她對茶杯視而不見，向後靠著紫檀木椅背，誘人的長腿在他面前適意地交叉，流露出一股迷人的自信，這是個很擅長運用女性魅力的女人，他暗暗觀察。

「趙波是你的祖父，是嗎？」

他點點頭，這本來就不是祕密，趙家和紫荊市淵源頗深，不論在政治上或藝術上都擁有顯赫的名聲，鍾振興的女兒不會不知道木之藝廊和趙波家族的關係，他比較好奇的是她這個問題背後的用意。

「我想請問趙醫生，令祖父所有作品是不是都有列冊管理？」她直接了當的問。

「我雖然是趙波的孫子，也掛名木之的老闆，但實際上的管理者是江城，事實上，我祖父的畫他比我還清楚，妳的問題，問他比較合適。」

他的回答顯然不能讓她滿意，她斂起嘴角的笑容，「江先生畢竟不是趙家的人，我想問的是，就你所知，趙波可不可能有些畫沒被記錄到？例如，他私底下贈送朋友的畫作？」

「我認爲不太可能，我祖父很年輕就得到日本帝展首獎，年少成名，養成他愛惜筆墨的習慣，所有的作品他自己都留有紀錄。」

她點頭接受這個說法。看起來她應該事先調查過了。

趙波作品的市場行情，長期高居亞洲現代畫市場榜首歸功於幾個原因，除了三十歲英年早逝，一生創作數量有限之外，也因爲他所有作品都留下了詳細的紀錄，出現贋品的可能性極低。

她打聽過了，其實熱中於收藏趙波作品的藏家就是那幾個，趙家家族勢力後來愈來愈偏向政治，對文藝極不關心，同時，趙波的後代也繼承了龐大家產，根本沒必要炒作趙波的藝術品。趙波原作尚有七成保留在趙家，偶爾透過木之藝廊或與美術館合作對外展覽，使這些作品得以和世人見面，因此市場上流通的趙波作品十分稀有，使得忠誠的收藏家們幾乎是不擇手段地想獲得趙波珍寶，趙波因而成爲藝術市場上很少數「有市無價」的傳奇藝術家之一。

「我明白了。」她垂下眼，看不出來是失望或接受，「那麼，我們來談談我父親的畫展吧。」

他抬手制止她，「關於這點，我剛才就想說了，我個人很尊敬令尊，所以願意出借場地幫他辦畫展，但是細節的部分妳還是得和江城談，我不太過問這邊的事情。」

她將頭髮甩到身後，半瞇著眼，裡頭有掩飾不住的精光，她雙手抱胸，「既然你不管事，對藝術又沒興趣，那麼你爲何接受和我單獨見面？剛才直接讓我跟江先生談不就得了？除非……」她壓低聲音，「趙醫生有其他原因想見我？」

他希望自己的臉上沒出現狼狽的表情，這女人實在太精明了，江城才應付得來，他沒那個能力，「讓我這麼說吧，我想先認識認識妳。」小心選擇措辭以後，他接著說：「我們應該算是世交吧。」

她的眼裡閃著光，「所以你也知道我祖父和趙波是朋友？」

他愣了愣，猶豫了一下，最後決定順著她的話解除她的心防，「江城對幫令尊辦展的事情不是很熱中，我想先和妳聊過以後，再說服他接下主辦這個展覽的任務。」

「不就是個展覽嗎？」她揮揮手，「這我很有經驗，只要給我場地就行了，我不需要江先生幫忙。」

她停頓了一會，加上一句：「或許他可以提供邀請賓客的名單，我對國內的藝術圈不熟。」

賓客名單是一間藝廊的命脈，她想用以退爲進的技倆得到這個寶貝，即使是對藝廊經營不熟悉的趙經生，都能感受到這個女人的野心勃勃。

「我建議，」腦中一閃而逝的念頭讓他笑了出來，「讓我換個方式介紹妳和江城認識吧！剛才不算，在野口壽司的江城才是真正的他。」

「野口壽司？」

他露出一個真誠的笑容，「鍾小姐有沒有興趣和兩個男人吃頓晚餐？」

鍾愛珍本來以爲一個藝廊經理和醫生熱愛的日本餐廳，會是高雅幽靜的懷石料理，她絕沒想到竟是間狹小吵雜的居酒屋，一半的桌椅擺到人行道上，遠遠的就能聽到客人點餐、夥計吆喝、廚房鍋鏟聲交雜的吵鬧，像是海產熱炒店，不，更糟，根本就是夜市裡的大排檔！

她將墨鏡收進柏金包裡，拉起亞曼尼褲管，小心翼翼地在暢飲生啤酒的客人和穿梭送菜的夥計間前進。

看著鍾愛珍拉著褲管走過來，江城對壽司吧檯裡的野口使了個眼色，野口張開嘴，下巴差點沒掉下來。

他用日語大聲喊：「黑鮪魚怎麼會游到我這小河裡？」

江城笑笑，回道：「你看怎麼處理比較好？」

野口隔空送來一個「你在開玩笑嗎」的眼神，「上好的食材，當然是生吃呀！」他吼道。

不懂日語的趙經生卻看出這兩人正促狹戲謔著來人，在鍾愛珍抵達前，他低聲警告道：「你給我正經點，人家來跟你講正事的。」

江城放下抬放在長凳上的腿，舉起啤酒杯，「那當然，不然你何必帶來跟野口炫耀。」

趙經生還來不及送出白眼，鍾愛珍已經站在他們身側，先前在藝廊裡的氣勢，此刻讓惶惶不安的表情給減去一大半，她目不轉睛瞪著油膩的木頭桌椅，「趙醫生，這裡……就是野口壽司呀？」

江城喝口啤酒後說：「如假包換，野口本人就在吧檯後。」

她斜睨他一眼，像忍受油膩桌椅般忍受著他，「江先生，我們能不能換個安靜一點的地方說話？」

從眼角看到野口終於按捺不住好奇心，朝他們這桌走來，他一把拉她坐下，「可以，但得先餵飽肚子。」

屁股一碰到板凳，她立刻彈跳起來，拍著臀部布料上看不見的髒汙，波浪的長髮垂在臉側，隨著手的動作而輕擺，看著這女人，江城怔住，手莫名地癢了起來，興起把她拉往工作室的衝動……

她才剛直起身子，野口師傅摸過壽司和生魚的手一把搭在她潔白的毛衣上，「大美女要吃點什麼？」

江城注意到她的臉在瞬間經歷懊惱到豁出去的轉變，她放下拉著褲管的手，藉由坐下的動作優雅地擺脫掉野口師傅的接觸。

她對著趙經生問：「他……說什麼呢？」

趙經生聳聳肩，「這得問江城，我不懂日語。」

這句話似乎突然間讓她產生興趣，她轉過來面對江城，「江先生會說日語呀？」他的視線從剛才就沒離開過她，「點菜還行。」

野口在一旁刺激他，「江城桑吃下黑鮪魚吧，別讓給趙桑了。」

他不明白自己說了什麼，讓這一開始不把自己看在眼裡的女人，突然願意朝他靠近一點，用讓人心癢癢的沙啞聲音說：「那就請江先生表演點菜嘍。」

在和野口一來一往插科打諢的點菜過程中，他可以感覺到那對生動的美眸一直定在他臉上，而趙經生卻突然間從主角變成了配角，他很確定這女人腦子裡正動著某個主意，並不是他的直覺有多準，而是她一點也不掩飾自己眼裡只有能幫助她達到目的的事物。他有預感，山城的平靜生活即將結束，好戲要開演了。

江城是個好看的男人。在充足光線下近看他，鍾愛珍在心裡確定這個印象。最重要的是，他會說日語，又對趙波的畫瞭若指掌。

用以往和男人周旋的經驗歸結出，她無論如何都接受不了腦滿腸肥、長相作嘔的男人，即使再有利用價值，她也無法勉強自己屈就，而只要她心裡不情願，散發出的吸引力就會減低。這次運氣不錯，雖然不是她喜歡的成功人士類型，但以東方男人的標準來說，江城長得還不賴，她決定視江城爲下一個有待攻克的目標。

「我臉上有東西?」

她回過神來，看著江城似笑非笑的表情，她露出下午給趙經生的那個曖笑。一天兩次，真是破紀錄了，鍾愛珍。

「我在想，」她毫不掩飾地上下打量著他，「還真沒見過穿拖鞋的藝廊經理。」趙經生笑了出來，但沒插嘴。

江城扯了扯嘴角，夾起一隻炸蝦到她盤裡，「關心別人的外表前，先關心一下自己，妳只吃生魚片怎麼會飽？」

這男人講話總是這麼沒有重點嗎？她嫌惡地看著那隻蝦子，回想自己已經好幾個禮拜沒運動了，她不能放任自己吃這些高熱量食物，在同桌兩個男人的注視下，她將筷子分別拿在兩手，仔細地剝除蝦子上的炸粉。

江城的筷子卻比她更快，夾起被剝了一半皮的蝦子，不由分說地放進她嘴裡，「老趙沒跟妳說過野口是山口組的？妳這樣吃他的蝦子，我們今晚誰也別想活著回家。」

她抬起頭看了眼吧檯後那個短小精悍的男人，勉爲其難地咀嚼著口裡的炸蝦，香脆的滋味在嘴裡爆炸，她忍不住閉上眼睛享受這久違的美味。

「我聽說法國女人一天到晚吃沙拉，看樣子是真的。」趙經生批評道。

夾在這兩個男人的攻擊之間，她忍不住想說句話：「總比豐乳肥臀的美國女人好吧？」

「炸蝦滋味如何？」

她瞄了眼問這問題的江城，炸蝦的餘味還在嘴裡，她舔了舔嘴脣，老實承認：「棒……透了。」

從他眼裡迸射出的光芒，讓她確定這個男人受她吸引，這是個好開端，她得找機會和他聊聊祖父的筆記本。

野口似乎就是不願意放過他們這桌，再度放下吧檯客人，親自送上兩盤烤魚，滿嘴阿諾阿哩地和江城聊天，她留意到江城雖然嘴上跟野口應對著，但眼神卻是在自己身上，這讓她心花怒放，決定放縱自己拿起生啤酒，大口暢飲。

嗯，明天再開始運動吧。

江城不耐煩地應付野口那些不入流的笑話，腦子裡重播著鍾愛珍剛才舔嘴脣的動作，後悔沒帶相機出來。有這女人在身邊，突然間，他不再受得了野口壽司的吵鬧，也不想理會趙經生警告的眼神，直想抓起這個女人，關進工作室裡，立刻開始工作……三年了，已經整整三年沒有這種衝動。

但是在他更進一步動作之前，他必須知道這女人打的到底是什麼主意，一個人不會突然間改變態度，尤其是女人，除非有求於對方；她想從他這裡得到某種東西，江城幾乎可以聽到鍾愛珍腦筋動個不停的聲音。

等著被利用的感覺，竟然令人如此興奮。

「所以，拖鞋的解釋呢？」她彎起的嘴角像貓一樣。

他聽見趙經生代自己回答道：「江城想穿什麼就穿什麼上班，誰也管不了他，我倒是願意付出高價，看看他穿上皮鞋的樣子。」

「你是老闆，就不能直接要求員工嗎？」

「江城才是木之藝廊的老闆，不是我，再說木之這個名字……」

江城打斷好友的多嘴：「我可以穿上皮鞋。」他湊近那女人，用只有她聽得到的音量說：「條件是妳必須脫衣服。」

她扭頭回瞪，他則一臉滿足地享受著這個讓她說不出話來的時刻。

趙經生不解所以，眼神在這兩人間來回遊走。

她拿出電話來，「我看我們今天別想聊正事了，給我你的手機號碼，我改天再約你。」

「沒手機。」

她再度瞪大眼，「沒有手機？」

他可以料想這女人即使不工作，仍舊手機不離手，恐怕無法想像這世上還存在不用手機的山頂洞人。

她接著問：「那……住家電話呢？」

他懶洋洋地說：「也沒有。」語畢，又加了一句：「不過隨時歡迎妳到藝廊走走。」

她站了起來，彷彿再也受不了，「那我明天到藝廊找你。」

看著她逃離的身影，他笑了半天，最後迎上好友譴責的眼神。

扯了扯嘴角，江城舉杯遙敬鍾愛珍的背影，「看膩了山城裡的小蝦小魚，偶爾來條黑鮪魚熱鬧一下也不賴。」

「鍾愛珍不是那種女人，你可不要太過分了。」

「喔？你倒是說說看她是哪種女人？」

趙經生不平地說：「我沒有你那麼厲害，但是我知道，她是鍾振興的女兒，你給我放尊重點。」

「你對鍾振興的畫展，似乎熱心得過頭？」

趙經生臉色沉了下來，只有被說中心事時他才會擺起臉，江城通常會到此為止，不繼續刺探，但是他對從天而降的鍾愛珍實在太有興趣了，所以今晚不準備輕易放過他，「那女人，不是為了鍾振興的畫展來找你吧?她很清楚辦畫展的紀念意義大過商業收益，很難想像她會願意浪費時間在這種畫展上。」

「你才認識她不到一個小時，就把她摸得這麼清楚?」

他聳肩，「她也沒費心掩飾。」

趙經生感嘆:「和她母親真是差很多呀。」

江城用眼神詢問這句話的意思。

「鍾愛珍的母親，李書平，曾經是我的中學老師，很照顧我。」

「所以畫展是爲了李書平，而不是鍾振興?」

他點點頭，「可以這麼說吧，她是個很特別的女人，和女兒截然不同。」

江城看著好友，沉默著。

「就當是……」趙經生接著說:「報答她當年對我的照顧吧。」

江城將兩人的啤酒杯添滿，「只要不要求我穿皮鞋，你愛幫誰辦畫展，就幫誰辦。」

趙經生感激地看著不多追問的他，笑容裡加了點促狹意味，「恐怕輪不到我強迫你穿皮鞋吧?」

第二章　滿山芒草荒涼

安養院的張護士從監視器螢幕裡看到訪客，她招來前天請假的林護士，「吶，這就是鍾伯伯的女兒，聽說從法國回來的。」

「哇，好漂亮呀，和另一個女兒差很多。」

司機阿義加入討論：「這哪叫漂亮呀？是很會打扮好嗎？」

一群人嘰嘰喳喳討論著，在鍾愛珍接近護理站時不約而同地閉上嘴巴，她表情冷漠地跟大家點點頭，直直朝父親的病房走去，不像其他家屬會停下來閒聊幾句。

「她那個包包是LV嗎？」張護士問院裡最懂流行的林護士。

林護士敲了敲她的頭，「誰跟妳LV？那是愛馬仕。」

阿義問：「那麼有錢又住法國，怎麼不買LV？」

林護士翻了翻白眼，怨嘆自己怎麼會來到這種鄉下地方工作，跟這些鄉下人混在一起，簡直是埋沒她這個人才！

收了收護理車，她說：「不跟你們囉嗦，我要去送藥了。」

她推著護理車，在鍾振興的病房外，看到大家討論的鍾家小姐正拉著父親的手，湊近他耳邊，輕聲問著問題。

「爸，爺爺跟你提過趙波嗎?」

林護士放慢動作，刻意拖延準備藥品的時間，悄悄地用眼角餘光觀察鍾小姐。

「爸，爺爺是不是藏了一幅趙波的畫，給我一點暗示嘛!」

鍾振興閉著眼，五官鬆弛垂下，像是睡著了。

林護士拿著藥盤走進房裡，忍不住插嘴道:「鍾伯伯最近調了藥，很容易疲倦，看護說他時常處於睡眠狀態。」

鍾愛珍將長髮撥到肩後，抬起頭來將注意力移到林護士身上，「爲什麼要調藥?」

「鍾伯伯上次肝中毒昏迷送醫，再送回院裡時，藥方和以前差了很多。」她準備好針劑，走到鍾振興床前，鍾愛珍接過她的藥盤，「那是胰島素吧?我來幫他打。」

「鍾小姐不怕嗎?很多人都不敢替人打針。」

她明亮的臉黯淡下來，「從小看到大，不敢也得敢，以前在家裡，爸爸最喜歡叫我幫他打胰島素。」

「妳和鍾伯伯感情一定很好。」

「我爸以前最疼我。」鍾愛珍熟練地將針刺進父親的手臂。

「妳出國這麼多年，一定很想家吧?」

鍾愛珍將空了的針筒丟回藥盤，臉上流露出的感情已經消失，看起來不準備回答那個問題。

林護士自討沒趣地閉上嘴巴，將藥留在床邊櫃子上，推著藥車走向下一間病房。鍾愛珍將病房門關上，打開窗戶通風，揮散滿室令人受不了的藥味，頹敗腐朽的氣味。坐在父親床邊，她低下頭順著父親的頭髮，柔軟滑順的觸感讓她想起從前。

「珍珍的頭髮像我，茂盛烏黑。」三十來歲的鍾振興幫她梳著頭髮。

「可是我想要像媽媽，細細的髮絲，多好看呀。」十歲的鍾愛珍嘟著嘴抗議，妹妹就有媽媽那頭像絲綢般輕柔的頭髮。

「傻瓜，我都把最好的留給妳，妳還不滿意？」

她還是一臉不開心，數著：「我想要媽媽的櫻桃小嘴，細細的鼻梁，瘦瘦的身材，才不要像你呢！」

「我的小珍珍有什麼不好？豐厚的嘴唇，濃密的頭髮和高高的身材，以後會有一堆男生追妳呦！」

「人家才不要男生追呢！」

「那妳以後想要當老姑婆呀？」

「就是！」

父親大笑出來，幫她紮了個帥氣的馬尾，「那也好，珍珍就一輩子陪著爸爸吧。」

感覺到眼眶裡冒出的溼氣，她立刻壓下這些回憶，站了起來。

「你不要一直睡，幫我想想爺爺會把趙波的畫藏到哪去了嘛！」她搖了搖躺在床上，一臉安詳的父親。

「爸，」她看了看周圍，確定沒有人可以聽到她的聲音，「我需要那幅畫，我需要錢，不然我就毀了，你聽到了嗎？」

沒有反應。

她恨恨地說：「你就不能幫幫你最疼愛的女兒嗎？」

語音剛落，門突然被打開，進來一個她不陌生的男子。

「你怎麼會在這裡？」

趙經生也訝異地看著她，「我來巡房。」

注意到他穿著白袍，身後跟著一個助理醫師和兩個護士小姐，她不自覺用撩撥頭髮的動作來掩飾被逮到的狼狽，迅速和病床拉開距離，臉上戴回冷硬的表情，「你是這裡的特約醫生？」

他點點頭，「嗯，我每個禮拜一會來巡一次房。」說話的同時，他眼裡有著異樣的光芒，「平常都是妳母親來探視，今天怎麼是妳來了？」

「我家裡治喪中，很多事情需要她去處理，所以就換我來了。」

「這樣呀……」他走上前，輕拍病人的臉，「鍾老師，我是經生，你還認得吧？」

「他……好像睡得很沉。」她擔心地說。

「疲勞、昏睡都是長期使用胰島素的後遺症，只要血壓和脈搏正常就行了。」

助理接到指示，遞上病理紀錄，他的眼睛隱在眼鏡後，仔細地閱讀數據，邊看邊向護士問了幾個問題，最後朝鍾愛珍露出一個安慰的笑容，「沒事的，一切都正常，妳不用太擔心。」

「趙醫生，你覺得我爸還有記憶嗎？」

「當然，幾次的中風雖然影響了他的反應和表達能力，但他還是跟正常人一樣，有感覺有記憶呀。」

「那麼……我說的話，他應該能聽到，也能理解嘍？」

「聽是一定聽得到，理解可能差一點，這部分主要是長期服用藥物的影響，他可能有退化的情況。」

「退化……」她的臉上出現猶豫的表情，「你的意思是失智？」

「沒辦法精確表達想法，很容易讓人有這樣的印象，但我認爲鍾老師還是明白的，我幫他做過幾次檢查，反應雖然慢些，但基本上是正確的。聽說妳是他最偏愛的小孩，我建議妳多來看看他，陪他做做物理和職能復健，多一些刺激對他很有好處。」

她點點頭表示了解。

交代完病人狀況後，他看起來欲言又止，猶豫了一會，偏頭要求身後的助理和護士們先行到下一房，待其他人都出去以後，他才轉過來面對鍾愛珍。

「我帶了個禮物要送給……」他頓了一下，「送給鍾老師。」

她好奇地看著他從沉重的包包裡拿出一個用珍珠紙包裝的東西。

「是我爺爺的版畫。」

她拆開來，裡頭露出一幅裱好框的裸女素描複製畫，她記得前天在木之藝廊裡曾注意到這幅原畫，女子憑窗托腮，身體的線條用簡單幾筆勾勒出優美曲線，那是幅非常生動的畫，很有馬蒂斯調調的簡潔筆觸，表現在東方女子的線條上則更爲細緻柔美，畫的右下角以炭筆表示編號：23/50。

「編了號的版畫，恐怕市值不低吧。」

「市值多少我不清楚，裸女系列在市場上也只有版畫，我爺爺在遺言裡要求家裡不要出售這個系列。」

「難怪市場上流通的只有趙波的風景寫生……」鍾愛珍恍然大悟。

「嗯，裸女系列在不少一流美術館展覽過，出過幾本畫冊，名氣也不小。這批版畫是江城十年前監製的，和他認識的老師傅合作，在日本印刷。據他的說法，這樣的品質現在是做不出來了。」

「那不是很値錢？」

他笑笑，「所以才拿來送鍾老師呀。」

「你叫我爸鍾老師，難道你以前被他教過？」

他搖頭，「我沒有美術天分，進不了鍾老師指導的美術資優班。不過我們家的人對鍾老師不陌生就是了，怎麼可能對被評爲趙波第一傳人的藝術家陌生，妳說是嗎？」

她的眼神黯然，「是呀，那個意思是沒有自己風格的藝術家。」看著那如行雲流水般的裸女素描，她扁嘴說：「或許他當初挑裸女系列描摹，會更有成就點。」

「鍾老師很欣賞裸女系列，他以前常到家裡來看畫，有時站在裸女畫前，一站就好幾個小時。」

「是嗎？」她驚訝地問：「他以前常去你家看畫？」

「開木之藝廊前，畫全放在趙家祖宅裡，地方上的藝術家常來，我記得妳小時候也跟妳父親來過。」

「是嗎？我怎麼不記得？」她露出點興趣。

「妳那時還小，我大妳十歲，印象自然比妳深刻些，我會注意到妳，是因爲鍾老師跟妳談畫的口氣，一點都不像對小孩子說話，所以這麼多年過去還能記得。」

她臉上的冷漠完全褪去，趙經生注意到只要一談起鍾振興，她便無法武裝自己，「很多人都這麼說，我們倆湊在一起講一幅畫，可以講上好幾個小時，我媽根本受不了我們。」

「所以我才覺得奇怪，妳後來怎麼沒學畫呢？」

她聳聳肩，「我學過幾年，但坐不住，腦子裡轉的問題太多，大概就是你說的，沒天分吧！」

「妳現在也不錯呀，請原諒我私底下調查了一下，發現妳不只在法國藝術圈很有名氣，在紐約、倫敦這些藝術品主要交易市場也有一定口碑，尤其妳還發現那幅達文西……」

她打斷他：「可不可以別提那幅畫，那是我最大的失敗。」

他好奇反問：「怎麼會是失敗呢？」

「不能換成收入的名氣都是假的。」她很乾脆地說。

察覺到她不願意多說，他換了個話題：「我以爲妳會回去找江城談畫展的事。」

她完全忘了要幫父親辦畫展，腦子裡淨想著怎麼找到趙波贈送的畫，這幾天忙著翻遍祖母房間的每一吋地方。

「喔，對，我會去找他的。」她敷衍回道。

「那傢伙最近不會去藝廊。」他低頭在紀錄表一角寫了幾個字，撕下來遞給她，「這是江城的地址，在蘭潭山區，不是很好找。」

「謝謝。」

他對她笑笑，表示得繼續巡房，將她獨自留在病房裡。

她將趙波的版畫拿高，左右端詳。

「爸，哪有人在病房掛這種畫的?你未免也太好命了吧?」

從工作室走出來，穿越一道僻靜的林間小徑，停下腳步，閉上眼睛感受風聲和鳥鳴，只要進入創作期，感覺總會特別敏銳，而這感覺實在是久違了，他可以聞到潮溼的泥土和風乾的竹葉氣味。湖面徐徐送來涼風，舒服得讓人不想移動。閉上眼睛，能看到比睜眼所見更多更純粹的細節。

他首先喚回記憶中她的長髮，順肩垂下，宛若水波，女子半側過臉，露出尖尖的下巴和不算秀氣卻充滿個性的鼻梁，接著喚回她露在無袖毛衣外的性感肩線，修長細瘦的手臂。

他睜開眼睛，深吸口氣，確認畫面還在。在工作室時，他已經憑記憶畫下粗略的草圖，光是回想就已讓他的手指癢了起來，但他必須保持耐性才行，草圖裡仍缺乏許多細節，唯有等候才能塡滿空白，因爲細節往往在不預期的時候浮現。

小徑盡頭的木屋，面向著湖泊的露臺上，映入一個熟悉的身影，正坐在竹編吊椅上，肩頸夾著手機，邊說話邊翻閱著一本厚厚的資料，看到他走來，她匆匆掛上電話，將資料夾放在一旁，站起身來。

「我就猜你應該在工作室。」她刻意保留最初和江城以日語交談的習慣。

他經過她，拉開裝著紗窗的門，淡淡地說：「怎麼不進去？」

她跟著走進室內，「在台北看不到這樣的景色，我趁機享受嘛。」

「喝點什麼？」

她偏頭看著他寬闊的肩膀，猶豫著要不要靠近，複雜的情緒湧上心頭，只要見到他，她就得和這些雜亂無章的情緒對抗。兩個人像這樣，久久見上一面，像陌生人般的客套，她從來就搞不清楚是自己虧欠了江城，或是江城虧欠了她。

「想喝點涼的東西，你有什麼？」

他拉開冰箱，拿出一個玻璃瓶，「冷泡茶。」

她笑笑，「那就來點冷泡茶吧，這是阿寶從家裡拿來的茶嗎？」

「嗯，有機茶。」

她撇撇嘴，「都說是有機，茶蟲捉都捉不完，怎麼可能有機？」

他停下倒茶的手勢，想了一會她說的話，「可能不是，但對妳來說有差別嗎？」她止住嘴，在他面前她總是說錯話，「經生跟你說了明天的家族聚餐吧？」

他將茶遞給她，脫掉拖鞋，赤著腳走向窗邊，拿起噴水器照顧窗邊一整排錯落有致的蘭花。

「江城，大伯有點事情想跟你商量。」

他不語，伸手拔掉一片泛黃的葉子。

「你應該知道我需要你上來台北幫我，大伯認爲那對我的形象會有幫助。」

他彎下腰，專注地看著一株劍蘭上剛冒出的新芽，淡淡說：「我們不是討論過？」

「那已經是一年前了，再幾個月又要開始打選戰了，我之前那個法案好不容易引起媒體注意，伯父他們認爲……我應該趁這個機會好好改造一下形象。」

他微笑，「之前那個沒有家庭負擔，敢衝敢言的形象，不好嗎？」

「民調結果，我的男性選票比例太低，他們認爲加入一點軟性的特質，對我比較好，不過最主要的原因是，他們準備在下次的競選政見裡加入一些文化主張，有你一起出面，比較有說服力。」

他的笑容現在比較明顯了，「我懂了。」

她走到他身後，貼著他的背，環住他堅實的腰，「江城，拜託嘛，我很少要求你什麼。」

他放下噴水器，輕柔地拉開她的手，轉過身來看著她，「但是妳每次的要求，都讓人很爲難。」

「這是我最後一任了，接下來我也不想選了。」她挨近他懷中，臉貼著他的心跳，滿足地嘆口氣，「我不想再和你分開。」

他手臂向後，按著窗台，視線固定在天花板上的復古風扇，默不作聲。

「江城，你答應我，好不好？」

嘆口氣，他伸出一隻手攬住她，「我會去那個餐會，但不保證其他的事情。」

她。

她鬆了口氣，只要他肯去就行了，大伯會有辦法說服他助選。總是這樣，江城從來拒絕不了她。

鍾愛珍下車，踢了踢父親那輛破老爺車，十五年的標緻106老車，開著出門她都嫌丟臉了，現在竟然在這個荒郊野外拋錨，湖畔的豪宅華廈像在對她嘲諷，她不甘願地承認：好吧，也不算荒郊野外。偏偏這條樹林裡的小路，卻將她帶往和那些大廈相反的方向。她再看了眼趙經生給她的地址，以及大哥幫她畫的地圖，大雅路上來，右拐往蘭潭方向，經過湖邊觀光風景區，往山裡走去，第二條岔路左轉，她是這樣走沒錯呀！

那個叫江城的傢伙，好好的別墅美宅不住，到底是藏在哪個深山的樹屋裡呀？

她脫下Jimmy Choo的高跟鞋，赤腳走在泥濘的土地上，拐壞了鞋，她不指望這個小地方有鞋匠能夠處理。

正好上方迎面而來一輛汽車，她趕緊攔下對方，降下的車窗後露出一個面容娟秀的女子，笑容可掬地主動問她：「小姐，妳是不是走錯路了？這條路上去沒有別的人家。」

她拿出寫著地址的紙條，「這個地址不在這裡嗎？」

看了眼地址，女子臉上浮現好奇的表情，「是這裡沒錯，妳要找江城？」

「對，我找江城，這麼說我沒走錯嘍？」

女子上下看了她一眼，「沒有錯……請問妳找他有什麼事嗎？」彷彿突然意識到這個問題很唐突，她加上一句：「我是他的家人。」

「我想找他商量展覽的事情，偏偏他這幾天又不上藝廊。」

「是公事呀？他通常不喜歡在家裡談公事，不過……」她笑著說：「妳運氣好，他剛從工作室出來，或許會願意跟妳聊聊。」她下了車。

鍾愛珍注意到對方身上穿著香奈兒最新一季的套裝，因此對她露出點尊敬的神色，雖然一身名牌，但那女子臉上卻有股讓人無法抗拒的親和力，這應該來自她那個熱力十足的笑容吧。

「妳往這條路一直走上去，到岔路時記得右轉往家裡去，左轉是他的工作室。」語畢，她看了眼鍾愛珍髒兮兮的腳丫子，「路上有些石頭，赤腳走很辛苦吶。」鍾愛珍這才想起自己沒穿鞋子，舉高手裡的鞋子，解釋道：「穿上這鞋更難走。」

那女子想了一會，看向不遠處的老車，臉上浮現明白的神色，低頭看了眼手錶，猶豫著，「不然……我送妳上去吧。」

鍾愛珍不是個不識相的人，她連忙說：「我沒問題的，謝謝妳。」

她的拒絕似乎解決女子一個麻煩，她露出迷人的笑容，「那好吧，反正那傢伙也從來不穿鞋，妳這樣上去，搞不好他會對妳客氣點。」

鍾愛珍笑笑和那女子道別，將鞋子放進包包裡，拉起褲管忍痛走上那條要命的泥土道路。

江城的家像是幢錯置時空的和式木屋，在突然開闊的樹林空地上，居高臨下地俯視著蘭潭碧綠的湖水，長長的迴廊將房子四周圍了一圈，像室外露臺，也像室內的延伸。

鍾愛珍出入過許多豪宅，這房子儉樸得不像是藝廊經理的住宅，卻又講究得不應該在這個鄉下地方出現。雖然對江城這個人還不熟悉，但她直覺，他的人就像這房子一樣，本應遺世而獨立，卻又對塵俗流連忘返，有點人間隱士的味道，早在看到他腳上那雙拖鞋，和這個難找的地址時，她就有這樣的感覺，只是，不知道他留下來的理由……

站在步上迴廊的台階前，她皺眉看著自己髒兮兮的雙腳，左右張望著可以清洗的地方，放下皮包，提著鞋子，在房子周圍探尋水龍頭，最後在房子後方看到一個大水甕，高度及腰，甕口用竹片板蓋住，上頭擱著一個日本神社的竹製水杓。

她不假思索地舀水沖洗雙腳，冷水帶來的寒顫從腳底竄起直至全身，就在此時，她直覺有人正注視著自己。

她回過頭，往房子方向看去，江城站在木窗內，定定地看著她。

「不要動。」

她疑惑地看著他消失在窗前，幾秒鐘後重新出現，手裡拿著相機，喀喳喀喳地朝她按下快門。

「轉回去妳剛才的位置，從甕裡舀水出來。」他命令道。

她照做，轉回去面對水甕，彎著腰探手進甕裡舀水，窗口持續傳來快門忙碌運作的聲響。

這裡非常幽靜，快門停歇時，她可以聽見從湖面刮來的風，穿越竹林擾動乾燥葉片發出清脆的窸窣聲，林中不時響起清亮短促的鳥鳴，傳入耳中的一切，像是一首被時間遺忘的自然樂音。

腳上的冰涼帶來通體的舒暢，她甚至忘了洗腳的目的。

「那是要泡茶的山泉水，省點用。」他從窗口喊。

聞言，她再度回過頭，正好接下他丟過來的毛巾。

站在紗門前，右手抵著門框頂端，江城高大的身軀擋住入口，像個門神，拷問著她的來意。

「我們得談談我爸的畫展，你沒忘記吧？」之前怎麼不覺得這人這麼高大，充滿威脅？抬頭看著他時，鍾愛珍納悶。

他又露出那個似笑非笑的表情，讓人穿透不了的表情，「這裡沒有老好人趙經生，妳不妨直說有什麼企圖吧，我不認為妳會浪費時間在一個賺不了錢的畫展上。」

她張嘴想反駁，念頭一轉，甩了甩頭髮，眼瞼半垂，用誘惑的眼神看他，聲音低啞：「我們……進屋裡再說。」

他毫不領情，「這是我的房子，要請誰進屋，由我決定。」

她伸出手來，「相機給我。」滿意地看到他愣住的表情，「我有肖像權，你沒有權利留著我的照片。不讓我進屋，我就刪除那些照片。」

他瞪著她，沉默的空氣凝滯了半晌，最後終於放下擋著門框的手臂，側身讓出空間，擦身而過時，她聽見他譏道：「妳很習慣用自己當交易。」

在爾虞我詐的畫商間待久了，她才不會被這種小兒科的貶損所打擊，「而且總是管用，你最好記住這點。」並好心的奉送他一個挑逗的笑容。

室內唯一的現代設備是開放式廚房，其他的擺設不是原木就是竹器，鑲嵌著大片窗戶的三面牆壁，入門的右邊是一排種類顏色各異的花草植物，左邊，也就是面對著水甕的那面，沿著窗台擱放著一排銅雕，似乎是一系列有主題的動作。她花了點時間才認出那是瑜珈體位，前幾年她很熱中瑜珈瘦身法，那幾個體位她都不陌生。

職業本能驅使，她逕自走到哪些銅雕前，不禁暗自讚嘆，做得真是精巧，動作肌理把握得恰到好處，她觸摸著銅雕，凹凸不平的表面，呈現出手造的質感，這絕不是大量生產的工業複製品。

「這是你的作品？」

從她一進屋，江城的視線就沒離開過她，雖然背對著他，仍可感覺到他正用眼神評估著自己，記錄她的每個舉動。

「不是。」

「你知道藝術家的名字？」

「妳才是畫商，妳說呢？」

她搖搖頭，「東方藝術不是我的專長，除了幾個大師，其他的藝術家我可以說是一無所知。」

「以一個畫商來說，妳很老實。」

她轉過來面對著他，「不知道就是不知道，我沒有必要不懂裝懂。」

鷹鷲般的眼神柔和了下來，看著她許久後他才鬆口問道：「坐吧，想喝點什麼？」

她舔了舔嘴脣，這男人讓人緊張，她比較想來根菸，但不認爲他會同意她在屋裡抽菸，這個房子乾淨得不像話，不是無菌無塵那種乾淨，而是連一絲雜味噪音都沒有的乾淨。

「有酒精的東西，你有什麼？」她的語氣充滿期盼。

他搖頭，「妳來錯地方。」

她的臉垂了下來。

「本地產的有機茶？」

她聳聳肩，反正都是無酒精，喝什麼對她來說都沒差，「隨便。」

他卻出乎她意料地笑了出來，「是誰突然闖進來？想喝酒，下次不妨換個出場方式。」視線移到她的光腳。

她縮起腳趾，想起自己畢竟是有求於他，不好繼續擺高姿態，況且他說的也對，跑到人家院子裡洗腳，確實不是太優雅高明的出場方式。父親小時候總愛取笑她，學淑女怕髒扮文靜，裝模作樣，其實她內心就像個野孩子，全身弄得髒兮兮，隨性自在，才是她最真實的模樣。

她也笑了出來，「謝謝提醒，下次我會先空投幾瓶酒再上山。」

他赤腳踩在木頭地板上，走進吧檯後的廚房。這麼高大的人，動作卻如此輕柔，看著江城的動作，突然明白那些瑜珈銅雕在這裡的原因，他的每個動作、每次氣息吐納，都經過嚴格的控制。

這是個深不見底的男人，就像窗外的蘭潭湖水，綠悠悠的看似澄淨，實際上沒有人能看清湖底情況。

的人。

比較起來，趙經生是個比較容易捉摸的男人，溫和，有教養，帶點憂鬱氣質，大抵上是個好懂

她很高興在找趙波的畫這件事情上，她比較需要的是趙經生，而不是這個難懂的江城，眼前的任務只要說服江城幫忙翻譯祖父的冊子就行了，這應該不是太爲難的要求。

坐在她面前，他閉上眼睛冥思著，等著她先開口，一點都不在意兩人間的沉默就這麼天長地久地延續下去。

空氣裡飄散著隱約的檀香，可能是從戶外傳來，也可能是隱在屋裡某個角落的木頭所散發出的香味，那氣味發揮類似醇酒的效果。收攝心神，她清清喉嚨後開口：「你說得對，我不是爲了我父親的展覽來找你。」

見他沒有反應，她繼續說：「你可能知道，我是回國奔喪的，我祖母上個禮拜過世了。」

他睜開眼睛，看著她。

「在整理奶奶的房間時，我發現這個筆記本。」她從皮包裡拿出祖父的紅色筆記放在桌上，「我猜是我祖父的筆記本。」

他將視線移到已經褪了色的封面，卻沒有伸手翻閱的意思。

「筆記是用日文寫的。」

他勾起一邊嘴角，「原來如此。」

「我希望你幫我翻譯這本筆記。」

「這點工作，隨便哪個翻譯社都能做，何必大費周章找上我？」

這人的犀利真讓人討厭。

「事實上，我懷疑我祖父和趙波是好朋友，趙波……」她評估著該透露哪些線索，轉念一想，反正江城讀過筆記後也會知道，沒什麼好隱瞞的，於是坦承道：「趙波似乎曾經送給我祖父一幅畫。」

「妳祖父叫什麼名字？」

「鍾俊義，英俊的俊，正義的義。」

「不可能。趙波沒送畫給鍾俊義。」他斷然道。

「你怎麼能確定？」

「趙波留下一本手冊，爲每一個作品留下詳細紀錄，他死了以後，趙家後代一直持續追蹤，我雖然不敢說他是唯一一個，但絕對是很少數在市場上流通的每幅畫都有詳細來歷的藝術家。」

「我知道，趙醫生也是這麼說的，但是，我找的可能是一幅簡筆素描，隨便畫在一張紙或一塊布上，隨興所至畫的東西，畢卡索就留下很多這類的作品，咖啡館裡，餐巾紙上……反正就是類似的東西，難道趙波完全沒有這種習慣嗎？」

他看著她，眼裡閃著光芒，嘴角有個歪歪的淺笑，「真有這種東西，妳認爲市場價值多少？」

這兩天她試著聯絡香港兩大拍賣行的專家們，一個渡假去了，另一個堅持要知道材質尺寸和主題才願意給價格，她和東方藝術的圈子不熟，在巴黎累積的名氣在這裡一點也不管用，不過根據她自己的調查，假如是紫荊公園系列，即使是素描，市值應該都在二十萬美金以上。

在她將思緒化爲言語之前，他代替她回答：「沒有列冊的作品，沒曝光過，只要能確定是真品，我知道有幾個藏家會不計一切代價想取得。」

他看著她說：「那幅畫將會是無價之寶。」

無價之寶。

她屏住呼吸，心跳的速度有如發現達文西畫作時一般，當時腦子裡也充斥著這四個字，只要找到這幅畫，她不只可以翻身，甚至比以前更無往不利。她，鍾愛珍，不只是當代西畫專家，還能稱霸當代東方藝術市場。

爺爺寫下的那句「趙波贈畫」最好是真實的，而不是痴人說夢，不然她發誓這輩子都不給他上一柱香，不，她以後寧可不姓鍾！

她翻開寫著那句話的頁面，推到他面前，「你看這句話的真實性如何？」

他並沒有立刻拿起冊子，反而往後一靠，雙手抱胸，「給我一個幫妳的理由。」

她咬牙切齒地說：「你不是木之藝廊的經理嗎？難道找回趙波失落的畫，這個理由還不夠嗎？」

「畫家送出去的畫，屬於受贈者的財產，木之一點好處也得不到。」

「你……就不能爲了維護趙波藝術幫我嗎？」

「妳是來找我談藝術的嗎？」他嘲諷反問。

「我……」這男人實在讓人氣結，鍾愛珍必須用盡所有克制力才能忍住不甩他一巴掌，打掉他臉上的輕蔑。

算了，就像他說的，找個翻譯社翻譯又不是什麼難事，她何必對這個人低聲下氣？她站了起來，將手冊掃進袋子裡，走向大門。

「這麼容易放棄？我以為妳是個更有決心的人。」

她走到門口，彎腰套上鞋子，「我不一定要找你翻譯，會日文有什麼了不起？」

「我不只會日文，還是趙波專家。」他平靜地宣布。

她停下動作，聆聽他說的話。

「找到畫以後，妳準備找誰鑑定？佳士得？蘇富比？」他聲音輕柔卻有如原子彈的威力：「不管是誰，他們一樣會把畫送過來給我鑑定。」

她回過頭來，瞪著那個難解的男人，她還沒想到鑑定這個階段，他的話真假難辨，但不知怎地，直覺告訴她——江城不是在唬人。

「既然是專家，只要遇上真品，你不會不承認。」

他聳肩，「從藝術觀點來說，是的，我會承認，但是鑑定一幅沒有編號的真品，等於公開承認趙波有來源不明的畫在市面流傳，這豈不是大開贗品市場的門？趙波的行情會被嚴重損害。」

「所以？」

他帶著殘忍的笑容說：「所以從市場觀點來說，即使那是真品，我也不能承認。」

她握緊拳頭，恨恨反問：「你這算哪門子專家？」

「那句話是怎麼說的？」他咧開嘴：「在商言商。」

「你的意思是，我根本不需要費勁找這幅畫？」

「不，我建議妳找這幅畫，以藝術觀點，我個人很想看看它長什麼樣子，我甚至願意幫妳。」

「那有什麼意義？你又不會承認那是真品。」

「我沒說不承認。」

她氣憤地脫下鞋子，走回他面前，跟這個人說話真是考驗修養和耐性，「把話說清楚，假如我找到這幅畫，你到底願不願意承認那是真品？」

他好整以暇地說：「只要符合兩個條件，我沒有理由不承認。」

「哪兩個條件？」

「第一，它必須是真品。」

她翻了翻白眼，這人到底煩不煩啊？

「第二，它必須是趙波手冊裡記載過，有編號的畫。」

「那不是白搭，你剛剛都說了，手冊裡沒有送給鍾俊義的畫。」

他不立刻回答，反而拿起桌上的一本書法字帖，姿勢悠閒地翻閱了起來。

「江城？」她語帶警告。

他頭也不抬地說：「雖然沒有送給鍾俊義的畫，但卻有幾幅只留下標題和尺寸，不知去向的作品。」

她怔住。

「我願意幫妳找畫，除了想追查那些遺失的作品之外，還有另外一個理由。」

她現在才發現，江城說話時有個與眾不同的習慣，每個字、每個音都清楚緩慢地發出，沒有無意義的語尾助詞。事實上，仔細聽他的每個句子，一個贅詞也沒有，因此除了字面本身的意義，她必須自行加入各種可能語氣，推敲他真正的意思和想法。

然而她直覺認爲，江城說的每句話，都是爲了創造想要的水波效果而精準投入水中的石頭，即使是隱晦不明的語意，都是經過設計的。

她有點害怕聽到他將要說的第二個理由，面對馬文林區這等一級收藏家都能冷靜算計的鍾愛珍，竟然會害怕一個小城的藝廊經理？

她被動地問出他等著的問題：「什麼理由？」

視線定著在她身上，他很緩慢地，瞄準目標，投入石頭：「我要妳當我的模特兒。」

林護士剛交完班，走到停車場要牽車，一輛黃色計程車呼嘯而過，她揉揉眼睛，確定自己看到的是鍾伯伯那個拿愛瑪仕包包的女兒。她不是早上才來過？

忍不住好奇心，她走回護理站，問值夜班的黃護士：「剛剛進來的人是鍾小姐嗎？」

黃護士不滿地說：「是啊！那女人以爲自己是誰啊？跟她說過晚上九點不能探望，她硬要進去！」

「妳通知警衛了嗎？」

黃護士吐吐舌頭，「那是她自己的爸爸，她不怕打擾老人家，我管她那麼多?喂，妳不是急著回家，還在這裡拖拖拉拉幹麼?」

林護士看向鍾伯伯病房方向，好奇心大作，「我去看看她到底要幹什麼。」

黃護士一副不置可否的模樣。

鍾振興的單人病房大門虛掩，林護士可以聽到裡面傳來鍾小姐低啞的聲音。

「爸，你說那傢伙是什麼意思?」

「他是真心想幫我嗎?」

「你是裝做沒反應吧?趙醫生說你聽得見我說的話。」

「對啦，眼睛張大點，不然我像對木頭說話一樣。」

又傳來笑聲和拍掌聲。

「我本來以爲他完全不受我吸引呢，你看他那個要我當模特兒的提議，是不是有別的意思?」

「我知道你在想什麼，我對他可是沒有意思喔。以前讀美術班時，又不是沒當過模特兒，你不是老說，藝術家眼裡的美醜，和一般人標準不同?那……」

聲音壓得更低，林護士只聽到：「……應該可以吧?」

「這樣吧，你贊成就眨兩下眼睛，不贊成眨一下。」

清脆的拍手聲響起。

「多眨了一下，就當成兩下嘍，謝啦，老爸，找到趙波的畫，我保證幫你找個好一點的地方，美女護士多一點的安養院，省得你忍受那些晚娘面孔。」

林護士聽到窸窣的布料聲，猜想鍾小姐正幫父親蓋好棉被，她快手快腳走到隔壁病房，假裝湊巧遇上剛走出病房的鍾小姐。

「啊，鍾小姐怎麼這麼晚來探班呀?」

只見鍾小姐客氣疏遠地跟她點點頭，「我忘了點東西在病房裡。」

「喔，對了，鍾伯伯病房裡那幅畫好漂亮，是誰畫的呀?」

她的嘴角露出類似笑容的東西，「那是趙波，妳認識嗎?」

「喔，紫荊公園裡那些展示牌，好像也都是趙波畫的。」

林護士現在很確定在鍾小姐臉上浮現的確實是笑容，「展示牌上的是複製畫，但是妳說對了，就是那個畫了很多紫荊公園寫生的趙波。」

「哇，那鍾伯伯房裡那幅畫不就值錢了?」

「那也是複製品呀，應該說是版畫，根據原畫用精巧的印刷技術複製的。」

林護士聽得津津有味，「聽說鍾伯伯是美術老師，鍾小姐也是嗎?」

她搖搖頭，突然間變得很友善，「我不是，以前我爸要我學畫，我糊裡糊塗地念了幾年美術班，但是我沒有天分，也不愛畫畫。」

「可是我感覺妳對藝術懂很多耶。」

鍾小姐思考了一會，真誠說道:「其實我懂的不見得有妳多，聽到趙波的名字妳聯想到紫荊公園告示牌，我呢，只會想到趙波價值多少錢。妳懂的是畫，我懂的是市場。」

「我很喜歡美麗的東西，但不是每樣都買得起，所以價錢怎樣跟我沒有關係。」她比了比鍾愛珍手裡那個包包，「像愛瑪仕的包包一樣，我只是看看，不敢肖想買它。」

她愣了一下，低頭看手裡的袋子，突然笑了出來，舉高那個包包，「妳知道一開始柏金包是被設計來幹什麼的？」

林護士搖搖頭。

「用來給一個叫珍柏金的女人裝尿片的。」

她瞪大眼睛，不可思議地說：「不是吧？」

鍾小姐看起來卻很篤定，「不信妳上網找找。」她停頓了一會，而後說：「這和藝術品是一樣的，有人為了擁有，有人為了欣賞，有人為了投資，但是創作者所希望的，是作品能引起共鳴。」

「誰會買愛瑪仕包包來裝尿布呀？」

鍾小姐笑著搖頭，「或許不會，但是這個包包很牢固，裝十幾本書都足夠，用十幾二十年也不會壞，這就是原創者的用意，剛好我又有需要，覺得這個包很適合我，這就是共鳴。女人啊，找到一個合適的包，就好像喜歡藝術的人，遇上一件熱愛的作品，都是從自身出發自由地去感受體會作品。共鳴，不見得代表要和原創者想法一模一樣。包包是給人裝東西用的，藝術品則是帶來美好感受的媒介，真正欣賞喜歡的東西，一定是因為那東西在某方面讓人想到自己。」

林護士似懂非懂的，只覺得鍾小姐和院裡其他人批評的高傲做作很不一樣。

鍾小姐擺擺手，不好意思地說：「唉，我職業病又犯了，跟妳說了些無聊的東西。」

她連忙搖頭。自己喜歡深奧的感覺，山城的生活實在太單調，除了安養院和家裡，就是些吃吃飯、唱唱歌的老朋友，有時真覺得快被悶壞了，偶爾也會懷疑，生活除了這些，應該有點不一樣的東西，卻又不知道這感覺從何而來，該上哪裡找答案。

「怎麼會？聽鍾小姐這麼一說，讓人很想去美術館逛逛呢！」

「紫荊市就是缺了個美術館，太可惜了。」鍾小姐眼睛一轉，笑著說：「不過，妳可以去大雅路上的木之藝廊，看看這幅版畫的原作。」

「藝廊？」林護士瞪大眼睛，記得大雅路上門口有堵牆的森冷藝廊，「我哪敢進去藝廊那種地方？」

「有什麼不敢的？藝術品本來就是要給人看的。」

「可是我買不起呀，藝廊不是要賣藝術品的地方嗎？」

她瞪了眼林護士，「誰知道妳買不買得起？反正妳大大方方走進去就是了，在藝廊看畫的好處是可以近看作品肌理，感受一下藝術家在塗抹油彩時的力道，這在照片上是看不到的。」

林護士還是搖搖頭，表示不敢。

鍾小姐熱心起來，湊上前跟她說：「這樣吧，下次妳試試走進去，就說是我的朋友，我保證沒有人敢給妳臉色看。我叫鍾愛珍，珍愛倒過來念，很好記吧？」

「真的嗎？」

她鼓勵地點點頭。

林護士笑道：「好，剛好我明天放假，我就去木之藝廊逛逛。」

鍾愛珍露出一個滿意的溫暖笑容，「記得告訴我妳的感想喔。」

「一言爲定！」

誰說鍾小姐高傲、難以親近？林護士決定，以後誰在背後批評鍾小姐，她會捍衛到底。

在暗房昏暗的光線下，江城滿意地看著下午拍的照片。

其中一張照片裡，女子半彎腰拉著褲管，扭過身子向上仰視，微啓的嘴唇帶點懷疑，帶點性感，另外一張則是長髮垂肩，細長的手臂探進水甕裡，光線透過輕薄的白襯衫，映照出她線條優美的胸形和腰身。

他很久沒感受到如此強烈的創作欲，光是看著照片，他的手就已經忍不住在空氣中捏塑起線條，自從那晚在野口家看到鍾愛珍轉身拍臀的動作，創作的衝動便揮之不去，那之後他關在工作室裡畫了好幾十張簡圖。

想起她聽到模特兒提議時的表情，他忍不住失笑。

她吞了口口水，反問道：「你是藝術家？」

看著她來不及武裝的臉，純真和好奇的氣質立時穿透臉上的化學化妝品，他可以感覺得出來，這不是個對創作陌生的人。剛才在瑜珈銅像前的她，不經意流露出欽羨渴望的表情，他猜想鍾愛珍之所以能成爲成功的畫商，靠的不只是精明和野心，還有對藝術本質的熱愛，只是她不計一切代價地掩飾這點，害怕被看穿。

他刻意漫不經心地回答：「修習中。」

「油畫？裝置？還是雕刻？」

「雕刻。」

她點點頭，「接觸藝術品久了，難免會有創作欲，這是自然的。」態度突然間不再是針鋒相對，而像找到同儕般，有感而發地說。

他順著她的聯想說：「趙波沒試過雕刻，所以我想試試……」

「雕刻是最難的呀，我爸老是說……」她突然住嘴，搖搖頭彷彿想擺脫不受歡迎的想法。

她直視著他，「所以只要我當你的模特兒，你就願意幫我找趙波的畫？」

「沒錯。」

「也願意鑑定那幅畫？」

「只要妳記住我剛說的兩個條件。」

她猶豫了一下才問出那個問題：「人體……模特兒嗎？」

他眉毛一挑，將問題丟回去給她。

她舉起手來抵擋他的反擊，「我知道我知道，在藝術家眼裡看到的人體只有線條和光線，問題是你不算真的藝術家，我怎麼知道你不會……」

「不會怎樣？」他逗弄著她。

她挺起肩膀，挑釁回來：「產生不適當的反應。」

他緩步走上前，幾乎貼著她，一手輕撩起她的長髮，露出她修長優美的肩頸線條，另一手非常輕柔地用指背沿著頸部到肩部的線條撫摸著，她很自然將頭偏向另一個方向，肌膚拉得更緊，觸感更絲滑。

他呢喃著：「妳認爲我會有什麼反應？」

她僵硬地回答：「你比我更清楚。」

他的手向上，撫摸著她的耳緣，更加靠近，朝她的耳朵吹氣道：「妳的耳朵怎麼這麼紅？這是適當的反應嗎？」

她一把推開他，抓了頭髮蓋住耳朵，瞪著他平靜無波的表情。

「你少來這套。」

他很確定自己身上沒有任何她懷疑的線索，沒有她所謂的「不適當反應」，維持著平淡的口氣反問：「少來哪套？」

她氣極了，而他發現自己對那個表情著了迷，可惜這不是雕刻能表達的，或許他會爲了她重拾畫筆。

嗯，不能用油彩，得用壓克力顏料或水彩才能畫出這麼生動的表情。

「我……」她終於找回先前的武裝，昂起下巴冷冷地說：「我考慮考慮。」

「明天下午，相同時間，我在這裡等妳。」

第三章　女子踏雨

趙麗生掛上電話，深吸口氣，對包廂裡其他人宣布：「江城不會來了。」

趙家大家長，前紫荊市市長趙振寰一臉不悅，「不是都說好了？怎麼突然改變主意？」

趙麗生囁嚅道：「大伯，你也知道江城那個人，工作起來誰也拉不動他。」

她的姑姑，現任紫荊市市長，趙君儀搶在兄長回話前說：「咦？木之藝廊最近有那麼多事情嗎？」

趙麗生猶豫地說：「江城，好像又開始創作了。」

席間十幾個人面面相覷，對藝術比較了解的姑姑趙君儀笑道：「那是好事呀，我還怕他放棄了呢，多可惜。」

趙振寰轉向趙麗生，「他這樣，會答應跟妳上去台北嗎？」

「大伯，我們也不一定要他上來參加現代美術館開幕，不是嗎？」

「這點不是都討論過了？年底妳的政策主推中央資源分配到地方，促進地方文化政策，我們正好可以藉這個機會，在媒體面前介紹他爲未來的地方美術館館長。再說，這次爲了現代美術館，我們送了三幅妳爺爺的畫，誰比他這個趙波專家更有資格在藝術圈面前介紹這三幅畫？」

她低下頭，一直保持沉默的趙經生跳出來緩頰，「大家先吃飯吧，不就是上台北幾天嗎？我會跟江城說說，應該不會有問題的。」

另一個長輩丟過來一句話：「麗生妳呀，該好好管管江城了。」

「是呀，我們趙家對他算不錯了，又不是多麻煩的事，他沒有理由不幫忙。」

飯後，趙經生將妹妹拉到院子裡，問她江城的情況。

「我讓阿寶上山去問他，阿寶說他在工作室裡，不理人。」

趙經生思索了一會，「他這幾天沒去藝廊，我就在想他可能又開始了。」

「哥，你真的有把握說服他上台北？」趙麗生擔心地問。

他搖頭，「我怎麼可能說服江城做他不願意的事？」他溫柔地看著只要一遇上和江城有關的事，就變得一點把握也沒有的妹妹，「他呀，只會爲妳屈就自己，只要我跟他說妳真的需要，他會上去的。」

總是自信堅決的趙麗生卻不太確定，「我覺得……離江城愈來愈遠了，在他面前，我都不知道該說些什麼。」

「妳這次回來，怎麼不住他那裡？」

「每天開會到那麼晚，我不想回去打擾他，再說……」

趙經生鼓勵地看著她。

她紅著臉說出最私密的想法：「我總覺得他並不想碰我。」

男女之間的事情，趙經生不習慣和人聊起，但這是他最親密的妹妹，他很明白，麗生除了自己哥哥，也沒別人可以講心事，他深吸口氣，努力讓語氣輕快些：「怎麼會呢？妳不在的時候，我可是幫妳看著他，哥跟妳保證，江城沒有其他女人。」

她嘆口氣，「我不是懷疑他，而是……他對我……很冷淡。」

「他一向不就是那樣？」

她皺起眉頭，不知道該怎麼解釋：「他從來就不是熱情的人。哥，大嫂從美國回來時，你們會這樣嗎？好像不知道該怎麼對話，也沒有碰觸對方的慾望？」

他的臉色黯淡下來，「妳怎麼拿我的情況來比？我們和你們，根本不能相提並論。」

她思考著趙經生的話，「你的意思是，你們是長輩做主，我和江城是自由戀愛嗎？」她苦笑道：「問題是，我從來不覺得我們曾經談過戀愛。」

「麗生……」

她語氣平淡，彷彿說著和自己無關的事情：「他就是這樣的人，從一開始我就知道了，也要求不了什麼。」

「江城那個人……天生就把男女感情看得很輕，雖然不能期待太多，但至少，妳不需要擔心他背叛妳。」

「我不知道……他看輕的究竟是所有的感情，還是我們之間的感情。」她的表情遙遠，「有時候，我倒希望他背叛我，至少證明他是個有感覺的人。」

他敲敲妹妹的頭，「這話可不要讓長輩們聽到了。」

她的笑容有點僵硬，「我們本來就不是正常開始，所以永遠無法正常相處。」

「別想那麼多了，全世界只有妳對江城是有意義的，我跟妳保證，他會爲了妳上台北的。」

她看著趙經生充滿包容和理解的眼睛很久，最後嘆口氣，「謝謝你，哥。」

「一家人，謝什麼呢？」

「先翻譯。」

「先工作。」

他們互瞪著對方，堅持著。

鍾愛珍昂起下巴，「要脫衣服的人是我，我決定！」

看著她那個表情，他釋懷一笑，「隨便妳。」

他的笑容和注視，好像能看透她似的，讓人不安。她甩甩頭，將注意力拉回正事上，從皮包裡拿出筆記本遞給他，「從第一頁開始吧，我數過了，總共記了五十年，也就是五十頁，你一次翻十頁給我聽吧。」

她的如意算盤是五天裡把翻譯搞定，也讓她能盡快從那個人體模特兒的條件裡解脫，可惜江城不是個能讓人玩弄於手心的人，他眼裡閃了下了然的光芒，搖頭道：「一天一頁。」

那是……五十個工作天？她握緊拳頭，要她脫五十次衣服？他想得美！

「不成，你看看就知道，每頁就少少幾行字，翻譯社一個小時就能將全本搞定。」

他將筆記放在露臺欄杆上，雙手抱胸，泰然自若地說：「那妳去找翻譯社。」

「你……」她決定換個方式打擊他，「看樣子，你對創作過程不熟悉，我學過幾年畫，也練習過雕刻，讓我告訴你吧，一般的藝術家只有在畫草圖時需要模特兒在場，草圖就是簡筆素描，這根本只要半天功夫，我給你五天已經很足夠了！」

那個似笑非笑的表情又爬回他臉上，江城動作優雅地在蛋形的竹編吊椅坐下，問她：「妳學過幾年畫？」

「我可不是來聊天的。」

「跟鍾振興學的？」他堅持。

她雙手垂下，「在他的美術班裡讀過幾年。」

「幾年？」

「就是正常的中學美術教育呀，你不知道嗎？」她語氣煩躁了起來。

他閉上眼想了一會，喃喃念著：「國中三年、高中三年，所以妳受過正規的美術訓練至少六年，能進那個美術班，應該是從小就開始學畫了，妳還跟過其他老師吧？」

「紫荊市不就那幾個老師，你應該比我更熟。」

他的氣息沉穩，以男人來說過長的眼睫毛，在臉頰上映下動人的影子，鍾愛珍研讀著他五官的細節，期待找到破綻，可以穿透那平靜無波的臉，捕捉一點他的想法和企圖。

「妳應該走上創作的路，爲什麼反而從商？」

「不關你的事。」

他睜開眼，視線向上鎖住她倨傲的表情，「鍾振興的畫，妳怎麼評價?」

「鍾振興恰好是我爸，你要我怎麼評價?」

「妳似乎對他的畫展並不熱中。」

她全身緊繃，受不了由他主導遊戲規則，不客氣地說：「你決定好，是要繼續浪費時間閒聊，還是要一起工作，假如要閒聊我就不奉陪了。」

他笑了笑，緩緩站起來，靠近她。

「我大概有三年沒想過創作，但是，」他停頓了一會，「我非常、非常地想畫妳，鍾愛珍。」

她聳聳肩，輕蔑地回道：「想畫和能不能畫是兩回事。先警告你，我不是外行人，少跟我裝腔作勢，合作一點，搞不好我還可以給你一點指導。」

他笑出聲，「妳對自己的自信，還真是凡人少見。」

凡人?難道他自以為是仙人嗎?躲在山裡、燒燒焚香、看看經書、喝山泉水煮的有機茶、裝模作樣創作，這樣就想自比仙人?她鍾愛珍可不吃這套，他可以假裝搞音樂或寫作，那些領域她不熟，但是畫畫和雕塑沒有人唬得了她!

她拿起欄杆上的筆記，轉身離去。

「一天兩頁，遇上連貫的線索，我可以接著翻下去。」他在她身後說出提議。

她思考著，江城曾經說過幫她的理由，一部分出於好奇，他和她一樣想找出那幅畫，她也和佳士得專家聯絡上了，江城確實是趙波專家，佳士得的人本來對她興趣缺缺，一聽到她和木之藝廊經理有關係，態度立刻轉變爲恭敬，這讓她更確定江城在維護趙波作品的市場上是關鍵人物。她不只需要江城幫忙翻譯，事實上，她需要江城跟著她一起找畫，這麼一來，他就沒有理由懷疑畫是假的。

唔，當然前提是，真的有那幅該死的贈畫！

露臺外下起雨來，山裡頭的雲來去速度比平地還快，疾風驟雨是氣候常態，窸窣的雨聲舒緩了兩人緊繃的相處氣氛，她深深地吐出口氣，爲了達到目的，她能勉強容忍，爲這個自大的傢伙脫二十幾次衣服，爲藝術而裸露，她可以的。

咬著下脣，她瞪視著他，「好吧，我接受。」

> 昭和十六年，夏穀五百斗，冬穀三百五十斗，公學月薪四百一十八圓。母說親舊社人家，後溝修房肇始。秋田桑引見趙兄，拜為門下。

「趙兄！」鍾愛珍看著江城用毛筆寫在宣紙上的翻譯，喊出聲，本來不耐煩，反對他非要用書法，斟酌字句、文謅謅的翻譯方式，她強烈懷疑他刻意拖延時間，然而這些不滿在看到這兩個字時，瞬間一掃而空。

江城也看著那串字，對照著鍾俊義的原文，確定自己沒翻錯，「這裡說的秋田桑，有可能是秋田俊一。」

見到她不解的表情，他解釋道：「秋田俊一是個日本寫實派畫家，戰前在紫荊市住過幾年。」

「我爺爺是日文老師，和日本人的圈子應該很近，可能因此認識秋田，然後透過秋田認識趙波，跟他學畫。」鍾愛珍接著聯想下去。

他點點頭，「至於說親舊社人家和後溝修房這兩件事……」

「我奶奶是郊區舊社人，鍾家祖宅位於隔壁縣的後溝，家裡人都說後溝，我也不知道真正的名字是什麼。」

「那麼，就暫且認定鍾俊義在昭和十六年，也就是……」

「西元一九四一年。」她背出李婉玉當時說的年分。

他偏頭想了一會，「昭和元年是一九二五，加上十六，是一九四一年沒錯。」

鍾愛珍接著說完鍾俊義那一年的生活：「那年曾祖母爲爺爺到一個舊社人家說親，可能因爲有結婚打算，所以在祖宅那邊修葺新房，同年，透過日本畫家秋田，向趙波學畫。」

「大致沒錯，但這裡有個小問題。」他語氣不疾不徐，「那時趙波大概二十二、二十三歲，得到日本帝展首獎。在國內畫壇他本來就是個名人，加上他對政治很有熱情，口才又好，成爲當時知識分子圈中的領導人物。」

「所以呢？」鍾愛珍用焦慮的眼神催促著他。

「那個年代的趙波對政治的興趣大於繪畫，據我所知，他當時是不收學生的。」他解釋道：「趙波的繪畫分成三個時期，帝展以後一直到二十五歲以前，油彩濃厚，畫的雖然是故鄉鄉土，但是向西畫學習的意味很強，這時期的構圖和油彩鋪陳很有梵谷的味道，另外畫中時常隱藏一些民生現象在裡頭，無聲地向殖民政府抗議，紫荊公園系列就是代表作品。這個時期的趙波，除了畫畫之外，還爲報社寫文章，意見偏激，主張明顯。」

鍾愛珍依稀記得父親曾跟她詳述過趙波生平，聽江城重述就好像回到當時跟父親談詩論藝的童年，不知不覺中鬆懈防備，臉上出現嚮往的表情，聽得津津有味。

江城看著她的眼神轉爲柔和，停頓了一會後才接著說：「二十五歲以後，他的畫風轉入第二個時期，也就是蘭潭系列爲代表的時期，畫面裡少了人物，單純表現湖光山色之美，有人說他這時期的畫風受到印象派的影響，心境上有所改變，少了批判多了抒情，他也在此時接下美院的院長職位，趙波這個時候才開始收學生。」

「那第三個時期呢？」她不管學生不學生的，一心想聽完江城對趙波的敍述。

「妳到底是對筆記內容，還是對趙波有興趣？」

她聳聳肩，「能從專家嘴裡聽到趙波，這個機會我怎麼可以錯過？」

江城笑笑，「我說的這些，從任何一本美術史裡都能讀到。」

這人囉不囉嗦呀？她皺起眉頭，「聽你敍述……不太一樣。」他的語氣和神情，讓她回想起小時候聽父親聊趙波，帶著感情和景仰，但是她不準備跟江城解釋這些。

然而他似乎能看穿她，神情中有著了解，平順地接著說：「第三個時期就是裸女時期，畫成的年代不明，這系列作品，趙波從來不標示年代，推論是過世前兩年畫的作品，他留下來的手冊裡，二十八歲以後才出現第一幅以『無題』爲名的裸女肖像。」

他看向湖面，神情有點遙遠，「趙波的裸女系列比一般人認爲的還要深刻，改天到藝廊我再跟妳說明。」

深刻。這也是她第一次看到趙波裸女圖時的感受，一個天才早熟的藝術家，歷經政治上的激情，轉爲淡泊，寄情家鄉山水，到了最終，面臨局勢的動盪和威脅，他是如何看待生命存亡的問題?這一段的心境轉變，是趙波留給後人的一個謎題，他似乎想透過裸女系列說些什麼，卻如同畫面裡幽微的光線般，隱而不顯，從來沒有人解開過。

看著江城輪廓分明的側臉，她直覺趙波的裸女系列對江城有特殊意義，趙經生不是說過江城爲了裸女系列，到日本找老師傅製作版畫?

她搖搖頭，努力將離散的思緒拉回，她是爲了找畫而來的，其他的東西她不應該關心，也不需要知道。

她輕咳幾聲吸引江城的注意力，「裸女系列的事改天再說吧，所以你的意思是，我爺爺寫的『拜爲門下』，其實不是跟趙波學畫?」

她以爲江城不會回答，過了許久他才從湖面收回視線，看向宣紙，「趙波那時發起了一個集合各界知識分子的社團，叫『諸羅社』，拜爲門下有可能是指鍾俊義加入了那個社團。」

她點頭接受那個說法，有個趙波專家當翻譯還真是方便，能貫穿古今，觸類旁通，省得她事後還得找資料自己推敲。找到江城幫忙翻譯，或許是近來衰運連連的她最大的好運。

「好吧，就讓我們假設我爺爺在昭和十六年認識趙波，然後呢？繼續翻下去吧。」她催促。

江城好笑地看著鍾愛珍沒耐性的表情，她真的把他當翻譯了？

他當著她的面闔上筆記本，「剩下的明天再說。」

她幾乎跳了起來，「什麼？你明明說一天兩頁的。」

他平靜地說：「天都快黑了，再翻下去，我們什麼時候工作？」

她看了看天色，大雨已在不知不覺中停歇，空氣中的光線比平常還要暗許多，藝術家創作時最重要的就是光線，江城知道她會明白這個道理。

不出所料，鍾愛珍不情不願地同意：「好吧，不過畫完你得接著翻昭和十七年。」

「可以。」他簡單地回答。

她站了起來，「到你工作室去？」

他搖頭，「就在這裡。」

她瞪大眼，表情為難地看著對庭院敞開的迴廊，「到屋裡去？」她比了比室內。

他再度搖頭，比向院子。

她反應激烈地說：「你休想我在那裡脫衣服。」細長的手臂揮向右側的車道，「任何人都能突然出現。」

他偏頭看她，「誰說妳得脫衣服？」

她用力瞪著他，「這不是你要的？」

今天的第二次，他忍俊不禁笑出聲來，他忍不住要逗逗她，看看她生動的惱怒表情。

「你笑什麼？」

「是妳硬要用脫衣次數換算工作天數，我可沒那種想法。」

她漲紅了臉，杏眼圓睜，「這是取笑？」

他搖搖頭，「不，只是實話實說。我會要妳脫衣服的，但不是今天。」

她思忖著他話中的意思，最後點頭道：「告訴我今天要做什麼，不要浪費時間。」

「脫掉鞋子。」他說：「走到院子裡去。」

她一臉不高興地照做。

站在迴廊上，他居高臨下地看著她。「假想這裡是妳家，妳會做什麼？」

她環顧平坦的草地，溼軟的泥土在腳底，觸感很滑膩，空氣中充滿雨後的清新氣味，假如沒有那對緊纏著她不放的眼神，她可能會想脫掉全身衣服，在潮溼的草地上滾一滾，根本不需要他命令。

她抬頭看他，「你到底要我幹什麼？」

他赤著腳走下台階，站在她面前，舉高她的雙臂，用視線瀏覽著她的曲線。

「無袖的衣服很適合妳。」放下她的手臂，指背順著她的頸部而下，在方挺的肩膀流連，接著滑到上臂，畫了兩圈後，一路滑到指尖，順勢捧起她的手掌，細細觀察，彷彿正用眼睛刻畫著她這部分的曲線。

「妳最美的地方就是這裡的線條。」他低啞呢喃道。

她的身體微顫，一股十分幽微的電流從下腹部竄起。

他這是……調情還是寫生？

她寧可他像正常畫家一樣，躲在畫板後觀察模特兒的赤裸，而不是用碰觸的方式。

她咬著牙說：「你能不能……」

他揚眉看著她。

「不要碰我。」

「現在是誰起了不適當的反應？」

她瞪著這人平靜無波的臉，發現他根本沒有正常人的感受，難道這就是父親說的，藝術家眼裡的人體只有光線和線條，沒有美醜胖瘦，學畫時她從來就不能真正理解。記得在一堂安排了男模特兒的課堂上，她臉紅心跳，手抖得連畫筆都抓不住。

人們以爲藝術家多情，其實他們是最無情的。

她決定反擊回去，刻意將身體貼著他，低垂著眼，用沙啞的嗓音誘惑低語道：「是，我是有不適當的反應，你想知道我最愛在這時候做什麼嗎？」

他安靜不動地等著。

她舔舔嘴脣，「沒有什麼事比在剛下過雨的草坪上做愛更令人興奮了。」

鍾振興病房內傳出低沉細語。

「你猜他的反應是什麼？」輕笑聲，「他衝回去拿素描本，把我畫了下來。爸，以一個半吊子畫家來說，他的素描功力還算不錯，我知道我知道，你總說我沒耐性，素描時一向潦草應付，但是我跟你保證，他畫得真是不錯。」

「老爸，你說，他真的有辦法搞雕刻嗎？素描好不代表能雕刻，你以前不是說雕刻是最難以掌握的藝術形式？」

「算了算了，跟你說點別的，我剛剛說到哪兒？喔對，爺爺透過秋田俊一認識趙波，昭和十七年的筆記沒什麼大事，後溝新房的工程因爲沒錢暫時停工，你聽聽這句話『娶妻不若習畫』，爺爺也真逗，你就是遺傳到爺爺，對吧？」

鍾家改爲靈堂的肅靜客廳裡，長輩們面色凝重地討論著事情，李婉玉給每個人送上麥茶後，坐在丈夫身邊，聆聽討論中的話題。

她丈夫鍾志豪爲難地對叔叔說：「後溝的房子，我實在沒有時間去處理，前陣子請太多假，學校工作積了一堆，這件事情，我頂多交代代書辦理過戶。」

「後溝那邊有人想買那個房子，這些年來我們也都沒回去住，不如就賣了吧？」婆婆李書平語氣平靜地建議。

「現在的問題是，那個房子是爸和三個兄弟共有的，登記的是大伯的名字，都經過三代了，從來沒有過到我們家來，大伯家裡人說了不會占我們的房產，只是現在媽剛走，那邊的人要我們趕快回去處理一下。」

李婉玉忍不住插嘴問叔叔：「爺爺那時爲什麼不辦過戶呀？」

爺爺鍾俊義只有兩個兒子，鍾振興和鍾振源，老大中風住進安養院，奶奶過世後，家族事情的發落全靠老二鍾振源，但他全家在台北多年，久久才回紫荊市老家一趟，奶奶的喪禮雜事一堆，時間拖得老長，他放下台北的家人和公司困在紫荊市，可以想見他的爲難。

鍾振源表情爲難，低聲說：「爸和後溝的鍾家多年來有個心結，讓他一直覺得對不起其他三個兄弟，我記得爸說過好幾次，他不想把房子討回來。」

讀歷史的李婉玉對時間久遠的家族史最有興趣了，也不管丈夫的白眼，繼續問道：「什麼心結呀？」

叔叔緩緩回道：「鍾家從日據時代就領了一塊公田，四兄弟輪流耕作，國民政府後來實施耕者有其田，公地放領到我們這邊時，剛好輪到我們家耕作那塊地，鄉公所直接把田劃給我們，後溝那些伯父們對這件事很不諒解，爸也因爲遭受誤解而悶悶不樂，所以後來才離開後溝到市區裡落腳。媽一直很想把那個房子討回來，有次她拿了印章要上後溝去處理過戶的事，半途被爸給追了回來，媽過世前一直念著那個房子，交代我們一定得要回來。」

「奶奶過世前還念著那個房子？」門口突然傳來新加入的聲音。

所有人的眼神應聲聚集到剛慢跑回來，一身運動服裝扮的鍾愛珍身上。

她邊擦著汗邊滑進空著的木椅上，興致高昂問道：「叔，你剛剛說奶奶想把房子討回來？」

鍾振源點頭，「妳奶奶很少違背妳爺爺的意思，只有後溝房子這件事，她總是念念不忘。」

鍾愛珍雙眼發亮，「那個房子長什麼樣子？你去過嗎？」

「我也不太記得了，不過媽好像叫大嫂去打掃過？」他偏頭看向李書平。

鍾愛珍的視線同時也轉向母親，「媽，妳記不記得那裡還留下些什麼？有沒有家具或一些圖畫？」

李婉玉立刻明白了鍾愛珍的企圖，她掩嘴偷笑，原來這個女人還沒忘記要找趙波的畫呀？

李書平皺眉道：「都空了，什麼也沒有，那裡哪是個房子呀？就是在伯父的三合院後頭，起四面牆，隨便蓋的一個破房間。」

「妳確定都是空的？」

李書平不解地看著女兒，「妳問這麼多幹什麼？」話才說完，她突然想到什麼，對小叔建議道：「你和志豪要處理的事情那麼多，恐怕是管不到那房子上頭。我看房子的事情就讓愛珍去處理吧，讓她先去打掃一下，再請代書去估個價，咱們講定一個價錢就賣給後溝那邊想要的人吧？」

鍾志豪同意拍手道：「對呀，怎麼沒想到愛珍呢？反正她天天游手好閒，都回來一個禮拜了，家裡一堆事不幫忙，成天不見人。」

「還把爸的車給操壞了呢！」李婉玉火上加油。

鍾愛珍跳了起來，「我可不是無事忙，既然那房子只剩四面牆，要打掃什麼呀？」

李婉玉指著好友，大力推薦：「你們沒看到愛珍把奶奶房間清得那麼乾淨，每一吋都翻開了，這證明她打掃的功力了得，就讓她去處理後溝的事吧。」

鍾愛珍惡狠狠地瞪著故意陷害她的嫂嫂。

鍾振源笑說：「那好吧，就讓愛珍去處理，這樣我回去台北也比較放心，公司那邊一堆爛事等著我呢。」

一群人不顧鍾愛珍的反對，就這麼將沒人想碰的燙手山芋丟給她。

窸窣的細雨綿綿不斷地下著，山嵐降到半山腰，籠罩著灰濛濛的城市，然而大雅路兩旁的柏樹在水氣中卻更顯油亮有生氣，雨聲和藝廊內的水流聲交織成平穩的節奏。

木之藝廊二樓的辦公室裡，坐著幾日不見的藝廊經理。

趙經生和姑姑趙君儀正坐在他的面前，解釋著贈畫給現代美術館的細節。

江城姿態舒適地坐在骨董風格的太師椅裡，左手肘靠在椅背，托著腮，視線斜斜地投向窗外的雨景。

趙家姑姪很習慣江城事不入心的調調，人雖然在場又像不在場似的，交往多年的默契，他們知道江城其實是聽著的，於是不介意地繼續勸說他上台北參加美術館開幕儀式。

「將來美術館紫荊市分館成立，我準備推派你擔任館長，你幾年前提議成立趙波基金會，這件事情也可以趁機在媒體前放消息，提升趙家人在文化上的地位。」

趙經生看著江城沉默的表情，按住姑姑的手，制止她繼續說下去。

「江城，麗生很需要你上去幫忙。」他簡單地說。

江城的眼神緩緩收回，移到趙經生臉上，「她還想連任不是嗎?」

現任市長趙君儀肯定地點頭，「我們對她的規畫是這樣的，下一任立委，她會推動一系列中央資源分配地方的政策，累積一點地方聲望。我退休以後，就由她接著選紫荊市市長。」

江城動作很輕微地點頭，「那麼我會去。」

趙君儀開心地拍拍他的肩膀，「這就對了，這也算是幫麗生回鄉定居鋪路，將來你們倆就不需要分隔兩地了。」

江城沒有回話，趙經生可以看出他笑容裡的無奈，想起妹妹說過的話：我倒希望他背叛我，至少證明他是個有感覺的人。

突然體會了妹妹話裡的自憐。江城是個很難捉摸的男人，跟這樣的人在一起，麗生應該很辛苦吧?

趙經生一直只從哥兒們的角度看江城，他的無動於衷，他的淡定疏離，對趙經生來說並不是很大的問題，這就是江城的個性，從他身上，趙經生反而學習了不少處事的哲學，但這樣的人，或許無法給予女人所期待的感情。

麗生是他們這一輩裡最聰明的一個，紫荊市第一女中畢業，榜首考進台大法律系，畢業後到日本東大繼續攻讀法律碩士，並以東大法律創校以來最高成績完成學位，這樣的資歷，似乎很自然就被家族視爲政治勢力最重要的接班人。

反觀他自己，醫學院畢業以後回鄉開診所，在大伯和妻子娘家兩邊的慫恿下，參與家族規畫好的政治之路，當了一任市議員，但那只是讓他更清楚，自己一點也不適合走政治這條路。他沒辦法像麗生一樣，在人群面前條理分明、口齒清晰地高談闊論，對政治，他少了分熱情，相較起來，他反而對藝術和文學的話題更有興趣。

父母親在那場車禍裡過世後，如同家族裡其他人，他下意識對死裡逃生的麗生更加包容和寵溺，即使一開始，他就看出江城並不適合麗生，卻只是保持沉默，任由她對江城的迷戀漸深。意外發生後，麗生需要江城，他於是全心希望江城能爲她留下，因此不得不壓下心裡的疑慮，勉強替麗生開心。

他自己的感情也不怎麼樣，妻子帶著一雙兒女在美國生活，他留在這裡賺錢支持著妻兒，要不是跟江城學著淡泊泰然的人生觀，他恐怕也撐不了這麼久吧？

這世間真有人能隨心所欲嗎？

他對自己搖搖頭，至少在他認識的人裡，沒有。

就連灑脫的江城，也放不下對麗生的牽掛，江城嘴角那抹無奈的笑容，不正是對經生那個問句的否定？

因爲這份牽掛，將他固定在不喜歡的世界裡，讓他不能隨心所欲。

趙經生總感覺自己從來沒真正地了解江城，不了解應該活在寬闊自由世界裡的他，爲何依戀著山城這個小地方？爲何對一個從來沒有愛過的女人放不開手？

在野口壽司的吧檯前，兩個男人默默地吃著飯，下午的空檔，店裡十分冷清，野口有一搭沒一搭地和江城聊著天，趙經生從江城回應的語氣猜測，他只是敷衍著回答，似乎有心事？

「江城，有件事和你商量。」

江城看了他一眼。

「你最近不太管事，我建議請鍾愛珍幫忙處理木之的事情。我聽小靜說，有幾個國外的美術館正在接洽辦展的案子，剛好鍾愛珍也想幫她父親辦展，不如，趁她還在國內這段時間，請她到木之工作，你也好專心創作。」

江城眼裡閃著光，露出一個懷疑的表情，那是他今天露出的第一個堪稱「表情」的表情，「那個女人恐怕只對木之的客戶名單有興趣。」

「我想過這個可能，不過她之前處理的是西洋畫，木之客戶感興趣的是骨董書畫，認識木之的客戶對她也沒幫助。」

江城饒富趣味地回答：「難說。」

「你要是不信任她就算了，只是你也有好長一陣子沒創作，現在難得又有心情，我不希望你被木之給牽絆住。」

「爲何不？」江城喝了口清酒，盯著酒杯說：「我覺得那是個好主意。」

「你真的那麼認爲？」趙經生驚喜地看著好友。

「我們就來看看國際級的專家怎麼經營藝廊吧！」

他在趙經生酒杯裡倒滿酒，和他乾杯，一仰而盡。

「我不幹。」鍾愛珍撥了撥頭髮，乾脆地拒絕。

她和江城坐在木之的辦公室裡，面前攤著一本畫冊，戶外大雨稍歇，室內光線昏暗，隱約的沉香讓氣氛十分靜謐，她低沉的聲音在空氣中更是低迴不去。

江城氣定神閒地坐在她對面。

「你們這些人是怎麼回事？盡塞些莫名其妙的事給我做？我可不是回來渡假的，在這個地方多耗一天，都不知道錯失多少生意，要我管這個小藝廊，辦不到！」

他挑眉看著這女人，只要有她在，空氣和光線似乎都活潑起來，這效果到底出自何處？

鍾愛珍的捲髮高高束成一個俐落的馬尾，露出線條剛毅的臉部，兩個大圓耳環修飾了不怎麼女性化的輪廓，她今天穿了件全黑的洋裝，即使明言不喜歡被碰觸，卻仍然挑了無袖的衣服，露出最性感的肩頸線條。

她很習慣藉由自己的穿著打扮製造想給他人的印象，而她今天的裝扮，很明顯想讓他知道她不受他擺布，但又若有似無地想吸引他的注意力。

昨天在雨後的院子裡，她舔著嘴唇說出的那句話，彷彿在這個沉靜的空間迴響著。

「沒有什麼事比在剛下過雨的草坪上做愛更令人興奮了。」

他懷疑這世界上有畫筆能跟上她的表情變化，至少，他的筆總是慢一步，來不及捕捉她當下的反應。

第一次見到她時，他就知道這女人沒辦法用靜態的方式被表現，她靈動的表情和婀娜多姿、深具個人風格的動作，不是靠光影和布局創造出來的，那股天生的吸引力，來自這個女人本身由內而外散發的生命力，這股生命力頑強而生動地拒絕被固定下來。

他感受到與初遇趙波的裸女時相同的震撼，那時在東京現代美術館裡，他全身無法動彈，腦子裡充滿疑問：趙波是怎麼辦到的？他是怎麼將那女子的靈動，封存在畫布裡？

多年來他一直在研究畫面裡的光線和線條表現技巧，直到遇見鍾愛珍，他才明白重要的不是趙波的技巧，而是他畫裡的那個女子。鍾愛珍證明了這世上真有這樣的人存在，是文字和圖像難以表達，偶爾在音樂裡或去除了形象的藝術裡，以隱隱約約，稍縱即逝的方式向人展現，創造出剎那間的共鳴火花。

他極度渴望把握住鍾愛珍的每個情緒、想法、動作，這個衝動讓其他所有人事物都成爲使人厭煩的存在。

他必須挖掘出更多更深的鍾愛珍，那個她極力隱藏的自己。

「喂，你到底有沒有聽到我說的話？」

江城懶懶地回答：「聽到了。」

她不高興地瞪了他一眼，「別浪費時間了，要我來木之藝廊幹什麼？今天不畫畫？我可先跟你說清楚，不工作是你的問題，你還是得依約翻譯兩頁筆記。」

「今天天氣不錯，或許我會翻譯更多。」

她偏頭看向窗外灰濛濛的天空，天氣不錯？雖然懷疑但決定不浪費時間捉摸江城奇怪的邏輯，她把鍾俊義的筆記拿出來，翻開昭和十八年那頁。

江城卻將筆記移開，將她的注意力拉向攤在桌上的畫冊。

「這是秋田俊一的畫冊，摺角的幾頁是他在紫荊市那段時期的畫作。」

鍾愛珍仔細觀察他所指的頁面，畫冊裡的說明全是日文。

「翻譯一下吧，這幅畫名是什麼？」

「諸羅友人。」

「諸羅社那個諸羅嗎？」

他點頭，「諸羅是紫荊市的古名。」

鍾愛珍脫去高跟鞋，直接坐到地板上，鼻子貼著那幅畫，眼神在畫裡面討論得激昂的人臉上搜尋。秋田俊一果然是寫實派的高手，人物表情栩栩如生，每一個細節都表現得活靈活現。

其中一幅畫裡，一群年輕人圍著一張黑色八卦桌談論事情，桌上放著一份報紙，有人舉手，有人手指報紙，在這個縝密的構圖裡，卻安插了一個游離的人物，兩手放在身後，目光不跟著眾人看向桌上報紙，直挺挺地固定在人群中心的人物臉上。

她手比著那個游離人物，「那是誰？」

江城平靜地敍述：「有人考究過秋田的這幅畫，這個人有個日本名字：小林正義。」

「小林正義是我爺爺的日本名字，他那時在公學教日文，日本化比一般人深。」她很得意自己還記得一點家族歷史。

他點點頭，「那就對了，妳再看看後面幾幅圖。」

接下來的幾幅圖畫，表現的都是同一批人，或在室內、或在大自然裡，總是熱熱鬧鬧高談闊論的氣氛，而秋田畫裡的小林正義，卻一直和這群人保持著距離，靜靜地看著中心人物。

「正中央這人是誰？」她比著畫冊問。

「那是趙波。」

她抬起頭來，瞪著江城，「我爺爺和趙波……」

「有幾篇文章探討秋田畫裡的小林形象，總是游離，看起來對討論的話題漠不關心，一些藝術評論家認爲，秋田藉這個形象表現一種和政治現實抽離的軟視角，這也是秋田的作品之所以珍貴的原因，人們認爲他刻意在寫實畫風裡鑲嵌了浪漫的情懷。」

「浪漫……情懷？」她懷疑問道。

他看著她，語氣肯定地說：「有人相信，小林愛慕著趙波。」

「愛慕？」

「同性之愛在藝術家的圈子裡並不奇怪。」他的聲音在寂靜的室內有如炸彈般炸開。

她推開畫冊站了起來，「我爺爺愛著趙波？你瘋了嗎？他那時才跟我奶奶訂婚，兩個人後來還生了七個孩子吶！」

他背靠著椅背，淡然道：「妳記得昨天翻譯的日記內容吧？『娶妻不若習畫』，鍾俊義從一開始就對要娶的女人沒興趣。」

她回想起爺爺為了娶親，花了兩年蓋新房，但是今天早上母親卻說那根本就是個只有四面牆的房間，那時生活再怎麼窮困，蓋一個房間也用不到兩年吧？難道那是爺爺拿來敷衍急著想要他訂親的家人的藉口？

無論如何，祖父有斷袖之癖，愛戀著趙波這點就是讓她不自覺心生抗拒。

昭和十八年的記事裡，除了新房終於落成，沒有任何可疑的線索。

昭和十九年裡記載著，鍾俊義和舊社林氏訂親，這一頁裡有個令人生疑的句子：趙兄喜見林氏，於乎訂之。

難道爺爺找趙波一起去舊社看奶奶，因為聽從趙波的意見，終於接受和奶奶訂親？

她將心中的懷疑說出：「既然不喜歡女人，爺爺又何必答應訂婚？」

「鍾俊義親近諸羅社的目的是趙波，但他畢竟不是藝術圈裡的人，那個年代，要順著心意承認喜歡的是男人，恐怕沒有那麼容易。」

她搖搖頭，「這些都只是你的猜測，光憑秋田俊一的畫，很難讓人相信。」

「事實如何很重要嗎？」他冷靜分析：「妳想找的是畫，而不是搞清楚家族歷史。這個猜測正好給了趙波贈畫鍾俊義的理由，不是嗎？」

她這才從抗拒相信的事實裡清醒。對呀，她要找的是畫，管爺爺喜歡誰？

「你這麼說的意思是，趙波也……喜歡男人？」

他拉開一邊嘴角，「趙波是個藝術家，一般人的喜好定義在他身上不管用，他短短的一生裡只結過一次婚，生育三個小孩，但是從他寫過的文章裡，可以看出他對朋友的親近和重視，超越家人。」

「你爲什麼說趙波有送畫給我爺爺的理由？」

「趙波對朋友很大方，所以才會這麼受眾人推崇，但是只有非常親近的人接受過他的畫，這點，從手冊的記載可以看得出來。」

「我能看看手冊嗎？」

他眼裡閃著光，彷彿早料到她遲早會問這個問題，「手冊不在我這裡。」

「趙波的畫不是歸你管理嗎？手冊怎麼不在你這裡？」

他聳聳肩，「那本手冊比趙波任何一幅畫都值錢，我畢竟不姓趙，他們不會把那麼重要的東西交給我。」

她翻了翻白眼，難道這傢伙就是不能有話直說嗎？

「我得找誰要手冊？」

他回答：「紫荊市市長。」

第四章　春天的Motoko笑了

「江城先生。」郭茜茜帶著大大的笑容走向站在宴會廳角落的高大男子。

現代美術館的開幕酒會上，全國藝術圈有名號的人物全數到齊，這次趙家大手筆捐出三幅趙波五百號的紫荊公園系列油畫，另外還有幾十幅小一點的水彩畫作，這些作品將成爲新成立美術館的鎮館之寶。

雖然出席這場以趙波爲號召的酒會，然而身爲紫藤藝品拍賣公司總監的郭茜茜，對趙波的畫興趣並不大，所有市場上流通的趙波作品都受到木之藝廊嚴格的控制，交往對象也都是死忠的收藏家，整個市場機制只有一個目標：維持住趙波作品目前的價格。投資客、畫商和拍賣行能介入操作的空間不大。

她感興趣的是這個明顯與在場政治、藝術名流格格不入的男人。

見他在受邀名單上，郭茜茜不太敢相信，她也只是碰碰運氣，來現場看看是不是真的能見到本人，沒想到主辦單位不是唬人的，江城果然出席了。

江城是國際公認的藝評家與趙波專家，此外，比一般人清楚亞洲藝術市場內幕的郭茜茜，更掌握了「江城」這個名字在日本藝壇的意義。

此刻，站在她仰慕許久的男人面前，她必須竭盡所能克制興奮，才能表現出應有的專業態度。

「久仰大名，我是紫藤的總監，郭茜茜。」她遞上名片。

江城注視著那張名片幾秒才接過去，保持沉默不語的態度。

「有幸聽到您精采的演說，我今天真是沒有白來。」

他剛才也只說了兩三句話，大概就是簡介捐贈畫作的價值，主持人介紹江城的開場都比他的致詞長。

郭茜茜正希望江城反問哪裡精采，這麼一來她才有機會打開話匣子，但他只是挑眉，淡然回：「謝謝。」

她努力地找話題：「江城先生很喜歡紫荊市呀，很少在台北見到您。」

他聳聳肩，對這個話題興趣缺缺。

她決定直搗黃龍，「去年SBI秋拍瑜珈第八號創下紀錄，真是恭喜您了。」SBI是日本最富盛名的拍賣公司，他不可能聽了一點反應都沒有。

他瞇起眼看著她，緩緩問道：「恭喜什麼？」

「恭喜瑜珈系列創下SBI當代雕塑的最高拍賣紀錄呀。」

「那跟我有什麼關係？」他表情冷漠。

郭茜茜湊近，低聲說：「我了解江城先生希望保持低調，請接受我以粉絲的心情和您交流。」

他還是一臉冷漠，事不關己。

「名片後頭寫了我的手機號碼，江城先生手上若還有其他作品，紫藤有幾個重量級的客戶，會很感興趣的。」

他反問：「郭小姐也屬於不輕言放棄的那類人？」

「紫藤的名氣可能沒有SBI大，但是這幾年也舉辦過不少重量級藝術家的專場拍賣，例如：林風眠、張大千，包括現在最熱門的吳冠中和范曾，這些都是我們經常有的拍品。在業界，我們涉及的藝術品種類或許不廣，但是特別專注在幾個重要藝術家身上，並且有一定的口碑，江城先生可以去打聽看看。」

他搖頭，「我問的是妳，不是紫藤。」

語畢，他眼神飄向門口，將名片放進口袋裡，語氣客氣得近乎冷漠：「不好意思，我得離開了，謝謝妳的名片。」

語畢，他走向正在門口等候他的趙麗生立委，相偕離去。

郭茜茜站立在原處，回想他說的話：我問的是妳，不是紫藤。

那是什麼意思？

坐在車裡，趙麗生觀察著江城沉默的臉，即使盯著這張臉十幾年，他依舊英挺得讓她怦然心動，但兩人之間的疏遠，卻讓她愈來愈不知所措。

「謝謝你上來台北幫我。」她開啓話題。

「那不是妳希望的？」他淡然答道。

「是我希望的，但是，你好不容易又開始創作，我沒想到你願意爲了我離開工作室。」

窗外的霓虹燈間歇地照在他如雕像般的臉上，讓他看起來更加遙遠而不真實。

她以爲江城不準備回答，久久後才聽見他說：「只要妳能開心。」

那句話卻讓她黯然。哥哥是對的，江城會爲她做任何事，但也因爲如此，她很小心避免要求他爲自己做些什麼，因爲那總讓她懷疑，他爲她犧牲的真正動機。年輕時不會明白，擁有一個人並不足以讓對方愛她，爲一個人無止盡的犧牲，更加不是出於愛。

比較可能出於愧疚。

「江城，我真的累了。」她突然告白，溫潤的日語語調裡，滿是疲憊。

「妳可以不要再選舉。」

她搖頭，「我是說對你，我累了。」

「妳希望我怎麼做？」

「我希望你愛我，真正的愛我。」

江城聽著麗生的聲音，思緒卻飄遠，回到遇見趙波的那個下午，在東京美術館裡，站在那幅名爲〈甦醒〉的裸女油畫前，如遭雷擊的下午。

那是他首次明白，這世上有如此深的感情存在。

那是穿透靈魂深處的愛戀。趙波眼裡的女子，是個概念，是個能夠寄託一生所有情感的地方，在那裡頭，終於能放下人生的執念，包括讓趙波關心的政治與掛心的家人朋友。

畫下方貼著一張小卡片，說明那是趙波臨終前最後一幅作品，在畫布上落下最後一抹筆刷，簽上名之後，他坐進汽車，帶著鄉親以及家族的期望，走進機場裡和當權者談判。江城猜想，趙波那時一定已經明瞭，這一去，他是回不來了。那幅畫承載著他對人間最後的顧盼，那是愛戀和思念，置生死於度外的超然情感支持他慷慨赴義。

無疑的，趙波深愛著畫裡的女子。

見識了那麼濃烈的情感後，人如何能屈就於世間瑣瑣碎碎的愛情？

「麗生，不要折磨自己。」他的聲音沉沉地從胸腔發出。

「折磨我的，是你。」她啞聲說。

「難道我做得還不夠嗎？」

她再次搖頭，「我寧可你自私點，不要爲我做這些事情。」

「妳到底要什麼？」

她轉過頭看著他，眼眶潮溼，「我要的東西你永遠沒辦法給我，你知道爲什麼嗎？」

他靜止不動。

「因爲你根本沒有。」她說：「一個沒有愛的人，又怎麼能給另一個人愛？」

看著這個讓他動搖的女孩，不管她外表變得多成熟、強悍，在他眼裡，她還是當年那個脆弱的女孩。

她臉上掛著當年那個虛弱的笑容，「是我太傻，以爲時間會改變一切，但是我錯了，你本來就沒有的能力，過再久都不會有。」

他將她拉近，安撫道：「不要說了，我們回家後再談吧。」

趙麗生看了他許久，最後對司機轉以中文指示：「不好意思，請讓我在這裡下車，你送江先生回家吧。」

車子在路邊停下，江城按住她放在門把上的手，「麗生，該下車的是我，讓司機送妳回去。」

她眼神空洞地搖頭，「我想走走，台北我還算熟，不怕走丟，在這個地方，會迷失的人是你。」

「麗生……」

當年那個脆弱的女孩，現在卻用無比堅定的眼神回看著他，「讓我一個人走，拜託，我不想讓你看到我的眼淚。」

他看著她許久，最後嘆了口長長的氣，鬆開按住她的手。

鍾愛珍坐在面對著銅鐘的茶館二樓，向下看著幾個穿著白衣黑裙的女學生，背著紫荊女中書包，共撐一把傘，親暱地坐在台階上，背靠著銅鐘的大理石座，身後的牌碑以渾厚的楷書寫著：自由之鐘。

視線移向馬路對面的火車站，她試著回想紫荊市歷史，自由之鐘是爲了什麼理由而立的？卻怎麼也想不起來。但是她記得這個下雨的場景，墊高的紀念碑宛若一座孤島，從火車站出來的旅人和出入商店的行人來去匆匆，擦肩而過，沒有人特別注意那幾個放肆玩笑，身體幾乎全溼的女學生，她們就在自由之鐘這個島上，自外於這個世界，恣意瀟灑地笑鬧。

她不記得自己在山城裡渡過的青春是否也如此狂妄快意過，當時的她，一心反抗母親和父親，叛逆到私自決定從美術班轉到普通中學。以她當時的成績當然進不了紫荊女中，最後進入一所私立中學，聯考以吊車尾成績考進某間私立大學枯燥乏味的企管系，荒廢學業嬉遊四年後，還是決定走回藝術的道路，到法國進修藝術史。

江城問她為什麼受正規美術教育，最後卻沒選擇創作，他要的答案，是被她鎖在記憶最底層，深到她一時記不起來，深到……她寧可一輩子都不要再想起。

用一個比較不觸動往事的方式詮釋，可以說是叛逆。想反抗希望她成為美術老師的母親，也想反抗她愈懂事就愈看不起的父親，子女青春期對父母必然的叛逆。

「鍾小姐，抱歉讓妳久等了。」轉眼間，趙經生已經坐入對面的位子，生皺的西裝外套上印著深色的雨漬，眼鏡鏡片朦朧，遮掩了鏡後的眼神。

鍾愛珍意識到她剛才竟放任自己陷入回憶裡，暗暗命令自己停止多愁善感。那些女學生、自由之鐘或山城青春歲月什麼的，這些都和她沒有關係了，她是鍾愛珍，頂尖的畫商，只要找到趙波的畫，她就會立刻離開這個讓人生厭，發霉的山城，這個總能挑起她最不堪一面的地方！

「趙醫生，既然我們可以說是世交，以後就叫我愛珍吧。」

他摘下眼鏡，用紙巾擦拭著鏡片，溫和地笑笑，「好，那妳也別叫我趙醫生。」

「你不是長我十歲嗎?我就喊你趙大哥吧。」

他點點頭，看起來是真心把她當家族友人，她一向就對年長的男人有莫大吸引力，尤其是習慣將女人捧在手心呵護的溫柔男人。處在競爭激烈的畫商間，她雖然有不少敵人，但也有些默默支持她的異性朋友，她喜歡親近能在經驗或知識上讓她學習的對象，例如指導教授。而這些人也不介意偶爾讓她利用，順便享受她心血來潮的陪伴。她不介意被批評，坦白說，她能擁有今天的地位和評價，有一大半歸功於這些「朋友」。

比起難以捉摸的江城，趙經生是個相對容易掌握的男人。

「妳剛剛在看什麼東西呢，我看妳好像出了神?」他跟服務生點了一壺高山茶，不疾不徐地問。

「喔，我在看那個鐘。」她比向窗外，「自由之鐘，很美的名字。」

「自由，其實是很沉重的字眼。」他淡淡地說。

「怎麼說?」

他比比對街的火車站，「六十年前，那個廣場上槍決了不少異議分子，那些人就是爲了『自由』而犧牲了生命。」

她依稀記得這段歷史，那是政府從日本人手裡接下這個地方以後，人民對新政府的第一次起義，六十年前的舊事了，以前總聽父親……她搖搖頭，強迫自己停止回憶。

「趙波好像畫過旁邊這條街。」她轉移話題。

趙經生接收到她期望轉換話題的訊息，順著她的話說：「除了到日本學畫那幾年，我爺爺一生都奉獻給紫荊市，這個城市裡沒有一個角落沒被他畫過。」

「那感覺不是很奇妙嗎？像生活在畫裡頭。是因爲這個原因，讓你不想到別的地方發展？」

他搖頭，「念書時在台北待了七年，但是從一開始我就知道自己會回來這個山城。」

他有邊思考邊說話的習慣，她發現趙經生沉思的神情頗吸引人。

「我不習慣吵鬧，也不喜歡混亂，山城的大小剛好，是個差不多一天可以逛遍的城市。」

「差不多一天可以逛遍的城市……這個形容還真恰當，山城就是這樣的地方。」她撇嘴道。

他笑說：「妳在國外住久了，回來這個小山城，一定很不習慣吧？」

「有點。」她坦白說：「不過我的工作就是得跑來跑去，住在哪裡對我來說差別不大。」

「多可惜呀，巴黎那麼美的城市。」他的手指在杯緣來回摩挲著，「妳好歹也是半個藝術家，怎麼能不停下腳步，看看每個美麗的角落？」

她皺起眉頭，「誰跟你說我是藝術家的？我爸？」

「李書平老師常說起妳。」

她訝異道：「我媽？你認識她？」話才說出口，她想起趙經生是安養院的特約醫生，他肯定常有機會見到母親，討論父親的病情。

但他卻給了一個不同的答案：「我曾經是李老師的學生。中學時，很受她照顧。」

「喔？我以爲她是很嚴格的老師，學生都怕她怕得要命。」

他搖頭，「李老師對我特別好，因爲……」他的眼神飄向遠方，陷入回憶中，「我有先天性的糖尿病，很多活動都沒辦法跟同學一起參加，個性又害羞，所以總是孤孤單單一個人。」

「我懂了，我爸也有糖尿病，難怪她會特別照顧你，這是習慣吧。」

他笑笑，「是啊，她也是這麼跟我說的，在中學的三年裡，上體育課時，我就到國文教師辦公室，跟著她念詩詞文章，有時她會跟我聊聊家裡三個孩子，所以我知道妳小時候就很鬼靈精，講話很小大人，寧願聽鍾老師和那些藝術家朋友高談闊論，不願意跟同年齡小孩玩耍。」

她也笑了出來，「我爸那時把我帶出門，不混到半夜不回家，所以我媽老是因爲這點跟我爸生氣。」

「我知道，她的氣不容易消，每次遇上你們父女又讓她生氣時，隔天我就慘了，她會要我背又臭又長的古文，然後坐在一邊悶悶的不理人。」

她大笑出聲，「聽起來很像我媽。」

他回應的笑容很真摯，「雖然大家都怕嚴格的李老師，但跟著她那三年，成爲我最珍惜的青春記憶。」

「那你怎麼會當上醫生呢？」

他諷刺地笑笑，「因爲我姓趙。」見她一臉不解，他解釋道：「趙家後代不是從政就是從醫，諷刺的是，沒有一個人搞藝術。」

她大表好奇：「真的嗎？從小看趙波的畫長大，家裡常和藝術家來往，怎麼沒有人想從事藝術創作呢？」

他聳聳肩，「爺爺出事以後，朋友學生們都怕受到牽連，就和趙家斷絕往來，有些人甚至把寫過的文章和畫燒毀。家裡長輩認爲，是爺爺身爲藝術家浪漫的那一面害他英年早逝，所以希望後代不要碰藝術，免得像爺爺一樣，爲了堅持理想，不肯屈就現實，白白犧牲生命。」

她想了一下，趙波好像是在六十年前的起義事件裡犧牲的，剛才趙經生提到「沉重的自由」時，指的是趙波嗎？她的眼神落到窗外的自由之鐘。趙波，也是在那個廣場上被槍決的人之一？

這個念頭讓她的心頭莫名一緊，她決定結束閒聊時間，不准自己分心在這些枝枝節節，無關緊要的歷史故事上，順著他的最後一句話，她接著問：「說到從政……紫荊市市長趙君儀，是你的……」

「姑姑。」

「你之前跟我提過，趙波留下一本手冊，那手冊歸市長保管嗎？」

他評估著她的問題，面露謹慎，「爺爺的三個孩子裡，只有姑姑對藝術比較有興趣，所以……是的，手冊由姑姑成立的一個文史工作室保管。」

「你應該從江城那裡知道了，我正在找一幅趙波的畫。」

他訝異地看著她，「所以妳後來還是去找江城了？我不知道找畫的事，江城不會跟我說這些瑣事。」

瑣事？對江城那傢伙來說，哪件事不是瑣事？她忍住在趙經生面前翻白眼的衝動，耐著性子解釋在祖父筆記裡的發現。

聽完以後，趙經生臉上浮現奇怪的表情，「贈畫的事情本身並不稀奇，我雖然不記得爺爺的手冊裡曾經送畫給鍾家，但江城的推斷卻是可能的，手冊裡確實有幾幅畫不知去向，木之藝廊有絕對的立場幫忙找出那些畫，稀奇的是……」他審度的眼光落在鍾愛珍臉上，嘴角有個匪夷所思的微笑，「江城竟然願意幫妳。」

鍾愛珍隱瞞和江城之間的交換條件，她跟趙經生不熟，也還沒搞清楚這兩個男人的關係，只有傻瓜才會一次將籌碼全亮出來。她換上嫵媚的笑容，用充滿暗示的語調回道：「你不覺得……我是很難讓人拒絕的女人？」

趙經生微微蹙眉，「或許是我搞錯了，但是江城對女人一向沒什麼興趣。」

鍾愛珍在心裡暗笑，那傢伙不是沒興趣，而是「沒反應」，他不是性無能就是……意識到談論方向又再次偏掉了，她連忙打住。跟趙經生談話最大的缺點是，不知不覺地讓人放鬆，說出不該說的話，因此重點一再飄遠。

她板起臉，嚴肅地問：「趙大哥，我有話直說好了，找你出來，其實是想問你，有沒有辦法讓我看看市長手上那本手冊？」

他盯著她，仔細審視、思考著她的企圖，過了一會，鍾愛珍才聽到他說：「應該沒有問題。」

紫荊市政府位於一條名字很優雅的馬路旁——垂楊路，沒有撩水的垂柳，倒是有兩排花朵開得火艷紅紫的洋紫荊樹。

市政府是幢日式現代主義建築，趙經生如入自家門一樣，帶著她經過警衛和詢問台，直上市政府最高樓層。

「從我有記憶以來，紫荊市長都姓趙。大姑之前是我大伯，大伯之前是我父親。」他解釋道：「我小時候放學就會被接到這裡來，在市長辦公室旁的小房間裡寫功課。」

鍾愛珍跟著他穿越迷宮般的磨石子走廊，進入市長機要祕書辦公室。

看到他們進來，本來忙碌的祕書室突然安靜了下來，一個年紀約五十來歲，黑西裝、黑色膠框眼鏡，頭髮梳得一絲不苟的男人走上前，「趙醫生，怎麼有空來？」

「我跟市長打過電話了，有點事麻煩她。」

辦公室裡的四個祕書面面相覷，彷彿不高興被臨時告知市長意外的行程。

「市長正和環保局長開會，你們到會客室等一下，要不要喝點什麼？」

趙經生幫兩人要了熱茶，泰然自若地坐在會客室裡。

鍾愛珍忍不住問他：「趙家現在除了市長，還有誰從政？」

「堂哥是議長，姑丈是警察局局長，我妹妹，麗生，是立法委員。」

「那你呢？你怎麼不從政？在這裡當了那麼久的醫生，你的人緣應該很不錯才對。」

「我當過一任的市議員，但個性不適合，當得很痛苦，這大概是我和江城合得來的原因。我們寧可喝喝茶，談談藝術文學，要我去分析健保法、都市計畫、教育改革什麼的，光聽到標題就讓我頭腦打結，站在群眾面前話也講不好。況且，政治說來說去就是利弊的權衡，有利必有弊，和對錯一點關係都沒有，這是我最難適應的地方。」

她想了一會，試著理解他所說的，「所以基本上，你相信事情都有對錯？」

他搖頭，自嘲道：「我都四十幾歲的人了，當然知道這世界不是非黑即白。我的意思是，從事政治就必須接受你所相信的道理和原則可能行不通，因爲這裡面牽扯到策略，有利必有弊，能讓一件事符合相對多數人的期望，照顧到一小部分的利益，就已經是很理想的情況了。」他喝口茶，接著說：「江城有句名言：『政治強迫理想遷就現實，藝術則能讓現實遷就理想。』我想沒有更貼切的方式能形容我的感覺了。」

「你和江城到底是……」她的問題被突然走進來的紫荊市市長打斷。

紫荊市市長趙君儀，趙波的么女，摻雜銀絲的頭髮和微胖的身材，不知道她身分的人會以爲她只是個慈祥的祖母，雖然早就到了該退休的年紀，但臉上卻不見疲憊老態，帶著熱力十足的趙家招牌笑容，讓她看起來比實際年齡年輕活力許多。此刻她按捺住上個會議裡餘下的不愉快情緒，接待這兩位意外的訪客。

趙家子女裡，她偏愛姪子經生更勝於對自己的五個子女，她常想，趙家人流著兩種血液：實作家和理想家。大哥振寰和姪女麗生屬於前一類，而經生和她應該是第二類，要不是二哥趙振嘉出事，她永遠不可能踏入政治，應該會全心投入在諸羅文史工作室，或是木之藝廊上。

事實上，她從一開始就支持成立木之藝廊，除了父親趙波的作品外，她個人也收藏了許多現代和當代藝術作品，每當工作不順心時，只要站在一件藝術品前，立刻能忘記那些煩心事。每件作品都是個獨特的宇宙，她可以進入裡頭流連忘返許久而不厭煩。

日子過得再順遂，生活再得意，每個人遲早會遇上某個質疑人生價值何在的時刻，缺乏美感訓練的人，就少了一個世界可以安置這些探問，因此常常會被自身的問題綁死，步入無望的感嘆。

這是她這些年來，排除家族耆老反對，挺身支持木之和江城的原因。

經生介紹身旁亮眼高䠷的女子：「鍾愛珍，鍾振興老師的女兒。」

她用兩手握住鍾愛珍的手，語氣真誠地問：「鍾老師身體好一點了嗎？我許久沒見到他了。」

「還是老樣子。」鍾愛珍輕描淡寫地帶過。

「我記得木之藝廊有意幫鍾老師辦展，不是嗎？」見到經生對她肯定的點頭，她熱情地對鍾愛珍說：「到時我一定送花籃祝賀，紫荊市近年來，像鍾老師這麼傑出的本土藝術家不多了。」

關於這個話題，鍾愛珍不如她想像的熱中，只見鍾愛珍給姪子經生投去一個眼色，他輕咳了一下後開口問道：「姑姑，我們想看看爺爺留下來的手冊，方便嗎？」

「手冊？市場有變動是嗎？」那本手冊列為趙家最重要的傳家之寶，也是未來的趙波基金會得以成立的關鍵，手冊鎖在紫荊文史工作室保險箱裡，平常只有趙波作品在市場上有流通時才會開啓，方便江城加註每幅畫的下落，怎麼這次是經生要求看手冊？

她注意到姪子看了鍾愛珍一眼，彷彿在徵求她的同意，對方點頭示意後，他才開口解釋趙波贈畫給鍾俊義的可能性。

她皺起眉頭，問鍾愛珍：「鍾俊義……我不記得有這個人。」

鍾愛珍主動說：「或許妳聽過小林正義？」

「小林……沒什麼印象，我不懂日文，或許用日語發音能想起些什麼，可惜江城現在人在台北。」

「就是江城建議我來找市長，他說手冊裡或許有些線索。」鍾愛珍眼裡出現和剛才截然不同的熱切。

趙經生幫腔道：「江城懷疑送給鍾俊義的畫，有可能是不知下落的那幾幅其中之一。」

「這樣啊，我明白了。」這幾年來，江城找回好幾幅畫的下落，說來慚愧，趙波的子孫對趙波所處年代的歷史和藝術環境，了解的還不如江城這個外人，這也是爲什麼趙君儀大力向家族長輩推薦，由江城擔任未來的趙波基金會負責人的主要原因。

她看著鍾愛珍，這女子臉上的神情，讓趙君儀感覺莫名的熟悉，她恍惚地想，鍾愛珍神似某個記憶久遠的人……

祕書進入會客室，打斷她的思緒，下一個會議即將開始，她對祕書擺擺手，嘆口氣後說：「我還有幾個會議要開，等結束以後，我帶手冊到木之和你們會合。」

重新回到這個有著一大面青苔水牆的木之藝廊，經過江城的詮釋，再次站在趙波畫前，鍾愛珍彷彿有了不同的視野。觀察著一幅最大尺寸的裸女油畫，不知是有意還是無心，這幅名為〈甦醒〉的畫被立在展覽室正中央，斜斜面對著入口。裸女微側著軀體，伸懶腰的姿態，主掌著這個空間的空氣流向，極其輕薄通透的油彩厚度，適當表現出女子身軀的立體光影，筆刷靈巧地重現當時的光線氛圍，甚至連空氣中的浮塵都清晰可見，讓人產生女子大夢初醒，嬌憨呵欠的錯覺，入迷的人甚至可以感受到那溫柔吹在觀看者臉上的空氣。

她想起江城對裸女系列的評語：比一般人想像的還深刻。

此刻她比較能具體說出深刻的原因，那出自畫家對模特兒的濃烈情感，激情的注視，強烈的占有欲，這些情感經過不可思議的壓抑後，用極其雲淡風輕的方式，隱藏在線條、光線、構圖裡。就拿這幅裸女剛睡醒的畫來說吧，她幾乎可以重見當時情境，畫家在模特兒身邊，憋住想喚醒她的心情，按捺著奔騰的激情，只為了等待她甦醒的時刻。

通常看一幅人體寫生，鍾愛珍只能從技巧和背景上分析畫作，這是她第一次可以單憑感覺去體會一幅畫。

「那是爺爺去世前的最後一幅畫。」趙經生的聲音將她從畫的世界裡拉回現實。她氣息急促地問：「最後一幅？」

「畫成那天，軍隊派人到家裡帶爺爺去機場談判，車子都到門口了，爺爺硬要對方等他一個小時，讓他將這幅畫完成。」

「談判的結果是……」

「爺爺再也沒回來了，他被槍決示眾，家裡靠賄賂和收買的方式，一個禮拜後才得到允許，到車站前的廣場收屍。」

聽到這段描述，她感到心臟抽緊，呼吸困難，竟然有些鼻酸，卻不明白激動的情緒從何而來？

「這也是江城最鍾愛的畫，他可以站在這幅畫前好幾個小時，一動也不動。」

「那個模特兒是誰？」

他搖頭表示不清楚，「有人說是爺爺的想像，他的朋友裡沒人記得他曾有過這樣一個模特兒。」

「那不可能是想像。」

「江城也是這麼說。」他聳肩，「但我認爲，藝術家腦子裡的世界是很廣闊無邊的，不是不可能。」

「你也認爲是想像？」

他看著她，「我希望那是想像。」他走到另一幅畫前，「裸女系列裡有個共同點：全是同一個模特兒。」

「你怎麼能確定？」

他比向眼前那幅畫裡的背影，「那個女子左臂上有顆痣，同樣的特徵在很多幅畫裡都出現過。」

「難道沒有一幅畫曾經畫過臉部？」

「沒有，就是因爲這個模特兒的臉全被巧妙隱藏起來，才讓評論家認爲這個女子是虛構的。」

「你爲什麼希望那是虛構?」

「因爲,」他們身後傳來高跟鞋敲在地板上的叩叩聲,市長趙君儀加入他們的談話,「我們是趙波的家人,很難接受他用這種方式愛戀妻子以外的女人。」

在市政府裡看來親切友善的市長,此刻卻顯得感傷。

「尤其在我父親所處的那個保守年代,道德標準高於一切,即使是思想自由的藝術家,也不能輕易超出道德界線。那時人體寫生是件十分驚世駭俗的事情,藝術圈猶然如此,當然更難以想像會有女人願意在毫無關係的男人面前寬衣解帶,讓他用這樣的方式注視自己的肉體。」

鍾愛珍的理智上同意,但心理上卻莫名的心痛難忍,她別過臉,一邊掩飾激動的心情,一邊懷疑自己怎麼了?

市長的視線緊纏著她不放,「愛珍,我可以叫妳愛珍嗎?鍾老師對我來說不是外人,我覺得和妳也親近。」

她輕輕點頭,奮力穩住自己的情緒。

「過來前,我打過電話問家裡的老人,有個叔父還記得小林正義這個人,說是後溝公學的日文老師。」

「那就是我爺爺,鍾俊義。」

「我了解了,難怪妳會懷疑他有我父親的畫。小林正義,確實曾經和我父親很親近。」

「真的?」

市長微笑道：「我叔父年紀很大，但記憶還是不錯的，他十來歲就跟著我父親和諸羅社那票文友交往，討論過的正事沒記得幾件，倒是對社裡的人物八卦記得一清二楚，他說小林是個有點女性化，很敏感的人，因爲是公學日文老師，剛加入時很多人不能接受他，妳知道……」

「接受秋田這類的日本知識分子是一回事，但接受極度親日，皇民化澈底的漢人，又是另一回事。」

鍾愛珍點頭，表示理解市長沒說出的那兩個字——漢奸。

她繼續聽著市長的敍述：「叔父說諸羅社裡，唯一真心接受小林的人，除了秋田之外，就是我父親。小林也畫畫，我父親剛開始會給他一些意見，後來兩個人常相約到郊外寫生，後溝離紫荊市有點距離，我父親偶爾還會在後溝流連忘返。那個時候有宵禁，聽說我母親和祖父母一度十分擔心言論偏激的父親惹上麻煩。」

「總之兩人關係很親近，後來只要父親交代出城寫生，大家就知道是去找小林。」

三人移到江城辦公室裡坐定，小靜送上來一壺高山茶，品嘗過兩泡甘甜的茶後，趙君儀才重拾中斷的敍述。

「根據叔父的記憶，小林後來和諸羅社的人中斷了來往，被徵召到南洋當軍伕，大約去了三年的樣子，日本人離開後小林才回來。新政府來了以後，政治動盪不安，當初爲了反對帝國政府而成立的諸羅社朋友們聚會少了，還保持聯繫的人不多，包括小林和父親，兩人關係也淡了，沒多久，反對新政府的起義發生……我父親……就走了。」

她沉默了一會，才接著說：「我和鍾振興老師不陌生，他學畫時常來家裡臨摹我父親的畫，家裡規定有人來看畫時，得有人在旁邊看守著，我喜歡這份工作，也喜歡和這些藝術家往來。兩個哥哥對藝術沒什麼興趣，我倒是和鍾老師很聊得來，那時我就看出他對父親的畫十分著迷，不管其他人怎麼說，但是我一點都不訝異他後來決定以我父親的畫風爲本。鍾老師曾經跟我說過，他覺得自己應該活在我父親畫裡的世界。」

「他也跟我說過同樣的話。」鍾愛珍感嘆。

「唉呀，我是不是說得太遠了？」趙君儀端起茶杯喝了一口，攤開桌上泛黃的菊對開本冊子，「來看看手冊吧！」

鍾愛珍屏住呼吸，翻閱期待已久的手冊。

趙波在每一頁角落都畫上一幀極簡的草圖，大概可以看出原畫構圖，細細記錄每幅畫的材質、尺寸、題名、年代，有幾幅還附上有如日本俳句的詩句，內容和作畫當下的心情、情境有關。趙君儀解釋，江城額外在每一頁邊緣夾上原畫翻拍的照片，並在照片後仔細記錄後續的流向。

她明白爲何趙波的市場價格穩若磐石了，從畫家對每幅作品的重視和珍惜就可以窺知，這裡頭不可能有贗品介入的可能性，也不可能有粗製濫造，因應人情而隨手畫就的低劣作品。

難怪趙波擁有一票忠誠的收藏家，藝術品市場上，可以百分之百確定來源、品質，甚至能夠追溯到創作緣起的作品實在太稀有，根據她接觸眾多藝術家的經驗反省起來，要求一個成名並受到吹捧的藝術家，對自己作品質量堅持到底，不爲名利所動，幾乎是不可能的。鍾愛珍不禁對趙波起了敬畏之心。

趙經生接過小靜剛送來的一個檔案夾，在鍾愛珍面前打開，「其實江城早就另外整理了一份下落不明的作品清單，他要妳看手冊的用意，恐怕是想讓妳見識爺爺的嚴謹和認真。」

鍾愛珍迅速瀏覽包含縮圖的清單，翻到最後一頁時，視線在最下面那一排定住，「這幅畫沒有留下手繪簡圖？」

趙君儀翻到整本手冊唯一缺乏簡圖的那一頁，「這幅畫只留下題名，沒有尺寸也沒有材質，什麼說明也沒有，我們都認爲這是多餘的頁面，我父親可能先記下，卻沒畫成。江城堅持把這頁也當成一幅畫，放在清單裡。」

鍾愛珍看著趙波手寫的日本文字，「那是什麼意思？」

「Motoko，很常見的日本女子名。」

她往前往後各翻幾頁，思忖著：「手冊是根據年代編的？」

「大致如此，我不確定父親在哪一年決定整理所有畫作，前期的畫年代可能交錯，但後期的畫倒是和時間順序一致。」

「這幅畫前後都是裸女系列，這個系列大都是用姿勢或無題爲名，只有這幅畫用人名。」鍾愛珍說出腦子裡的想法。

趙家姑姪互看一眼，不由得對鍾愛珍的思慮縝密留下深刻印象。

趙經生淡淡地說：「我知道妳在想什麼，江城也是同樣想法，認爲Motoko就是那個模特兒的名字，他也是以此認定模特兒確有其人，不是虛構。」

「你們……不同意嗎？」鍾愛珍抬起頭來看著兩人。

「我覺得只憑一頁幾乎空白的紀錄，理由太薄弱。」趙君儀坦白道。

「難道這本手冊不可能經過竄改？例如，有人故意將這頁裡其他的東西消去？」趙經生搖頭，「手冊是裝訂好的，沒有撕扯過的痕跡，筆墨記錄的東西，怎麼消除？何況這本手冊，由祖母親手傳給姑姑，除了妳和江城，沒有給趙家以外的人看過，根本不可能被竄改。」

鍾愛珍突然希望江城就在旁邊，可以立刻將她祖父的筆記翻譯完，找出裡頭的線索，她很確定這幅叫Motoko的畫是存在的，就像她很確定趙波曾經送畫給祖父，也很確定裸女不是虛構人物一樣。或許是直覺，她就是知道這三個線索是相關的，只是彼此間的關聯還沒被找到而已。

「其實……」趙君儀猶豫地開口：「Motoko在其他畫裡出現過。」

她將手冊往前翻閱，打開一頁蘭潭風景的畫，「蘭潭系列裡出現人物的作品不多，這是其中一幅。」她的手指比向下方的俳句，「我沒記錯的話，江城是這麼翻譯的：天明雲開，山蝶翩翩飛舞，春天的Motoko笑了。」

鍾愛珍瞇著眼，細看翻拍照片裡那個渺小模糊，被蝴蝶包圍的紅衣身影，她甚至看不出那是個男人或女人。她拿出筆記，記下江城手寫的註記，「汎亞美術館收藏？」

「那是北京藏家所創立的私人美術館。」

北京汎亞。她在筆記旁註記。

「還有其他和Motoko有關的畫嗎?」

另一幅也是差不多的調調，人物模糊不清。江城是怎麼說的?蘭潭時期的趙波學習著印象派畫風，在鍾愛珍看來那簡直就是新印象派畫風，接近畢沙羅的點彩畫風，輪廓細節完全被抹去，近看只見光點，宛若抽象畫。她懷疑即使面對原畫也看不出究竟，但還是一一記下其他兩幅和Motoko有關的畫。

身後的丈夫發出沉睡的鼾聲，李書平定神注視著牆上的素描版畫。房門外有著電視和護理人員的喧鬧吵雜聲，但除了寂靜，一切聲響都進不了這個世界，只有枯寂蕭條的世界。

這是我的心意，只是希望老師知道。

她甚至沒有意識到時間的流逝。

房門被打開，她回頭對上思念中的人，他身邊站著她料想不到的熟悉身影。

「媽?妳怎麼還在這裡?」鍾愛珍狐疑地看著眼角似乎閃著淚光的母親。

李書平不是個快樂的人，笑容是她臉上最珍貴的表情，但是，鍾愛珍卻很少見到母親如此悲哀的神情。

多年來超出負荷地照顧著逐漸失去自理能力的丈夫，堅強扶養三個孩子、伺候挑剔的婆婆，還得兼顧工作，李書平在孩子們心中就像個打不倒的勇者，他們時常忘記，這個個頭嬌小，仍舊髮黑膚美的女人，活了一輩子，從未放任自己享受一天想要的生活。

她從不讓人看到自己脆弱的一面，尤其是自己的孩子。

「妳還好吧？」鍾愛珍身邊的趙經生語氣關切地問。

李書平的眼神在兩人間游移。

他無謂地解釋：「我和愛珍剛剛在木之藝廊談點事，她說要過來這裡，我順便送她過來。」

她抿著嘴點點頭，對女兒問道：「妳和趙醫生敲定畫展的日期了嗎？」

「還沒有，在那之前……我還有點事情要處理。」

「後溝的房子也不見妳回去打掃，成天不見人影，都忙些什麼呢？」

鍾愛珍看著趙經生一眼，暗自希望他離開，不願意讓他看見自己在母親面前不自在的一面。

但趙經生卻不理會她的暗示，從一進房間開始，視線就只固定在她母親臉上。

「那幅版畫，李老師還喜歡嗎？」

她母親撇開頭，凝視著雪白的床單，聲音平板地回答：「太貴重了，我們承受不起，請趙醫生收回吧。」

鍾愛珍睜大眼睛，瞪著母親，「媽，哪有讓人收回禮物的道理？」

「愛珍說得對，畫掛在那裡好幾天，鍾老師恐怕都習慣了，哪有收回來的道理？」

「那麼你派個人送帳單過來，我們跟你買。」李書平堅持道。

鍾愛珍跳了起來，「那可是有編號的版畫，妳以爲幾千塊就能買到呀？」

趙經生按住鍾愛珍的手，臉色黯淡地說：「李老師何必跟我客氣？我欠妳的比區區一幅版畫更多。」

「你不欠我什麼。」

他嘆口氣，轉向鍾愛珍，「我先走了，那幅畫就交給妳們處理，不想要就燒掉吧。」

他拖著沉重的腳步走了出去，輕輕地關上房門。

「媽，妳是吃錯藥了還是怎樣？對趙波的孫子來說，區區一幅版畫算什麼？」

「無功不受祿。」李書平走向丈夫床前，輕撫他的額頭，臉色和緩下來。

「妳以前在學校不是很照顧趙經生嗎？人家是謝謝妳，送幅版畫給恩師有什麼了不起？應該送真畫還差不多！」

李書平突然語氣嚴厲地問：「趙醫生跟妳說了什麼？」

不知道自己哪句話引起母親這麼激烈的反應，鍾愛珍訝異地回望。

「他跟妳說了什麼在學校被我照顧的事？」

原來是這句，她納悶反問：「趙經生有糖尿病，沒辦法上體育課，妳把他抓到國文科辦公室背古文，這不是事實嗎？都二三十年了，人家還記得感激妳，看看妳是怎麼打發人家的？」

「他……沒說別的？」

「還有什麼別的？」

「你們……很親近嗎?」李書平瞪著床單，輕聲問。

鍾愛珍偏頭想了一會，和趙經生才見過幾次面，但在他身邊感覺特別放鬆，今天在他和市長的幫忙下獲得的成果，比她一個人無頭蒼蠅般翻箱倒櫃了一個禮拜所獲得的還多，她正希望可以跟他「更親近」點呢!

「還好吧，我們可以說是……一見如故。」

母親的臉上看不出表情，進門時來不及掩飾的哀傷也已抹去，回復鍾愛珍最受不了的撲克臉。

「我聽護士說妳天天來看妳爸?在會客以外的時間來訪?」

「我哪有?」繼而回想，自從回國以來，自己確實是天天來，至於時間嘛，她想來就來了，根本不理會會客時間的規定。

「妳都來這裡做什麼?」

鍾愛珍自我防衛地說:「難道我不能來看自己的父親嗎?」轉向酣睡中的父親求援:「對吧，爸?哪有人不高興女兒來看自己父親的?」

「我不是不高興，只是希望妳遵守這裡的規矩，不要給人家添麻煩。」

「規矩?」又來了!她咬牙切齒地譏諷:「妳什麼時候才會放棄叫我守規矩?我都三十幾歲了，妳應該明白我永遠不會像哥和妹那樣，乖乖照妳的心願走吧?」

李書平搖搖頭，「妳像妳爸，誰的話也不聽，我從來就管不動妳，只是要求妳尊重一下別人，妳到底有什麼理由非要晚上來看妳爸不可?」

「我來……」她止住嘴，既然母親就是自己的病源，她總不能坦白說她把一個不言不語的老人當心理醫生，靠他壓下頻頻威脅著要發作的躁鬱症吧？

「沒事，就是想來看看他。」她閉上嘴。

李書平又用教小學生的口氣跟她說：「我不反對妳天天來看妳爸，只是希望妳不要造成安養院的困擾。」

鍾愛珍低下頭，按捺住脾氣，低語道：「知道了。」

「真的那麼閒，趕快把後溝的房子處理處理，妳爸畫展的事也該訂一訂，校長那邊有些課可以讓妳去上。都幾歲的人了，該積極點，爲自己的將來打算。」

聽著母親反覆說著同樣的話，鍾愛珍的嘴巴乾澀，她極端渴望氣味濃烈的薄荷菸，而不是紙張般無味的菸。

喔，去他的！等會出去她非得點根菸，管它有味無味！

第五章　含苞紅花甦醒

昭和二十年，夏穀六百斗，冬穀四百斗，公學月薪四百二十八圓。正月二十八，林氏過門，遷居後溝新屋，賒禮金五百一十二圓，趙兄代為補足。三月，來令赴印尼服役，四月自高雄港上船。

她坐在蛋形藤椅上，一腳蹬地，輕輕搖晃著椅子，山城不下雨的日子，溫度涼爽，湖心吹來的徐徐微風，讓人舒服得不想說話，睜開一隻眼睛瞟了眼江城。

此刻他正坐在地板上，一腳弓起，一腳平放，挺直腰桿在低矮的和室桌上，專注地用小楷毛筆翻譯著她祖父的筆記。

江城這個人，能不穿鞋子，是絕不會穿鞋的，可以猜想他應該十分要求地板的乾淨，不過連迴廊的地板都和室內一樣纖塵不染，這就太過分了，她很確定這間屋子有專人維持著整潔，永遠潔淨反光的木頭地板就是證據。

昭和二十一年，軍餉存款三萬六千八百一十二圓，領有東京都郵政儲金本，日官承諾戰後可憑本領款。

家裡來信，趙兄代妻筆，稻作欠收，第一期遇颱全沒，二期收二百八十斗，壞年冬，念欠兄五百一十二圓加息。

趁江城還在細細琢磨字句，鍾愛珍繼續冥想著，趙經生提到江城上台北辦事，他能辦什麼事呢？還一去就去了兩天，接到他從車站公用電話亭打來的電話時，她才發現自己一直期待他回來，前天在手冊裡發現的線索等著跟他討論，江城不在的時間，她想出了一個理論，不過是否成立，還得和江城討論過後才能確定……

這山腰的房子真是個好地方，居高臨下的視野，湖光山色盡收眼底，群樹環繞，一方面遮住毒熱的陽光，一方面讓光線穿透的同時提供清涼樹蔭……

江城到底上台北做什麼呢？不知道爲什麼，很難把穿拖鞋的江城和時髦繁忙的大都會聯想在一起……

她的每一段思緒都拉了長長的絲，自由地在空中飄散開來，閉上眼睛前最後一個念頭是，陽光或是風或是湖什麼的，舒服極了……

臉頰傳來某種粗糙但溫暖的觸感，將她從夢中喚醒，緩緩睜開眼睛，看進江城平靜如湖水的眼裡。

「妳睡著了。」

那不是個問句，她睜大眼睛，欲蓋彌彰地左右張望，和室桌上除了兩張宣紙和筆記本，還多了本素描簿，翻開來的那頁畫著一個女子側著頭靠在吊椅邊上，手自然地垂放在交叉的長腿上，放鬆熟睡的模樣被生動地捕捉，畫了下來。

「我睡了很久?」

「不夠久。」他移開放在她臉頰上的大手，回到和室桌前。

她摸摸臉頰，被他布滿粗繭的手掌接觸的那部分還微微發熱，他碰觸她的目的是爲了頂住她沉睡中下垂的頭，還是單純爲了撫摸她?胸口燃起某種不知名的慾望，在意識尙無法集中，還來不及武裝前趁勢而入，此刻，她無比渴望再次感受到他手掌的觸感。

眼前的他卻彷彿沒發生過這段插曲，如僧人般入定，闔上素描簿，將宣紙遞給她。

「看來我們終於知道趙波常往後溝跑，都忙些什麼。」邊說著這些話，他邊用安靜無聲的移動方式走進屋裡。

透過敞開的木窗，她可以看到江城動作嫻熟地煮開水，準備茶壺，沖泡茶葉，等候幾秒後將茶倒進陶杯裡，完成這一連串動作後，他拿著茶杯走了出來。簡直就像看行雲流水般，教她看傻了眼。

佇立在她面前，他攫住她愣愣的眼神，嘴角含著輕笑，問:「我衣服上有髒東西?」

她搖頭，接過一杯茶。

他啜飲一口茶後，笑意進入深邃的眼裡，接著問:「在我臉上?」

她還是搖頭。

放下茶杯，他雙手適意抱胸，背倚著迴廊柱子。

「那妳盯著我看是爲了什麼？」

「你是個漂亮的男人。」這句話衝口而出後，她立刻從恍神的狀態清醒，連忙低頭喝茶掩飾失態。

他挑眉瞪著她，「漂亮？這是什麼意思？」

她放下茶杯，拿起宣紙，企圖中止那個話題，「你應該很清楚自己的長相。」

「人是看不見自己的。」他帶著笑意繼續逗她，「妳說的漂亮，指的是帥，還是美？」

「這有什麼差別？」

「差別在，一般人看到『帥』，只有藝術家看得見『美』。」

「我不是藝術家，這對我來說沒差別。」她揮手企圖擺脫這個話題。

他走過來，蹲在她面前，「妳有藝術家敏感的那一面，只是妳拚命壓抑住這方面的傾向，妳愈壓抑，我就愈好奇。」

她用腳頂住地板，吊椅定住不動。

他定定地問：「妳想畫我？」

「我不畫畫很久了。」

「停止創作不代表停止用藝術的眼神去看這個世界。」

他伸出手順著她披肩的捲髮，「我可以感覺到，在這個強硬外表下，有顆柔軟感性的心，被冷酷地壓抑貶低著，絕望地要求獲得注意。」

她撥開他的手，「不要碰我。」

「爲什麼這麼排斥我的碰觸？」

她偏頭不看他。

他慢條斯理地說：「在知道理由前，我沒辦法接著工作。」

「什麼！」她惡狠狠地瞪他一眼。

他聳聳肩，面帶遺憾地指著她手裡的翻譯，「我拒絕繼續翻譯。」

「你！」她氣鼓鼓地推了江城一把，「你到底想從我這裡得到什麼？」

「我說過我想畫妳。」

「我不是在這裡嗎？你畫呀！」

他搖頭，定眼看她，讓她無所逃遁，「我要畫的是真正的妳，而不是這個虛張聲勢的鍾愛珍。」

語畢，他站了起來，順手推了把吊椅，任她搖晃，走到欄杆前背對著她，拿起茶杯望向平靜的湖水啜飲。

鍾愛珍的腦子急速地轉動，他必須停止用這種方式跟她說話，他不是她的心理醫生，她也不是可以任人宰割的無助小女生，他想知道她爲什麼不喜歡他的碰觸？好，她會讓他知道，不，她會秀給他看，她鍾愛珍才不怕他的碰觸！

從藤椅裡站起來，她像貓一樣慵懶地伸展四肢，撥了撥頭髮，耳上的大銀飾耳環跟著發出清脆的碰撞聲，她緩慢性感地來到他身後，兩條細長的手臂滑進江城棉衫底下，順著溫暖燙熱的皮膚由下往上，手掌貼著他背部結實精瘦的肌肉，輕柔地上下撫摸。

「你想知道我爲什麼不想讓你碰我？」她很淸楚自己本來就低啞的聲音，耳語時會造成什麼效果。

「嗯……沒想到你這個山中隱士，竟然能保持這麼健美的身材。」

她可以感覺到手下的肌肉突然繃緊，得意的笑容爬上她的嘴角。不會有男性反應？這是他說的？

「現在你知道爲什麼了？因爲只要你一碰我，我就會……」她在他耳裡吹了口氣，「想要你。」

他緩緩轉過身來，臉上並沒有她預期看到的慾望，他勾起一邊嘴角，斜睨道：「這是妳想讓人看到的鍾愛珍，不是我想畫的那一個。」

她將手從他的棉衫底下抽出來，慢動作環住他的頸部，繼續用吐氣低吟的嗓音誘惑著：「承認吧，你也要我，不然不會一回來就迫不及待想見我。」

他還是一副冷靜，無動於衷的模樣，「我從沒隱瞞過我想要妳，全部的妳。」

她貼近他，眼神落在他厚薄適中的嘴脣上，簡直不應該長在男人臉上的完美脣形，「不是爲了畫我，而只是……要我。」

就在那一刻，她意識到這不再只是個挑釁的遊戲。江城要她畫他？好，她也讓他見識見識她想怎麼畫他！

她將脣貼上江城的嘴脣，用舌尖取代畫筆，描摹著他的脣形。

他保持不動。

然而她卻無法停止，即使腦子裡有個警鈴尖銳地響著：我要這個男人。但她置之不理，收緊手臂，將凹凸有致的身軀緊緊貼著江城緊繃的身體。

「江城……」她呢喃著，舌頭探入他的嘴裡，他既不迎接也不抵抗，任由她長驅直入。

她盡情汲取他嘴裡悅人的味道，混合著茶香和某種更深沉難辨的滋味，她想找出那是什麼，她想要……更多。

隨著時間過去，他的無動於衷在她心裡燃起怒火，竄起的速度和激情一樣迅速，這個男人竟然對她毫無反應，但她卻滅不了自己起的這把火，她狠狠地咬住他的下唇。

推開他，忿忿地瞪視他流血的下唇，激烈地喘氣，渾然不覺自己臉上滿溢濃烈的激情和熊熊的怒火，這兩種情緒交織成炙烈的紅潮，讓她看起來分外生動誘人。

他也不擦掉嘴上的血，伸出手按住她的裸肩，首次直接呼喚她的名字：「愛珍……」

她激動地甩開他，「不要碰我！」接著像被什麼追趕般，慌亂地將東西掃進包包裡，撥開他走到樓梯口，抖著手試圖套進細跟涼鞋。

「愛珍，冷靜點。」

「你去死吧！」鞋子就是套不上去，她挫敗地將涼鞋放進包裡，赤著腳衝進院子，逃離那道冰冷無情的注視。

目送她慌亂逃離的身影消失在樹林裡，江城弓起手背抹去嘴脣的血漬。

有一點鍾愛珍說對了，他是迫不及待想見她，在台北的每分每秒都讓他備受煎熬，不停想著中斷的工作，畫冊裡一幅又一幅的身影，腦子裡重複播映著她的每個表情，神氣、冷漠、高傲、懊惱、開心、忘情……他從來沒遇見過如此生動，表情變化瞬息萬變的女人。

爲了見她，他甚至不惜和麗生翻臉，推掉預定的雜誌訪談，跳上第一班火車回到紫荊市。

他翻開素描本，重新檢視趁她在吊椅裡睡著時所繪下的圖，手指隨著起伏的波浪髮絲在粗糙的紙上游移。

閉上眼睛，那張充滿激情和憤怒的臉重回腦海，他從胸口沉沉地吐出一口長氣，他必須想辦法再看到那張臉……

鍾愛珍衝進病房裡，兩名正幫鍾振興擦拭背部的看護停下動作，林護士在護理站看到鍾小姐走進安養院，興奮地追上來，但一見鍾小姐臉上的表情，她將想說的話吞回去。

「鍾……鍾小姐，發生什麼事了嗎？」

鍾愛珍走到床前，語氣很低很沉地請求：「出去，拜託。」

兩名看護愣愣地看著林護士，她向她們點點頭，「那……我們先出去，鍾小姐有需要再叫我們。」

三個人匆匆忙忙逃離現場。

鍾愛珍將病房門關上，回到父親病床旁，拿起看護留下的毛巾，緊緊靠坐在父親身邊，發了一會呆，最後深吸口氣，擦拭起父親的背。

「他憑什麼那樣耍我？」

浸水，擰乾毛巾，擦拭右手臂。

「他怎麼可能無動於衷？」

左手臂。

「沒有人可以那樣對我，沒有人！」

擦拭完臉孔和脖子後，她搖下病床，幫父親將衣服整好，蓋上床單，弓著身體在父親身邊躺下。

「爸，沒有人拒絕得了我，這不是你說過的話？」

隔著門板，林護士聽見裡頭傳來低低的語調，彷彿負傷野獸的嗚咽。

「不要碰我。」

「Motoko，讓我畫妳。」

「你是妖怪，你……」

「我給妳不想要的反應，是嗎？」

「我不知道，我不應該，我……」

「Motoko，身體是很自然的存在，而妳的身體，是這世界上最美的存在。」

「我不聽，我不懂你在說什麼。」

「妳不希望我來找妳？那我以後都不來了。」

「我……」

「妳捨不得，不是嗎？」

鍾愛珍突然張開眼睛，下意識尋找牆上熟悉的暗紅色畫作，過了幾秒後才發覺自己不在巴黎的家裡，那幅波利雅科夫名爲〈紅色組曲〉的畫早就被她賣了，換成幾次和馬文林區的昂貴約會。

窗外傳來攤販叫賣聲，她記起來了，不久前她回到這個位於市場邊，無聊乏味的山城老家。

幾點了？彷彿置身錯亂的時間裡，她絕望地想知道時間。

樓下傳來鍋鏟的聲音，應該接近中午了，她睡了那麼久？那個夢是怎麼回事？

Motoko？

她簡直要瘋了，從床上跳了起來，她必須離開這個讓人窒息的地方，用最快速的速度著裝，束起馬尾，套上運動鞋，她下樓往大門走去。

李婉玉穿著廚袍趕上來，「愛珍，妳要去哪？午飯都快煮好了。」

「我去跑步。」

「妳瘋啦？日正當中去跑步？別走別走，中午有客人來家裡吃飯，媽要妳好好打扮一下。」

在她最後一句話落下前，鍾愛珍已經關上那扇掉漆的紅色大門，邁步跑在街道上，往紫荊公園方向前去。

進入公園後，街道的嘈雜被濃密的綠樹隔開，她經過一個又一個立著趙波複製畫的看板，跑進公園最深處，尋找記憶中那幾座放大的鳥籠，豢養著獼猴和孔雀的角落。

在規律的腳步聲和呼吸聲催眠下，鼓動不止的心慢慢平靜下來，腦子恢復作用，她得以重新檢視自己目前的處境。

她哀怨地發現，比起幾個禮拜前，自己的狀況沒有任何改善，另一股衝動壅塞在心頭。她必須離開紫荊市，一天都不能多待！

她還有點錢，足夠買機票回巴黎，或許還夠生活一個月左右，她可以東山再起，只要能找到一個客戶，作成一筆交易，只要一筆就好。

該死，徒然浪費了這麼多時間，滿腦子只想著趙波的畫，根本沒時間看信箱，或許早就有更好的機會等著她。趙波的畫有什麼了不起？搞不好根本就不存在，只是她那個怪胎爺爺幻想出來的。

她不能再浪費時間了，每浪費一天，就不知道流失了多少機會。

只要回去巴黎，總有人願意暫時讓她留宿，她在腦子裡回想認識的人裡面，有誰可以依靠，而不至於讓她感到太屈辱。

愈想愈興奮，她甚至等不及回家，中途在一間網咖就停了下來，她得上網訂機票，看看信箱有什麼機會等著她。

登入信箱，滑鼠在幾百封尋求買主的信件裡迅速滑動，她沒時間浪費在這些小畫裡，她需要一個大師之作，Master Piece，一幅畢卡索，或是封塔納之類的，安迪沃荷更好，簡直像麵包一樣容易脫手……

急切地往更早之前的信件翻頁，就在幾乎絕望之時，她看到那封信，她的呼吸哽住。馬文林區的信。

撥電話時她的手微微抖著，拜託，馬文，你至少欠我一個機會，她在心裡呼喊著。

「馬文林區，哪位？」

「嗨，馬文，是我。」

「愛珍！」馬文愉快的聲音透過電話傳來，「寶貝，妳消失到哪裡去了，我想死妳了！」

「馬文，我現在才收到你的信，信裡說有個好機會給我，是什麼意思？」她決定不跟他多說廢話，早晚都要知道結果，不如早點知道。

「聽起來妳一點都不想我呀？」

「馬文，我沒時間跟你閒聊。」她警告道。

「好好好，甜心，妳還真是一點都沒變，工作永遠第一對吧？」

「我掛電話了，再見。」她威脅。

「聽著，妳知道沙奇在北京搞了個美術館嗎？」

蓋斯·沙奇是世上少數幾個可以和馬文匹敵的收藏家，喜歡大量收購中等價位的藝術品，利用媒體大動作辦展覽，造成一堆人跟風，炒高藝術家身價後，透過和國際知名美術館合作辦展覽，把藏品的行情往上抬，接著再透過拍賣行祕密地將藏品脫手，賺取暴利。沙奇是個高明的收藏家、畫商、投資客，上流社會出身的馬文儘管看不起白手起家的沙奇，卻又時時注意著沙奇的動向，悄悄收購著同類的藝術品。

「搭北京藝博會順風車，沙奇美術館過幾天就要開幕了。」

「你從什麼時候開始關心起中國的藝術市場？」

「寶貝，妳以爲沙奇在中國搞美術館的目的何在？全世界的藝術市場，只剩下亞洲拍賣場還維持超標的成長率，紐約、倫敦、巴黎都玩完了，新的市場在中國，現在有錢人都在中國。」

「那跟我有什麼關係？」

「甜心，我的愛珍寶貝，我現在才知道當初愛上妳的理由，就是爲了這一刻呀！妳得跟我去北京，參加沙奇那個炫耀的開幕會，看看我們倆能在中國市場做些什麼！」

鍾愛珍冷笑著，這傢伙難道以爲他在達文西的畫前擺她那一道，她還會這麼輕易受他擺布？

「聽起來是個好主意，」她甜甜地說：「但是我恐怕幫不上忙，我現在正在談一筆大生意，新加坡收藏家，有錢得要命，準備要辦私人美術館，我得幫他們找到一半以上的館藏呢！」

「妳在新加坡？那正好，離北京不遠，我叫祕書幫妳訂機票，我們後天在北京會合吧！」

「我這邊都已經安排好了，也投資了不少錢在這個案子裡……」

「多少？我付雙倍給妳。」

她屏住氣息，壓抑住狂跳的心臟，裝出冷靜的聲音要求：「十萬，我要是現在抽身，十萬美金就飛了。」

「跟我去北京一個禮拜，我付妳二十萬美金。」

「成交。」她乾脆地回答：「不過我明天就要出發，叫你祕書訂從台北出發的機票，頭等艙。」

「沒問題，一小時後錢會匯進妳的帳戶，機票和訂房證明也會寄到信箱給妳。」

踩著勝利的步伐回到家裡，她的得意並沒有獲得家人的關心。

「愛珍，妳怎麼現在才回來？客人等妳很久了。」

她莫名其妙地被李婉玉拉進飯廳，發現裡頭圍著一堆人：母親、大哥、一個愣頭愣腦穿著保守的陌生男人，和那張她極力想逃避的臉……

江城？

他就這麼坐在那個男人身旁，微笑著注視她，下唇被咬傷的傷口已經結痂。

「你怎麼在這裡？」她不理其他人，指著江城質問。

江城回答前，她母親先行插嘴：「妳怎麼這麼說話？江先生特別來談妳父親的畫展細節。」

鍾志豪站起來，將她的注意力拉向那個愣男人，「這是陳啓先，我的同事，人家早就想認識妳了。」

她注意到李婉玉一臉賊笑，領悟到他們的目的。

江城笑著說：「我好像來得不是時候，不過妳家人堅持要我留下來一起吃飯，我拒絕不了。」

「愛珍，妳坐下嘛，我給妳盛碗飯。」李婉玉陪笑道。

鍾愛珍憋著一口氣，怒瞪著一副看好戲模樣的江城，冷硬著聲音說：「我沒時間吃飯。」

「怎麼沒時間吃飯？」母親不悅地質問。

她昂起頭，視線仍舊定在江城臉上，對這桌好事分子投入一顆炸彈，「我要走了，明天一早飛北京，現在得去收拾行李。」

「妳不能走。」

在她從小住到大的房間裡，江城高大的身材比平常更顯威脅，但此刻她沒心思理會他，忙碌地將衣櫥裡的衣服挑出放進行李箱。

「沒聽見嗎？妳現在不能走。」

她吐出憋了許久的氣，冷冷地問：「喔？你有什麼好理由？」

「我們還有工作。」

「工作？」她從牙縫裡擠出這兩個字，「是誰先拒絕翻譯的？」

「愛珍，我爲昨天的事情道歉。」

她停下折疊衣服的動作，看向坐在床上的江城，修長強健的雙腿舒服地交叉，就像坐在自己家裡一樣自在，對這樣一個男人來說，有什麼事情是要緊的嗎？她在不在這裡，對他來說有什麼差別？是她太傻，將找畫的希望託付在這個人身上，沒有他的幫忙，就算找到畫也沒用。從一開始，她就讓自己屈居劣勢，任由這個人玩弄，現在有了馬文林區的支持，她決定讓這場規則不公的遊戲到此爲止，她受夠了！

她裝出冷冽足以殺人的聲音對他說：「我不需要你的道歉，你走吧，我不想再見到你。」重新開始手上的動作。

「妳生氣的理由，難道是期望我爲妳的慾望負責？」

動作定格，她不敢置信自己所聽到的句子。

「我可以爲拿工作威脅妳而道歉，但不是爲妳發洩不了的慾望。」

她猛然丟下手裡的衣服，粗暴地把他從床上拉起，奮力推向門口，「你走！我不想再見到你，你是聽不懂人話嗎？」

他卻紋風不動，藉著身高的優勢，居高臨下地看著她，「那幅畫是〈Motoko〉，趙波將〈Motoko〉送給妳爺爺了。」

趙波將〈Motoko〉送給妳爺爺了。

她怔怔地看著他，看過手冊後她也曾如此猜測，但從江城口裡說出，就不再是個猜測，而是事實。他們昨天根本沒有機會討論手冊上的發現，甚至連翻譯的內容也沒聊到，江城應該是透過趙經生知道她看了手冊。

「你……有什麼證據？」

「昨天，我讀了鍾俊義後面的筆記，趙波贈畫記於民國三十七年，那一年鍾俊義的長子，妳的父親出生，趙波送上一幅畫祝賀，Motoko那幅畫雖然沒有記載年分，但裸女系列大致是趙波二十八歲以後的作品，按照畫成順序紀錄推算，幾乎可以肯定〈Motoko〉是妳父親出生的那一年完成的。」

「送畫出去，趙波不會沒記載，那一年唯一留下紀錄但下落不明的畫，只有〈Motoko〉。」他順著邏輯說下去。

看著她雙眼發亮，他沉穩敘述：「翻譯愈多，我愈覺得鍾俊義的筆記根本就是財務紀錄，沒有臆想空間，他一定知道趙波的畫價值不菲，才特別將贈畫一事記下。」

語畢，兩人互視著，空氣中傳送著一觸即發的電流。

「假定事實就是如此，那麼找這幅畫就不再只是妳一個人的事。」

「怎麼說？」

「〈Motoko〉是裸女系列唯一以人名爲題的畫，其他作品不是以無題就是以動作爲題，例如〈憑欄〉、〈甦醒〉、〈面具〉這幾幅，我認爲Motoko這幅畫對趙波意義重大，這也是爲什麼他專門留下一頁的原因。對將來的趙波基金會來說，拼湊出趙波完整的繪畫經歷是必要的，但這個任務最大的困難是隱晦難解的裸女系列，Motoko應該就是關鍵的那塊拼圖。」

「既然意義重大，他爲什麼不記錄細節？」

「空白所代表的意義，往往比人們所想的還要多。」

「什麼意思？」

「趙波常跑後溝那幾年，和朋友們很疏離，也沒留下後溝風景的寫生，昨天看完妳祖父的筆記啓發了我，關於妳的問題我有幾個假設，不過還得等一些資料齊全後才能確定。」

「什麼資料？」

「Motoko是個很普通的名字，印象中秋田俊一也留下以Motoko爲名的人像寫真，我已經寫信詢問管理秋田作品的基金會，不久後應該就能收到他們回信。」

鍾愛珍搖頭，「年代不對，趙波畫〈Motoko〉時，秋田早已離開紫荊市了。」

「但他有可能早一步認識Motoko。」

面對他刻意的故弄玄虛，她咬牙切齒問：「你的假設到底是什麼？」

他睇著眼睛看她，「妳必須留下，才能知道。」

她瞪著江城，這人剛爲上一個威脅道歉，現在又送上另一個威脅，馬文的祕書應該已經匯了二十萬到她的帳戶，她不能不去北京。根據江城的理論，〈Motoko〉可能不只是她原先以爲的簡筆素描，既然對趙波意義重大，那價值應該更爲貴重，想到這裡，找畫的決心死灰復燃。但趙波的畫可以等，等她完成北京的工作，有了這筆錢後，她可以回來，可以……勉強再忍受山城一段時間。

「去北京是爲了工作，我非走不可，但這只是暫時的，我一個禮拜後就回來。」

「爲了北京藝博會？我以爲妳對亞洲市場不感興趣？」

江城脾氣再古怪，畢竟是同行，她老實說：「我不過是去湊湊熱鬧，出席沙奇美術館的開幕晚會。」

他皺起眉頭，「妳也收到沙奇的邀請函？」

「也？你也受邀了？」

他冷哼一聲，明顯對沙奇這個藝術市場的大人物不太看得起。

「坦白說，受邀的不是我，既然認識沙奇，那麼妳應該也知道馬文林區這個人？」

他挑眉看她的表情，看樣子是知道的。

「馬文是……我的一個客戶。」她輕描淡寫介紹自己和馬文林區的關係。

「他邀妳一同出席沙奇的開幕會？」

她點點頭。

拉起一邊嘴角，他語帶嘲諷地說：「出席那麼盛大的場合，妳和馬文林區的關係不只如此吧？」

她昂起下巴，自我防衛驟然升起，「就算我們關係密切又怎麼樣？嫉妒嗎？」

「不如說是好奇。」眼神在她的身體上下瀏覽，他慢條斯理地問：「妳也會用渴望我的方式渴望他嗎？」

她全身震了一下。昨天發生的事，對他而言根本只是個玩笑！她現在真的後悔極了，竟然在他面前鬆懈防備。去他的趙波，去他的Motoko，她再也不想多忍受江城一分一秒！

她用盡全身的力氣將他推出房外，砰地一聲關上房門。

「要是再跟你多說一句話，我就是豬！」以確定能穿透門板的音量吼出毒誓。

推著丈夫的輪椅走向花園裡的牽牛花棚，李書平打開從家裡帶來的魚粥，粥裡混了糙米、燕麥和早上到市場買的活鱸魚。

她打開鍾振興掛在臉上的鼻胃管，拿出清洗消毒過的針管，倒進一點魚粥，就著推管緩緩推送進丈夫的胃裡。

院裡走出一個穿著白袍的身影，逆著光，她瞇起眼睛看著那模糊的身形，直到他站在面前，她才看清楚對方臉上的表情。

「我到處找妳。」

她抿著嘴不回話，專注於手上的工作，往針管裡倒入剩下的粥。

「妳在生我的氣？」

她瞄了他一眼，冷淡地說：「沒有，但是那幅畫我不能收。」

「妳明知道我希望妳擁有那幅畫。」

她默默地將最後一點粥推送完，抽出推管，往針筒裡倒進清水，視線隨著下降的水位一起往下降。

「那是我的心意，沒別的意思。」

「你的心意我已收到，這就夠了。」

他搖頭，「不，妳不了解妳對我的意義。」

她將鼻胃管的塞子放回原位，輕柔地將管子塞到丈夫耳後，撥順丈夫臉上垂下的頭髮，眼神溫柔而哀傷地看著丈夫低垂的眼皮。

「經生，你的心意我明白，但是我的回答，還是跟當年一樣。」

他無助地垂手立在她身旁，就像當年被叫到國文科辦公室一樣。她是老師，而他是學生。

「你應該把自己的家庭顧好，想辦法和妻兒生活在一起。」

「我和淨雪早就無話可說，孩子們寧可當美國人也不願意回來，我的家庭……根本就不存在。」

「夫妻之間，要互相體諒，要懂得爲對方犧牲。」

他搖頭，「沒有任何女人，能像妳這樣犧牲。」他嘆口氣，「自從我拒絕從政，淨雪和我就結束了，她嫁給我只爲了這個目的。」

「林家沒有兒子，他們把希望放在你身上，這是可以理解的。」

「我不可能爲了一個我不愛的女人，勉強自己做不喜歡的事。」

「愛或不愛，都不該是勉強的理由，這點你應該在婚前考慮，而不是婚後。」她平靜地回答。

他眼裡充滿著痛苦，看著年長十四歲，但在他眼裡依舊淡雅美麗的李書平，二十幾年來，看她爲家庭犧牲、委屈、妥協，心疼她卻無能爲力。

「那麼，妳又是爲了什麼？」他問。

她臉上閃過一抹苦笑，「我的時代，沒給我留下選擇，但是你不一樣。」

「等孩子們大一點，我和淨雪一定會做個了結。我希望……」他的聲音瘖啞：「妳能給我一個機會，也給妳一個機會……」

「不要再說了！」她厲聲警告，推著丈夫的輪椅往室內走去。

看著她離去的背影，趙經生失魂落魄地站著。先天的體弱多病造成他早熟的個性，十六歲那年認識她以後，他從沒停止愛她，二十四歲那年跟她告白，被她狠狠拒絕。即使如此，這些年以來，他仍舊無法停止看顧著她，李書平觸動他的，是他無法說出的情感，是這世上沒有人觸動得到的內心深處。

他從來沒懷疑過江城的論點，Motoko是真實的存在。

因爲他能理解爺爺當年看著Motoko，卻又無法擁有她的痛苦，那是，他希望李書平明白的痛苦。

只是這痛苦，和Motoko存在的祕密一樣，只能感覺但不能被承認。

野口師傅坐下來，瞄了雙眼無神的趙經生一眼，撇撇嘴對另一邊也喝著悶酒的江城說：「你們兩個今天是來壞我生意的是吧？」

江城喝了口清酒，順勢看了眼趙經生，「他那副德性一個月上演一次，比女人月事還規律。」

「喔，你也有月事嘍？」野口不受江城銳利眼神的威脅，大膽回道。

「你不回去捏壽司，囉嗦什麼？」

野口師傅聳聳肩，「有我兒子掌櫃，我可以光明正大偷懶。」

「時間多不如學點中文，丟不丟人？都在這裡住三十年了。」

野口搶過江城的酒杯，喝乾了酒後說：「我老了，沒有你那麼厲害。說到底，你根本就忘了本，也不準備回去了，對吧？」

江城扯了扯嘴角，「回去哪裡？」

「你京都老家呀？江城老先生不在了，總還有家人吧？」

不想跟野口胡扯，他推了推失魂落魄，猛喝悶酒的趙經生，「結帳走人，在這裡喝酒有煩人的老傢伙，不痛快。」

趙經生看著野口，口齒不清地說：「胡說，在野口這裡是最痛快的。」他舉起酒杯敬野口，「我們倆都該多跟野口師傅學學，快樂的祕密。」

野口拉著江城翻譯，聽了後露出一口斑駁牙齒：「你告訴趙桑，男人快樂的祕密很簡單，只要有女人就行啦！」

「你少鬼扯。」江城拒絕翻譯。

野口瞪了他一眼，決定靠自己，拍了趙經生一把，聲音宏亮地說：「男人，要，女人！」

趙經生怔怔聽著，悶悶地說：「野口師傅說得對，人生就是這麼簡單，男人就是需要一個女人，一個讓他願意拋棄自己國家，來到這個小地方一住三十年的女人。」

野口二十五歲時，在北海道鄉下遇見一個紫荊市來的女孩，一見鍾情，後來跟著她回到故鄉定居，不識中文守著這間壽司店，一年前太太罹患癌症，多虧趙經生透過關係幫她安排最好的醫療和照顧，現在病情總算控制下來。野口對趙經生充滿感激，雖然語言不通，卻當他是家人般的關心。

他聽完江城的翻譯後，很用力地「侯」了一聲，大力點頭，「對對，趙桑都懂了。你跟他說，不要喝悶酒，野口幫他找女人。」

聽過翻譯後，趙經生大聲笑了出來，也跟江城說：「你跟野口說，可惜他幫不了，我的女人不要我。」

「怎麼可能有女人不要趙桑？是那隻黑鮪魚吧？我幫他去找那女人。」

趙經生推推愣住的江城，「他說什麼？翻譯呀。」

江城站了起來，暴躁地說：「你們兩個煩不煩？」他指著一臉無辜的野口，「你這老傢伙別在這裡煩客人，回去切魚！」

野口摸摸鼻子，回吧檯前順手拍拍趙經生，「江城，阿諾，不是，好朋友！」

趙經生仗著酒意，大膽逗弄滿臉不爽的江城，「怎麼啦？你的女人也不要你？」

江城重新坐下，斟滿酒杯一口仰盡。

剛才沉浸在自己的思緒中，趙經生沒注意到好友的反常，暴躁通常不是江城會有的情緒，他很好奇什麼事情能打亂江城總是平靜無波的心情。

「工作不順利？」他試探問道。

沒反應。

「在台北出了什麼事嗎？」

他接到江城投來的白眼，聽見一句：「管好你自己。」

和江城交往向來有個界線，任何人都不許擅越雷池一步，多年來，趙經生很清楚那個界線在哪裡，也從沒過度逼近，他很能接受江城那種事不上心的哲學。

很多時候，是那個哲學讓趙經生不致於陷入低潮，而成天哀憐自嘆。

江城總能把持氣定神閒的心境，即使是爲了麗生勉強去做不喜歡的事，他表現出來的情緒頂多只是「麻煩」，而不是真正受到困擾。

然而今天的他卻不一樣，平日俊朗清平的臉上烏雲密布。

「江城，你在煩什麼？」趙經生誠摯地問。

江城眉頭深鎖，過了一會才說：「不煩，只是在想一條黑鮪魚。」

他大膽猜測道：「是愛珍嗎？山城沒什麼新鮮事，除了愛珍這個外星降臨的怪物。」

聽到他的戲語，江城出乎意料地笑了，「形容得真好。」

「她說你正幫她找畫時，我就覺得奇怪了，那太不像你了。」

「我想畫她。」

趙經生努力擺脫酒精迷霧，思考著，「所以你是因爲她才開始工作的？」

他得到好友輕微的點頭作爲回答。

「你們之間……有些什麼？」突然間，他身爲麗生哥哥的自覺升起，語氣裡有絲擔心。

「是有些什麼……工作上的事。」江城語焉不詳地回答。

趙經生不太理解自己心裡的矛盾。他喜歡愛珍，不是出於佩服或欣賞她的專業，也不是因爲她是李書平的女兒，而是一種他自己也說不上來，自然的好感。雖然難以想像江城和愛珍間究竟發生什麼事，但他直覺認爲，這兩人間有著某種旁人無法理解的連繫。

「她不會在這個小山城待太久，遲早會離開。」

「對愛珍來說，紫荊市確實太小太無聊了，她的才能和抱負施展不開。」看著江城，「對你來說也是。江城，遲早有一天，你應該要離開。」

江城偏過頭來，詫異地看著他。

「你大概有三年沒拿起畫筆了吧？我很感激你爲爺爺做的事，但是，我總覺得你的格局應該更大一點。」雖然以站在麗生哥哥的立場來說，趙經生不應該說這話，但今晚他只想把心裡的感覺說出來，不去管這些立場。

趙經生喝了口酒，把多年來憋著的問題問出口：「除了麗生這個理由之外，你應該還有別的理由留在山城不離開吧？」

見好友陷入沉思，他不放棄地繼續說：「你是個異常執著的人，我想，你是用等待的方式，在山城裡找尋一樣東西，我雖然不明白那是什麼，但是，我相信只有那個東西，才能夠讓你的心自由，讓你的才能有更大的發展。」

江城瞪著他，趙經生不躲開，睜眼回瞪。認識江城這麼久，即使年紀比他大，但趙經生一直覺得自己像是江城的徒弟，嚮往他清雅淡然，無入而不自得的修養，也感嘆自己就是比不上他。但現在突然明白，江城只是沒遇上能打動他的人事而已。

末了，江城淡然平靜地回答：「我自己，也不明白那是什麼東西。」

在這個吵雜熱鬧的街邊小吃攤，兩個男人沉默地對飲，只要有默契，很多事情根本無須說開，餐桌上、酒杯裡，默默地傳遞著了解和支持。

摘下雷朋墨鏡，穿著Vivienne Westwood設計的緊身牛仔褲，紐約街頭塗鴉圖案的輕薄長棉T，搭配摻著金線的香奈兒外套，三吋高的Jimmy Choo踏下計程車，踩在北京土地上，昂著頭走進麗思卡爾頓飯店，鍾愛珍在金碧輝煌的大廳裡停下腳步，深深地呼吸著充滿奢華的空氣。

走向櫃檯，她嗓音低啞地報出自己的名字，櫃檯人員立刻送上行政套房房卡，訓練有素的領班安靜有禮地陪她進房，介紹飯店給予套房客人的尊貴禮遇：席夢思床墊、Boss音響、隱藏在牆裡的SONY平面電視、一天兩次的客房服務、擦鞋洗衣服務、VIP樓層酒吧裡的免費餐飲、到房的按摩服務、每日三份熨燙過的報紙……

雖然離開這個世界不到一個月，她卻感覺已經離開很久，在山城的發霉日子讓她無端地害怕自己再也回不到這個世界。

感謝天！她回來了！這才是回家的感覺。

她，鍾愛珍，終於又回到這個金字塔頂端，世界的中心。

熟練地將小費塞進領班手裡，她脫下鞋子、外套，成大字狀躺在柔軟寬敞的床上，大口吸進高級空調的空氣，那是非常獨特的氣味，是經漂白漿洗過的床單氣味，專人伺候的氣味，尊貴特權的氣味。

房間的電話響起，她側轉身子接起，馬文輕笑的聲音從話筒傳出來：「妳不會怪我只幫妳訂行政套房吧？」

她冷哼一聲。

「甜心，總統套房得留給我自己呀，除非……」馬文壓低聲音：「妳願意搬來跟我住？」

「幫你省一間行政套房的錢？不必了。你什麼時候到？」

「明天傍晚，妳有時間好好觀光一下。」

「觀光？」她拖長聲音，彷彿馬文正要求她去田裡種菜，「我可不是來觀光的，沙奇美術館哪一天開幕？」

「後天。我都安排好了，明天晚上我們和幾個巴黎的老朋友吃吃飯。」

「老朋友？不要告訴我狄恩也來了？」

「正是，當然還有都皇的……」

「瑪歌夫人。」

「賓果，他們可想死妳了。」

她翻了翻白眼，這些人恨不得她永遠不回去吧？在她之後搶下達文西經紀權的就是歌劇院藝廊集團的狄恩，瑪歌夫人則是當初介紹馬文林區給她認識的人，最後馬文成了她的客戶，搶走都皇拍賣公司幾筆重要生意，瑪歌那老女人恨不得把她的骨頭拆了。

這兩個人可都是巴黎藝術圈呼風喚雨的人物，連他們也來北京了，看來中國市場真成了兵家必爭之地，她感覺血液沸騰了起來。現在想想，過去兩個禮拜，窩在山城找一幅不存在的畫，恐怕是被某種黑魔法給蒙蔽了心智，無謂地浪費太多時間和精力。

「馬文，」她用會讓聽者全身酥軟的聲音說：「你是我的，不要忘了。」

他悅耳地笑笑，「我就知道把瑪歌和妳放在一起，會有這效果。」

「你不要逼我打包行李走人。」

「好好好，我會讓瑪歌和狄恩知道。」他停了一下，回以同等程度的誘惑嗓音：「我專屬於妳，我的愛珍寶貝。」

她得意地揚起嘴角，只要和馬文親暱地在沙奇美術館轉一圈，隔天全世界的藝壇都會知道，鍾愛珍還沒退出，依然穩穩地站在山頭。

「愛珍……」馬文轉為嚴肅的聲音說：「事實上，我還真想把妳變成我專屬的。我有個計畫，不過等我到了以後再說吧，那只是個想法，得靠妳幫我具體化。」

馬文是個上一秒可以跟妳調情，下一秒就冷酷談起生意的頂尖商人，鍾愛珍當然知道他花了二十萬的代價把她弄來北京，不會只是爲了找個上得了檯面的伴遊。這些年來，她刻意跟馬文維持曖昧、若即若離的關係，就是讓他明白，她跟他是同一類人，男女關係對她而言只是一種手段，只要可以達到目的，她不在乎和他睡上幾晚，一旦他不再有利用價値，她會頭也不回地走人。

上一次爲了達文西，她似乎玩得過了火，紐約那邊傳聞馬文的正牌模特兒女友因爲一個巴黎的畫商大吃飛醋，她閉上眼睛，希望馬文不會重提之前的事。

「等你到了再說吧，我預約了精油按摩，快遲到了。」

他不介意地回答：「那好，等我到了再說。對了寶貝，我跟妳說了我想妳嗎？」

她胡亂地回答說過了。

「不，我還沒說過。」他卻不接受敷衍，「我真的，非常想妳。」

掛上電話後，她將馬文的聲音驅逐出腦海，看來明天開始有一場硬仗要打了，剛才只是隨口編個理由，但現在她卻真心渴望來場放鬆的精油按摩。

她再度拿起電話，撥給櫃檯。

第六章　棄名的旅人

趙麗生打開群樹環繞的玻璃工作室，二十坪大小，挑高屋頂，全用玻璃帷幕和鋼筋搭蓋，她記得江城決定從市區搬到山裡時，其他地方都不講究，就是這間工作室，堅持要有開闊的視野和採光，工作室後方必須有寬廣的平台，好讓他安置澆鑄場所需的各項爐具設備。

平日明亮的工作室，此刻沉靜昏暗，玻璃前垂掛的竹簾垂放到地上，空氣中隱約有著被主人遺棄的蕭條氛圍。她走到室內一面牆前，盯著牆上掛的大幅油彩版畫，畫裡的裸女彷彿剛剛甦醒，嫵媚地伸著懶腰。

是這幅畫讓她遇見江城，也是這幅畫讓她走不進他的心裡。

江城叫她Motoko，而趙麗生恨透了這個女人。

遇見江城時她只有二十歲，那年暑假從北部回來，姑姑趙君儀跟她說有個日本來的藝術家想看看爺爺的畫，順理成章地要求大學輔修日文的麗生接待。

在紫荊市列爲古蹟的火車站裡，初次見到江城，他穿著生皺的白色襯衫，袖管隨意捲起，鬆垮的卡其褲，腳上踩著適意的拖鞋，看起來不修邊幅，但在熙攘人群中突出特立。奇異的是，他環顧車站大廳一圈，視線很快落在她身上，嘴角微微含笑，直直朝她走來。

她幾乎是立刻愛上了那個男人。

那年夏天，跟隨著爺爺畫裡的蹤跡，陪伴江城在山城裡到處閒逛，成爲兩人關係裡最親密的片段。

那時江城二十五歲，眼裡的老成和滄桑，像活過五十幾載，一個夏天下來，她對江城的迷戀掩藏不住，但疼愛她的父母無法認可這段感情。

「身爲趙家最聰明的孩子，妳有很遠大的未來，愛上一個藝術家對妳將來的事業一點幫助也沒有。」

只有同樣爲了「遠大未來」和地方上另一個政治世家聯姻的哥哥，默默地支持她，從頭到尾，趙經生只表達過一次他的擔憂：「江城，恐怕不是會被感情牽絆住的男人。」

回想起哥哥初識江城時給的評語，此時她的嘴角不禁漾出苦笑，那時候的她怎麼可能聽得進去？大學畢業後，她拒絕回鄉步上家族安排好的道路，選擇到日本留學，優異的成績堵住父母對這個選擇的不滿意。她這一生，除了和江城的關係以外，只要她決心想達到的事情，從來沒有辦不到的。

剛到日本時，她並未如眾人預期的去找江城，即使那是她來到日本的目的之一……或許，是最主要的目的。但好強的她，不願意讓江城看到她剛抵達時的混亂和無助，半年後，好不容易適應了東大的學生生活，一切都安頓好了，下苦功學的日文，也悄悄添上東京腔，她這才允許自己到京都找他。

見她出現在工坊門口，江城僅是微微挑眉，嘴角掛著慣常的淡笑，放下手中的雕刻刀。

「我還在想妳什麼時候才會想到我？」

她在心裡傾訴：無時無刻。

但卻只是雲淡風輕地答道：「新生活，事情很多呀！」

不好奇她新生活如何，沒有提議幫忙，也沒有急著給予忠告，江城回頭拿起雕刻刀，注意力重新回到雕刻中的一尊觀音像，宛若中國觀音的形象。

她在一旁靜靜等候他完成那尊面容寧靜的美麗觀音，好奇那是不是江城心目中理想的女子形象，也好奇他又是怎麼想她——趙麗生，這個女人的？

晚上他帶她到一間相熟的小店吃飯喝酒，驚奇地發現江城會說中文了。

「你中文進步得真快。」她驚歎。

他偏頭看她，「妳的日文也很不可思議。」

她問江城對未來有什麼計畫，他提到計畫去中國旅行一年，順道學藝。聞言，她壓下心裡的失望，振作起精神問他什麼時候出發。

他只是聳聳肩，彷彿那一點都不重要。

「我可是爲了你來日本，結果你卻要放下我去中國。」藉著酒意，她半開玩笑半認真地說。

他笑笑回說：「走的時候會讓妳知道。」

現在回想起來，趙麗生了解，江城從一開始就試圖讓她明白：她可以隨心所欲愛他，但是限制不住他。

擔心他隨時可能離開，她開始每個週末到京都的生活，江城獨自住在城郊一間老舊的木屋裡，和工坊的師傅投注很多時間與心力，修復鄰近一間破敗的寺廟。不管出門多久，他從來不鎖家門，第二次去找他時，她沒訂旅館，直接在他家裡卸下行李，晚上他回家來看到她，沒多說一句話，默默地接受她就這麼進駐他的生命。

她開始明白，對這個男人她必須採取主動，也發現江城拒絕不了她，頂多蹙眉評語：「妳很難讓人拒絕。」

對京都漸漸熟悉，她從江城工坊的夥伴那裡知道，江城的家世很好，父親是日本有名的藝術家，地位崇高，身爲獨子，江城卻和家人不怎麼親近，也不曾帶她回去見過家人。

半年後，江城終於離開日本去中國，那一年裡，爲了克制自己想念他，她專注於學校繁重的課業。一年半以後，他突然出現在東京，那時她父母特別來東京參加她的畢業典禮，趙振嘉夫婦自然對江城不陌生，江城也一反常態，親切熱情的代替她陪伴父母，帶著他們到處觀光遊覽。

在中國待了一年半，中文說得更流利的江城，終於獲得她父母的歡心，畢業典禮前夕，父親問她和江城是不是對未來有具體打算？其實在那之前，她早問過江城相同的問題，當然是用她逐漸熟練的半強迫方式。

「我可先跟你說了，我趙麗生這輩子只要你這個男人，你不要我，那我只好一個人終老嘍。」

她記得江城聞言，露出一個無可奈何的笑容，還是那句：「妳很難讓人拒絕。」

接著就發生了那場樂極生悲的車禍，畢業典禮當天，理應是她一生中最驕傲得意的一天……

工作室的門打開，探進一張黝黑的臉，阻斷了趙麗生的回憶。

「啊，趙立委妳在呀？」

「阿寶，你來打掃嗎？」她匆忙轉身時弄倒了身後的畫架，於是邊打招呼邊蹲下拾起散落的圖紙。

叫阿寶的男人連忙走上前，幫忙扶起畫架，「對呀，看到妳的車子，不見人，就猜妳應該在工作室，江城沒跟妳說嗎？」

「說什麼？」

「他去北京了，說是去參加什麼東西的開幕。」

趙麗生卻沒聽進他的話，怔怔地盯著從地上撿拾起的一幅水彩畫。

畫裡擱放著一張沉睡的臉，彩筆表現的蓬鬆秀髮烘托著那張臉，像在雲裡，也像在霧裡。

那不是一張特別漂亮的臉，但趙麗生卻可以透過那個畫面，感受到畫者的凝視，帶著濃厚情感的凝視。

「畫裡的女人是誰？」

阿寶從她肩後探頭看了眼畫紙，搖搖頭，「不知道，應該是新的模特兒吧。」

「模特兒？」

「嗯，有幾次我要來整理，江城讓我別來，說會有模特兒在場。」

她瞇起眼睛端詳著畫裡的人，不知怎地感到熟悉，她見過這個人……

「我回屋子裡繼續打掃，妳需要什麼再跟我說。」阿寶的聲音驚醒她。

阿寶走後，趙麗生搖搖頭，命令自己停止胡思亂想，這不過是個陌生人，江城也只是把她當模特兒，沒什麼好擔心猜疑的。

「Motoko，妳是如此真實，真實得讓我不敢靠近，只能遠遠膜拜。」

「膜拜？我又不是媽祖。」

「對我來說妳是這個世界的道理，是我找尋了一生的道理。」

「沒有我，你就不會出世？」

「會，我會被生下來，但是不會拿起畫筆。沒有妳，我只是個麻木的凡人。」

「我……只要你一走，就會變回你說的凡人。」

「不，Motoko，妳不是凡人。」

「只有你會這樣跟我說，你……今天一定要回去嗎？」

「妳不希望我走？」

「不……」

「那麼我就不走。」

電話驚醒了在迷夢中的鍾愛珍，她揮手想趕走眼前的迷霧，這才發現自己根本還沒張開眼睛。

電話裡傳來機器的聲音，是昨天跟櫃檯要求設定的Morning Call，今天早上她排了一連串的美容行程：做臉、髮廊、購物，她得在馬文抵達前將山城遺留在身上的鄉下氣味給澈底擺脫。另外，她還需要幾件像樣的晚禮服，當初匆忙離開巴黎，那三大箱行李裡並不包括正式場合需要的東西。

躺在床上，她的嘴角彎曲，昨天就注意到麗思卡爾頓飯店裡有卡地亞珠寶分店，爲了達文西所費的錢財和精力，她值得一件卡地亞的珠寶，馬文應該不會介意才是，畢竟這也算是工作的一部分，馬文不會希望帶一個上不了檯面的女伴去見沙奇。

她在寬敞亮潔的淋浴間裡，沖洗掉前晚夢境留下的恍惚。她最近老夢到Motoko和那個聲音憂鬱的男人，她不應該是愛幻想的人，成功世界裡容不下想像和做夢，今天晚上，她就要回到那個充滿成功人士的世界，沒有二流藝術家，沒有讓人挫折的家族史，沒有使人生厭的單調山景和充滿否定的譴責眼神。

穿著浴袍走出來，正好客房早餐的餐車也送到了，她坐在俯瞰北京商業中心的窗邊，睥睨著街道上工蟻般熙來攘往的人群，悠閒適意地享用著酥脆的吐司和滑嫩的煎蛋，喝了口炭香味濃郁的黑咖啡，喉間溢出一聲滿足。真是睽違已久的滋味，山城裡甚至連像樣的咖啡都沒有。

喔，對了，她非要找到一直想要的薄荷菸不可，提醒自己等會得交代櫃檯，不管這個國家有沒有進口這款，只要房客開口要求，這世上沒有卡爾頓飯店辦不到的事。

馬文林區在飯店頂樓的VIP酒吧裡找到她。

這個重逢場景，當然是精心設計的，她甚至刻意挑了個面窗，讓他一進來就看到她最吸引人的側臉角度，而沐浴在自然光裡的她應該顯得更迷人。此刻她手裡拿著一杯粉紅香檳，對身旁男人回以嫵媚的笑容，這場意外的搭訕，恰好成爲展現她熟女魅力的神來之筆。

馬文林區有著端正對稱的臉型，深栗色頭髮，淺藍色眼睛，身材中等，但渾身散發出貴族氣質，他是那種經過身邊時，就會驅使人們自動在記憶裡搜尋這張臉，臆測他真實身分，斷定他是某個權勢象徵的男人。

不過，不認識他的人事先想見到他的機會少之又少。

馬文臉上如常掛著露出完美潔白牙齒的笑容，那是個會使人掉以輕心的笑容，以爲他是個友善好親近的人，而陷入他設計好的圈套。其實只要仔細觀察就可以發現，他工於心計的眼睛，正根據對方反應微調臉上的表情，他擅於運用自身魅力操縱給人的印象，以達到想要的目的。在這方面，他和鍾愛珍都是專家，是高手中的高手。

這也是他們受對方吸引的主要原因，每次的聚會，就像兩個老謀深算的權謀家，鬥智鬥勇的過程，讓兩人同時享受著棋逢敵手的刺激感。

鍾愛珍很滿意馬文將她視爲對手的榮耀，當然最滿意的在於，待在馬文身邊，不管走到哪裡，都能獲得至高的尊榮待遇。

經過一天的思考，她在心底擬定戰略，馬文這回得吃點苦頭，爲達文西的失敗付出代價。

「妳實在太無情了，竟然不等我，就和別人喝起酒來。」馬文站定在她面前，戲謔地說。

正使出渾身解數邀請鍾愛珍共進晚餐的男人，彷彿感覺到什麼，安靜了下來，機靈地觀察著這個氣勢非凡的男人。

鍾愛珍瞄了眼那男人剛給她的名片：Marco Di Stephano，Alitalia航空的機師，義大利人。

她露出一個充滿歉意的笑容，親暱地按住他的手說：「馬可，我不能答應你的晚餐邀約，原因就在這裡。」

她緩緩站了起來，迎視馬文的眼睛，湊上左邊臉頰讓他親吻。

期待中的見面吻卻直直地落在她脣上，馬文眼裡閃動著挑釁，「好久不見，甜心。」

她咬住下脣，眼角餘光瞥見義大利人的動作，那人氣勢上早已落敗，識相地打退堂鼓，拿起酒杯準備離開。

「既然鍾小姐已經有伴，我就不打擾了。」義大利人保持風度地告退。

馬文揚起勝利的笑容，滑進義大利人的位子。

「怎麼？才來不到二十四小時就找到獵物了？」

她在他面前坐了下來，忍著被偷吻的怒意，冷冷地聳肩，「我們的合約裡可沒限制我享樂。」

「我就知道把妳一個人放在這裡會有危險，爲妳臨時取消了幾個重要會議，十萬火急趕過來。」

他邊說話邊舉手喚來服務生，點了杯蘇格蘭威士忌。

「甜言蜜語留著安撫你的小模特兒，她叫什麼來著？」

「安潔。」

她彈了下手指，「對，那個純潔小天使，跟我，你可以省點口水。」

他舉杯輕啜口酒，透過杯緣看著她，「我和安潔分手了。」

「是嗎？真是大新聞。」她反諷道，一點也不掩飾早聽到風聲。

「我受不了善妒的女人。」他若有所指地加上一句：「但也受不了不嫉妒的女人。」

「凡是不嫉妒的女人，我就非得想辦法讓她嫉妒才行。」

「你不是找我來幫你做心理諮商吧？二十萬請得起比我更好的諮商師。」

他輕笑出來，「我說過妳讓我想念，現在才知道，想念不足以表達我對妳的心情，妳呀，是附骨之蛆，想忘也忘不了。」

她冷冷地看著他，「應該還有別的原因吧？你不會無緣無故惦記著我，說說看你那個計畫，是怎麼回事？」

他換了一個姿勢，舒服地躺靠在沙發椅背，雙腿帥氣交叉，「假如我說，我想在亞洲開畫廊，妳認爲這個點子怎樣？」

「畫廊？在哪裡？北京？」

他聳聳肩，「北京、上海、到處，我計畫成立連鎖畫廊，把手上的收藏品引進亞洲，一方面和資金雄厚的收藏家建立關係，另一方面挖掘一些專屬的年輕藝術家，創造『林區藝術』這個品牌。」

有點像沙奇畫廊的做法，她暗暗想，但沒安下評斷，「我以爲你只想收藏，沒有出售的意思。」

「妳或許聽說了，過去這一年的金融風暴，我的公司元氣大傷，目前雖然穩住了，但是我得盡快塡補破洞，得想個辦法脫手一些東西，轉成現金。」

「透過拍賣行不是比較快？經營畫廊耗時費力，你怎麼會有這個想法？」

「相信妳也聽說，上個月紐約蘇富比拍了兩幅巴斯奇亞，但都流標，拍出的價錢根本就不夠我回本。」

她強裝鎮定，上個月那兩幅巴斯奇亞是馬文的收藏？她那時陷入極端混亂的狀態，錯過了這個消息，她也有不敏銳的時候，這點可不能讓馬文知道。

「去年年底，沙奇在倫敦的新畫廊開幕，我透過管道知道，今年上半季他們的獲利高達百分之兩百，主要的客戶亞洲人占大多數，這也是那傢伙跑來北京開美術館的原因。」他嚴肅地看著她，「我要『林區藝術』在世界上成爲超越沙奇的品牌，而不只是連鎖畫廊。」

她點頭表示理解，金融危機打擊了各行各業，唯獨中國的藝術市場，一堆雜七雜八的當代藝術家被大環境篩選淘汰後，只剩下背後有固定藏家支持的藝術家衝出突圍，穩定成長；同時間，各大拍賣會湧入一堆陌生臉孔的中國買家，不計代價競標中國骨董書畫、現代油畫雕塑，以前拍賣場的主流是美國、歐洲、蘇俄人，但現在風向一轉，這些舊買主在中國買家面前購買力相形遜色許多。綜合藝術品買和賣的市場現況，難怪馬文會分析出在亞洲創立「林區藝術」的點子。

鍾愛珍暗自佩服馬文的犀利和敏銳，也清楚憑他的魄力和財力，林區藝術是個只會成功，不會失敗的計畫，但某部分的她，卻莫名的感到失落。

假如連馬文林區這個財力雄厚的一流收藏家，都開始只從市場來考量藝術，這世上真心愛好藝術又有能力收藏的人，還剩下誰？

她立刻擺脫這個不切實際的想法，不管怎樣，市場愈是往投資方傾斜，對畫商愈有利，即使這必然對藝術品客觀價值的判斷造成傷害，但那又怎樣？行情，本來就是炒作出來的。

她試探性地問：「這個點子，不是你一個人想出來的吧？」

他笑笑，「當然不是，這可得歸功瑪歌夫人。幾個禮拜前她到紐約找我，聊起都皇在北京和上海這一年來春秋拍的表現，她老實跟我說，要是沒有這兩個地方的獲益，都皇恐怕撐不過今年。」

她忍不住露出驚訝之色，連法國歷史最悠久的都皇拍賣公司，都差點躲不過金融風暴？

「她建議我來中國看看，甚至好心提議合夥成立藝廊。」再喝了口酒後，他撇撇嘴，「不過，妳也知道，合夥一向不是我的風格。」

謎底揭曉，她努力裝出事不關己的模樣，雙手抱胸，「那真是可惜了，打著都皇和林區的招牌，很快就可以趕過沙奇的名氣。」

他若有深意地凝視著她，「不用跟都皇合作，林區藝術都能快速追過沙奇，因爲，我擁有比都皇更有力的王牌。」

「是什麼？」

「妳。」

她坐正身體，準備迎接這場談話的重點。

「我？」

他點頭，「只要有妳在這裡幫我管理畫廊，我相信不出一年，妳就能深入金字塔頂端的藏家，直搗核心，在那些人身邊，都皇和沙奇所掌握的客人，不過只是跳梁小丑而已。」

「你對我這麼有信心？」

「我知道妳的能力。」他強調，「更何況，發現達文西這件事，也向全世界證明了這一點。」

她的臉扭曲，忿忿道：「你還敢跟我提達文西。」

他不介意地笑開，「甜心，假如不是時機不好，妳很清楚我一定會出手。再說，這世界上除了我，還有誰有種買下那幅畫？」

「狄恩……還沒賣出去嗎？」

他露出一個輕蔑的笑容，「最近的消息是，狄恩動用所有資源，打博物館主意，根據他放出來的風聲，有兩間杜拜和美國的美術館搶著要那幅畫，但是我有更可靠的消息指出，這些都只是煙霧彈。」

「哪裡來的消息？」

「上個禮拜狄恩才來找我，只要三千萬，那幅達文西就是我的了。」

她瞪大眼，「不可能，瑞士人要價六千萬。」

「愛珍寶貝，妳知道我絕不會懷疑妳的誠實，唯一的可能是畫主降價。」

「狄恩跟你開三千，實際售價可能不到兩千。」她立刻說。

他贊同地接口：「當然，我們都清楚，狄恩胃口一向比任何人都大，假如真的有兩間博物館競爭，短短的三個月裡，那幅畫不會從六千跌到兩千，妳說是不是？」

「或許……」她的腦筋快速地轉動著，她可以從狄恩手裡再搶回經紀權，兩千萬，這麼一來可能的買主範圍就大多了。

彷彿看穿她的心思，馬文舉起手指點點她的鼻尖，「妳不用白費心思了，那幅達文西玩完了，狄恩既然找上我，就表示所有方法他都試過，佳士得聯合英、美各主要博物館反駁盧米埃的報告，這場戲再演下去，恐怕接著上演的就會是毀屍滅跡的恐怖情節了。除了我，沒有人有辦法對付得了這個藝術圈的黑手黨。而我，現在心思已經不在那上面了。」

他說得很明白，話裡警告她不要再提起那幅達文西，他給她的新目標是成立「林區藝術」這個品牌，想要繼續和他保持關係，她就只能接受這個提議。

她嘆口氣，喝乾杯裡的香檳，「你的計畫裡有個問題。」

「什麼問題？」

「我不懂亞洲市場，也不相信突然崛起的中國當代藝術能持續下去。」

他很有自信地笑笑，「我就是欣賞妳的坦率誠實，愛珍寶貝，在藝術圈這麼久，我還沒在第二個人身上看到這個特點。」他傾身上前，低語道：「我就是要一個總策畫，既能用中國人外表和語言，打進塔頂的圈子，同時又能保持批判懷疑的態度。」

「總策畫？」

「只要妳點頭，妳就是林區藝術的負責人。」

飯店的長禮車載著他們穿過重重警衛，進入一般車輛不准進入的鳥巢運動場。

她不明白馬文為何和其他人約在這個地方，飯店裡不就有高級而隱密的中西餐包廂？他到底在玩什麼把戲？

車子開進鳥巢環狀的停車場裡，紅地毯從電梯口一路鋪向他們停車的位置，穿著中式旗袍的漂亮女服務生走上前，以流利英語迎接，「林區先生，鍾小姐，歡迎蒞臨鳥巢餐廳，其他賓客已經在樓上等候了。」

她領著他們走進裝飾豪華的電梯，直達頂樓，當電梯門打開時，即使見慣各種奢華大場面的鍾愛珍也忍不住倒抽一口氣。環狀餐廳確保了每個位置都能俯瞰運動場，紅色和白色為主調的布置，飾以祥雲、鳥巢菱的複雜紋路，與華麗的水晶燈交織成極其高貴典雅的氛圍，有著設計感十足而不流於庸俗的風格。

沿著玻璃窗走向包廂時，她忍不住開口問服務生：「今天有賽事嗎？」

「沒有的，我們特別為林區先生和他的貴賓們打上體育館的燈。」

她明白了馬文為何選擇這裡用餐的原因，他這人就喜歡尊榮獨具的風格，發掘一般人不知道的地方象徵他獨特的品味，但又不能是在窮街陋巷，顯示不了身分的地方。這樣想起來，鳥巢餐廳果然是上上之選。

包廂裡充滿繁複卻和諧的鳥巢菱裝飾，現代化的米白色主調在視覺上擴大了本來就不算小的空間，處於賞心悅目的環境裡，鍾愛珍發現自己比較能忍受不喜歡的同伴，例如高大肥壯的狄恩，和臉上塗著牆壁般厚重粉妝的瑪歌夫人，這女人戴著設計師紗帽，一身香奈兒套裝，彷彿還活在三十年前的時尚裡。

此外還有幾個她雖認識但不熟的英國畫商，和一對優雅的中國夫妻。

和眾人一一打過招呼後，她來到這對中國夫妻面前，馬文介紹道：「這是關先生和夫人，他們是很有品味的收藏家，擁有一間私人的美術館，陳列收藏品。」她接過名片，看到頭銜立刻愣住。汎亞美術館？

她過了幾秒才想起在哪裡見過這個名稱，脫口而出：「趙波的蘭潭寫生……」

本來拘謹有禮的關先生臉上發出光芒，態度也轉爲熱情，「鍾小姐對趙波的畫有研究？」

狄恩從包廂另一邊喊過來：「愛珍恐怕對達文西比較有研究。」

瑪歌夫人也湊過來，喃喃念著：「趙波呀，那可是藝術市場的奇蹟。」

她明顯地想在馬文和看起來很有分量的關家夫婦面前賣弄知識，「愛珍應該對亞洲市場不熟，恐怕不清楚趙波的地位，他可是一棵撼動不了的長青樹。」

鍾愛珍咬著牙忍受這些人的冷嘲熱諷，轉而對關先生露出一個迷人而自信的笑容，「我的家族和趙波家族是世交，我一直對貴美術館擁有的那幅蘭潭寫生很好奇。」

關先生臉上的表情不是驚訝，而近似感動，馬文在一旁饒富興趣地觀察著他們，瑪歌夫人的下巴幾乎合不攏，一時間包廂裡所有人都聚集到這裡來，好奇地等著關先生的回話。

賣弄知識，是所有畫商必備的技能，藝術品交易本來就是個聰明狡猾的人才玩得起的投資遊戲，而畫商間流傳的笑話裡頭，最精采的莫過於某畫商牛皮吹太大最終被戳破的醜聞。鍾愛珍可以感覺到，在場每一個人都等著這一刻發生。

今晚只要在馬文林區面前丟臉，她差不多就可以收拾行李回家了，假如達文西那個失敗還不足以將她這個討人厭的亞洲女人踢出圈子，出了趙波這個糗，她會立刻被宣判出場。

關先生輕咳了聲，恢復鎮定，溫和地回問：「那並不在對外展出的展品裡頭，鍾小姐怎麼知道我們擁有那幅畫？」

眾人視線齊一地投向她，她從容不迫地回答：「我看過趙波的手冊。」

「趙波手冊？」瑪歌失態地喊出來，立刻對馬文說：「不可能，那本手冊只是個傳說，是趙波後代用來控制市場所編出來的最高明謊言。」

馬文一臉不解，但在有人對他進一步解釋之前，鍾愛珍搶先說：「根據手冊，容我大膽這麼說，關先生擁有的那幅畫，是趙波作品裡最珍貴的其中一幅。」

關先生眼裡閃著趣味，回問：「怎麼說？」

「因爲畫裡有Motoko。」

關先生的臉在一瞬間激動地漲紅，一開始禮貌冷淡的態度全然褪去，忘情地抓住她的手，「鍾小姐，這麼說妳真的看過手冊？這首題詩，趙波只記錄在手冊裡，也唯有看過那首詩，才知道畫裡的人物是Motoko！」

現場除了關家夫婦和鍾愛珍，沒有一個人明白Motoko這個密碼之於趙波藝術生命的意義。

應眾人要求，關先生耐心地跟大家解釋手冊裡記載的日文俳句，以及俳句所透露和Motoko有關的線索。

入席時，鍾愛珍像個皇后，高高地昂著頭，氣勢壓過在場其他畫商，馬文親自拉開椅子協助她入座，並且趁機在她耳邊低語：「不懂亞洲市場，嗯？」

她立刻知道好運即將降臨，來北京是對的，這才是她所屬的圈子，機會滿地都是，她很久沒有如此通體舒暢，一切都對了位的感覺。

這晚的宴席，全場最重要的兩個男人，馬文和關先生的注意力紛紛集中在她身上，席間熱切地聊起趙波藝術。

關先生誠心地對馬文建議：「不瞞您說，趙波藏家這個圈子不大，買下來後很少人願意轉手，造成了這個圈子更加封閉，鍾小姐透過趙波家族可以認識這些最頂尖的藏家，真正愛好收藏，有品味的藏家，而不是跟著市場隨波逐流的投資客。有鍾小姐的幫忙，我想林區這品牌，很快會超越在中國經營很久的香格里拉和尤倫斯，更不用說剛成立的沙奇了。」

馬文投給她一個讚美的眼神，那幾乎讓她飛上天去。

他們聊起亞洲其他類似趙波的藝術家，瑪歌這才終於找到插話的空檔，和另外兩個似乎知道不少沙奇美術館內幕的英國畫商，一搭一唱地說起另一個日本藝術家。

「沙奇去年在日本SBI的秋拍以一百二十萬美金標下三尊Eshiro的銅雕，聽說轟動日本藝術圈呢！」

「Eshiro?」馬文感興趣地問鍾愛珍。

鍾愛珍愣住，還沒想出來該怎麼針對這個陌生名字發表高見，幸好關先生跳出來解救她，「我明白鍾小姐的猶豫，在歐洲可能只聽說過日本當代絹畫宗師Eshiro Kikujiro，在世時就公認為日本文化國寶，幾年前過世了。不過瑪歌夫人說的是他的兒子，Eshiro Kisuke，他本來是佛像雕刻師，後來轉型創作銅雕，沙奇買下的是他最後，也是最知名的作品，瑜珈七法。」

「瑜珈?」鍾愛珍聞言心裡一驚，想起不久前才看到的銅雕。

「這個Eshiro作風孤僻，作品量很少，三年前推出瑜珈系列，獲得日本最高榮譽的美術獎座後，就沒有人知道他人在哪裡，是生是死都無法確定。瑜珈系列根據印度古法，共七個體位法，每個體位法他只挑五個姿勢創作了三十五個銅雕，每個雕像都是獨一無二。他得獎的消息非常受媒體矚目，當然這跟他是絹畫大師之後有關，不過聽說他不輕易賣出自己的作品，SBI不知道從哪裡得到三尊瑜珈，全讓沙奇標下，亞洲市場於是有傳言，沙奇將下一個炒作目標鎖定在這個神祕的Eshiro身上。」

聽完關先生條理分明的解釋後，馬文舉起酒杯敬他，「我們這些門外漢，亞洲當代藝術，只認識中國的四大天王，日本的Yoshitomo Nara和Takashi Murakami，還真是沒聽過Eshiro這個名字呀。」

瑪歌接著說：「那三尊瑜珈會在明天的開幕會展出，聽說沙奇也邀請了藝術家本人，但我不認爲他會出席。」

鍾愛珍聽著席間熱絡的討論，思緒忍不住回到江城家裡那一系列的瑜珈銅雕，會是巧合嗎？沙奇以一百二十萬美金標下三尊，江城家有幾尊呀？她努力回想，窗前那一排，絕對不少於十尊，有可能是這個Eshiro Kisuke的作品嗎？誰會買下這麼昂貴的東西，卻放在從不鎖門的開放屋子裡？

不可否認，江城那人本來就怪，就算他真有那個能力買昂貴藝術品隨意亂擺，她也不應該感到訝異才對。她將江城和他的房子逐出腦海，好不容易脫離那個世界，她不應該再想山城的人和事，這只會壞了現在的好運。

她強迫自己集中心力投入餐桌上的談笑，努力彌補過去這幾個禮拜窩在山城所錯失的藝術圈消息。

來自歐洲的藝術集團尤倫斯，將展覽空間設立在已然成爲北京觀光勝地的七九八藝術特區，帶動提升了整個特區的藝術活動層級，有別於尤倫斯的作法，沙奇私人美術館選擇在最多藝術家工作室群聚的宋庄鎮，藉此顯示向藝術家靠攏的意圖。

沙奇私人藝術展覽空間有著和奧運村裡的水立方相同建築風格，打在巨型玻璃帷幕牆上的影像輪流播放著金、木、水、火、土，中國五行的意象，這個矗立在北京東郊宋庄農村裡的現代建築宛若一個突兀的水藍色怪物，在黑夜裡閃閃發光。

這晚，樸素寧靜的宋庄一時間冠蓋雲集，連北京市長都親臨會場，可想而知門口的警衛身兼大任，是如何嚴格把關入場的來賓。

美術館開幕晚會之前，館長助理特別印出一份名單，再三交代：「只要名單上的來賓抵達，立刻通知沙奇先生出來迎接。」

負責檢驗邀請函的五名警衛面面相覷，這麼重要，值得英國大老闆親自迎接？這晚只要是特別名單上的來賓出現，他們就會互相打暗號，在背後猜測對方來頭。

因此當這個高大髮亂的男人，趿著拖鞋，遞出邀請函時，負責檢查名單的警衛推了推旁邊的接待，低聲說那是名單上特別畫上螢光筆註記的邀請函，接待上下看了那男人一眼，給其他四名警衛使眼色。

其中一個膽子大一點的高壯漢子，趨上前不客氣問道：「這張邀請函是你的嗎？」

男人懶懶地看了他一眼，默不作聲。

「你認識沙奇先生？」

「不認識。」

被他簡單乾脆的回答給愣住，那警衛不知道該怎麼接下去，爲了避免阻礙通道，招待小姐走上前，將警衛和奇怪的男人請到一邊，客氣地說：「先生，是這樣的，沙奇先生特別交代Eshiro先生抵達時要通知他出來迎接，您帶著Eshiro先生的邀請函，又說不認識沙奇先生，這樣使我們很為難呀。」

「不為難，我不進去就是。」男人轉身就要離開。

這男人雖然衣著休閒，作與正式晚會不合宜的風格打扮，但身上流露出的淡雅氣質，讓生性謹慎的招待小姐猶豫起來，她著急地拉住他，「您別這樣，得罪了沙奇先生的客人，我可承擔不起，還是讓我通知一下沙奇先生，讓他出來迎接您吧？」

男人挑了挑眉，語氣平淡地問：「在妳通知之前，我想先知道一件事。」

「是，您請說。」

「馬文林區和他的女伴是不是已經到場？」

由於才剛招待完這對重量級的賓客入場，招待小姐很肯定地回答：「林區先生和鍾小姐才剛到不久。」

男人沉思了一會才回過身來，好整以暇指示：「妳現在可以通知沙奇出來。」

蓋斯·沙奇是個表情冷酷的黑髮鷹勾鼻男人，單獨看他時會覺得那個禿鷹般的面容讓人很不舒服，幸好正式場合裡，他美麗的妻子總是如影隨形，笑容燦爛的棕髮美女奈吉拉，爽朗隨和的說話方式，能立刻讓人放下戒心，因此緩和了丈夫給人的陰鬱印象。

當他們雙雙走到出口，迎接今晚最受期待的藝術家時，這對夫妻的調和氣質發揮了最高的效果，沙奇先生的臉讓門口六個招待、五個警衛冷汗直流，心臟幾乎停止跳動，害怕白白叫他出來一趟，而當笑容燦若驕陽的沙奇夫人，親熱熟稔地迎上那個一頭亂髮的高大男子時，這群人的心臟才又開始撲通撲通跳動。

「喔，蓋斯，我實在太開心了，真的是Eshiro本人！」

表情嚴肅的沙奇先生，彷彿一點都不介意那個怪男人腳上的一雙拖鞋，毫不猶豫地露出一個足以照亮黑夜天空的大笑容，「Eshiro桑，coniziwa(你好)。」他秀了句帶著英文腔的日文。

紫藤藝品拍賣公司總監郭茜茜，自然不會錯過冠蓋雲集的沙奇美術館開幕酒會，尤其今晚不只聚集亞洲藝術市場最有分量的人物，連美國和歐洲的重量級藏家畫商都出席了，她像隻花蝴蝶，滿場翩飛廣發名片，看到這晚會的盛況，她篤定認爲，亞洲市場真正的輝煌時代已經來臨，紫藤絕不能在這個歷史性的一刻缺席。

她渴望靠近世界上最知名的收藏家——馬文林區，試圖在人牆外圍找到一個能擠進去的縫隙，眼睛銳利的她瞄到站在稍遠處，正彎腰細細觀察三尊瑜珈銅雕的鍾愛珍。

鍾愛珍穿著金色斜肩真絲膝上短禮服，搭配著能襯托出她勻稱迷人長腿的肉色細跟高跟鞋，全身上下唯一的配飾是耳朵上那對淚滴形狀的細鑽耳環。

郭茜茜在巴黎留學時就認識鍾愛珍了。她好不容易進入都皇，開始實習拍賣官工作，那時就常聽人說起這個亞洲女人，所有知道郭茜茜國籍的人會立刻問她是不是鍾愛珍的朋友？

巴黎當代藝術商圈以都皇位於香榭麗舍大道旁的宮殿拍賣場爲中心，那一區裡沒有畫商敢怠慢鍾愛珍，就連都皇呼風喚雨的大老闆瑪歌夫人，對鍾愛珍都是又愛又恨，這個高傲冷漠的女人，就是有辦法收服世界上最頂尖最難纏的藏家，例如馬文林區。

她也聽說鍾愛珍發現達文西的過程，若沒有嫉妒羨慕的心理作祟，郭茜茜應該不會否認，鍾愛珍是個有實力、膽子大，又異常誠實的畫商，她當時大可將那幅被認爲是日耳曼畫派的畫買下來，即使買錯了，十萬歐元也不是什麼大不了的損失，但是鍾愛珍並沒有那麼做，反而大費周章幫畫主弄到盧米埃證書以及羅浮宮館長的背書，最後只要求畫主給她一個月的經紀約。

郭茜茜和認識的巴黎畫商聊起這件事，觀察到鍾愛珍反常的做法在藝術圈引起兩極化的反應。畫商間大多是看笑話，認爲她沒有膽子吃下那幅畫和佳士得爲敵，她太自信，認爲馬文林區一定會幫她，但事實卻不然。

另一個極端的反應來自收藏家，有些以前根本沒聽過鍾愛珍的名號，但在達文西事件之後，她的名字在收藏家間可以說無人不知無人不曉。有些保守傳統的畫商，曾經非常不屑鍾愛珍的行事作風，也紛紛轉而支持她，並讚譽她是個眼光獨具，並且有勇氣捍衛藝術價值的女人。

奇怪的是，就在鋒頭最健的時刻，鍾愛珍卻詭異地從巴黎藝術圈消失，大家紛紛猜測她的用意何在，是否另有打算？

在北京重見鍾愛珍正好證實眾人猜測不假，她果然比任何人都敏銳，早就先來北京爲亞洲市場布局了。

想接近馬文林區，和夢想已久的頂級藝術圈子，郭茜茜唯一的機會就是拉攏鍾愛珍。

於是她拉出最熱切的笑容走向那個女人。

「愛珍，沒想到會在這裡見到妳。」

鍾愛珍蓬鬆如雲的長捲髮挽起一個鬆鬆的髮髻，幾絲落髮掩飾住她其實過於方正剛毅的臉型，那對顯眼的鑽石耳環也恰到好處地增添更多女性的嫵媚，臉上化著淡金色的妝，接近裸色的唇膏，讓她看起來冷艷宛若女神雕像。這就是鍾愛珍，總是恰當完美地用裝扮營造出想要的氣質，聽說她受過學院藝術訓練，靠搭配營造出整體美感對她來說根本是天生本能。

郭茜茜小心地不在這女人面前露出自卑的神色，時刻在內心提醒自己，論外表論身分，身爲紫藤總監的自己，一點也不輸這個不過是自由畫商的女人！

耳聞她的招呼，鍾愛珍沒有立刻回頭，只是輕輕地回應一聲：「是妳呀。」

「我以爲妳對亞洲市場沒興趣，怎麼有空來這個晚會？」

鍾愛珍瞥了一眼不遠處的馬文，她的回答不言而喻，她是陪馬文林區來的，反正郭茜茜也猜到了，在巴黎他們就開始出雙入對，這早就不是新聞。

「我聽說妳回家鄉奔喪？怎麼不來台北找我呢？」

「既然是奔喪，有人會想著工作嗎？」鍾愛珍招牌的低啞嗓音，加上她略爲不耐的高傲神情，自信不足的人真會被擊倒在地。

「當然不會了，瞧我想見妳想瘋了，說這是什麼話呢！不過，喪禮應該都結束了吧？紫藤在北京也有間辦公室，不如明天妳和林區先生來坐坐呀，我們最近正在規畫徐悲鴻特別拍賣會，或許你們會有興趣，我可以安排讓你們獨家優先看展品。」

「紫藤……是什麼東西？」鍾愛珍的回答幾乎打掉她臉上強擠出來的笑容。

郭茜茜猜測那個意思是不認識紫藤這間公司，但問句本身卻用充滿輕蔑的方式提出，她必須握緊拳頭，靜數好幾秒後，才能平靜回答：「紫藤是我家族三代經營的拍賣公司，我們專攻中國的現代書畫，最近也涉獵日本和印度的書畫。」順著鍾愛珍不停移回銅雕展示品的視線，她說：「包括江城木之的父親江城菊次郎的作品。」

她的話成功地引出鍾愛珍被撼動的表情，她十分緩慢地將視線移回郭茜茜臉上，吐氣問道：「妳剛剛說什麼？江城什麼？」

「江城木之，Eshiro Kisuke的漢字名稱，妳不是看他的銅雕看出神了嗎？」郭茜茜揚起驕傲的笑容，「我在台北現代美術館開幕典禮上和江城先生聊過天，未來江城和紫藤很有合作的可能性呢。」後面那句話單純是為了加重紫藤分量而編造的謊言，但反正她說的只是「可能性」，無傷大雅。她暗想道。

「江城……木之……」鍾愛珍呢喃這四個字。

郭茜茜正想進一步解釋自己如何運用天才，將Kisuke這個不尋常的日本名字和遠在紫荊市那小地方的木之藝廊聯想起來，最後確定藝評家江城，其實就是Eshiro Kisuke。

但她根本也不需要多做解釋了，因為這個充滿傳奇色彩的藝術家本人，已翩然出現在她們面前，左右側還伴隨著鼎鼎大名的沙奇夫婦。

低垂著頭的鍾愛珍首先入眼的是那雙年代久遠，深棕色泛黑的皮製拖鞋，那雙她在山城看厭看膩，怎麼看都不順眼的拖鞋，順著拖鞋上的長腿緩緩上移，眼裡收入她掌心曾經觸摸過的厚實胸膛，最後，才來到那對淡定如湖面，卻深不見底的眼眸。

她腦子裡重播著和這人曾有的對話。

這是你的作品？

不是。

你知道藝術家的名字？

妳才是畫商，妳說呢？

明明就是瑜珈的創作者，江城就是Eshiro Kisuke，但他卻面不改色地否認。

一旁的沙奇召喚所有人的注意力，當眾介紹江城和他的瑜珈作品，馬文不動聲色地來到她身邊，一手自然親暱地搭在她肩上。

「今晚我給大家準備的最大驚喜，就是邀請到Eshiro大師本人前來共襄盛舉！」沙奇在最大對手馬文面前，語氣更顯得意驕傲：「我敢說，市場上找得到的大師作品，就只有這三尊瑜珈，今天能邀請諸位欣賞大師之作，是我的榮幸。」

「蓋斯就是愛炫耀，大師本人就在這裡，你說這話不害臊呀，搞不好馬文直接就能跟Eshiro先生討到更多的作品呢。」沙奇夫人語氣戲謔地吐槽丈夫，輕鬆了整個場面，在場的人紛紛笑開，馬文主動伸出手和江城握手。

但江城的視線卻越過他，直直地落在他身側的女伴臉上。

而她，也用同樣的方式，目不轉睛地鎖定江城的臉。

在這兩人的凝視中，這些人和聲音彷彿不存在，時間和空間都失去了意義。

「玩得……還開心吧？」江城旁若無人，對著她問道。

她沒想出該怎麼回答就被馬文輕柔的手勢搖醒。

「愛珍，妳認識Eshiro大師？」

她咬著牙回答：「Eshiro先生，就是有名的趙波專家江城。」說這話時，她的冷豔淡漠消逝無蹤，表情被某種掩飾不及的怒意激出盎然生氣，眼神因此被點綴得亮閃有神。

回想起昨晚餐會的討論，馬文終於將關先生提過的江城和眼前的Eshiro連上關係，臉上出現恍然大悟的神情。

沙奇得意洋洋的聲音更加強真相爆炸性的效果，「其實我早就透過管道知道Eshiro隱身在趙波出生的小城，這幾年來專心致力於這位可敬畫家的市場經營，我個人十分佩服Eshiro先生爲偉大藝術犧牲奉獻的情操，因此想盡辦法蒐集他的作品。」

「這點蓋斯倒是沒吹牛，我們家客廳裡還擺著大師年輕時幫一間寺廟雕刻的佛像，那尊佛像得來的管道，嗯……我看我還是等到私底下再說。」沙奇夫人的俏皮又引來眾人附和的輕笑。

江城在眾人的讚美褒揚聲中，絲毫不爲所動，儘管外表讓人感覺是個不懂英語的日本人，但也使這群來頭不小的藏家畫商們，在他身邊像群猴子圍著大樹，比手畫腳的，擠出有限的中文或日語單字，努力想激出他的反應。

而不論他對著誰淺笑回應，眼神不時會飄回鍾愛珍身上，偶爾皺起的眉頭，微妙洩漏他內心的不耐，希望一筆將這些人全刷淡，讓現場只剩下他和她。

鍾愛珍的心情，和江城有某種程度上的吻合，但目的卻不盡相同，她在應付這些重要人士的同時，腦子裡不斷盤算著要怎麼找江城算帳。

眼前的沙奇自然不察她的心意，出乎意料地，真摯地對她表白：「我早就想向鍾小姐表達我的敬意，妳在達文西那幅畫上表現出來的誠信慎重，這世界上我不相信有其他畫商可以達到這個標準。」

聽到這個全世界最舉足輕重的收藏家如此褒揚，她只希望心虛沒顯露出痕跡，沙奇誇大的讚美，讓她回想起當時連十萬歐元都拿不出來的難堪窘境，假如可以，她這輩子都不想再聽到達文西這三個音節。

在她找到恰當回答前，瞥見江城眼裡閃過了然的笑意，他正用在山城時一樣的方式穿透她的心思，這讓她的怒火更加白熱化。她憋著氣，僵硬回道：「沙奇先生過獎了，我寧可聊聊先生精采的館藏，而不是達文西。」

一旁的郭茜茜不知道跟誰借的膽，竟然在世界兩大重量級藏家面前插嘴道：「鍾小姐尤其欣賞Eshiro先生的作品，剛才都看傻了呢。」

社交嗅覺敏銳的沙奇夫人或許感覺到Eshiro和鍾愛珍之間的異樣，她順勢接著說：「即使是舊識，恐怕鍾小姐都沒能有機會欣賞到這麼精采的雕塑作品。不如，讓Eshiro本人來跟鍾小姐介紹吧，聽說Eshiro中文說得比中國人都好，我們這些外國人啊，還是繼續參觀其他作品吧。」

她接著轉向馬文林區，建議道：「馬文肯賞光前來，我和蓋斯真是高興極了！蓋斯，你不是老念著要跟馬文炫耀你那些收藏嗎？」

沙奇夫人三言兩語就將尷尬場面化解，馬文被沙奇夫婦帶開前，頻頻回頭看著呆立在江城面前的鍾愛珍。他臉上浮現耐人尋味的神情。

兩大巨頭的移動，帶走了湊熱鬧的眾人，最後，在體態動作栩栩如生的銅雕展示台前，只剩下兩個視線膠著的人。

她的凝視裡帶著熾烈的怒火。

而他的凝視裡，卻充滿奇特的饜足。

鍾愛珍不客氣地開火：「爲什麼否認瑜珈是你的作品？」

江城一副事不關己的態度，「所有的藝術品都是對真實的複製，嚴格說起來，並不是我的作品。」

她冷哼，「錯，簡單的問題只要簡單的回答就好，你是故意要我，因爲你不相信我。」

他聳聳肩，「我承認我很難對畫商放下戒心。」

她瞠目結舌瞪著眼前這個人，心裡動了念頭，希望把他那副清高，虛實難辨的態度打掉。

「妳不覺得這裡很悶嗎?」他突然問。

「簡直無法呼吸，空氣被一個討人厭的傢伙給汙染了。」她恨恨地回答。

「我們走吧，我在宋庄有幾個朋友，上他們家坐坐。」

「朋友?」

從江城這個人嘴裡吐出這兩個字，還真不是普通的不搭調。

「妳不走我可要走了。」說完，轉身就要離去。

她抓住江城的手臂，止住他，「你爲什麼來這裡?」

他慢慢地轉過來，眼神裡沒了方才遊戲般的戲謔光采，定定地回答:「爲了來把妳帶回山城。」

第七章　背著行囊忘了旅程

馬文的視線在大廳裡轉了一圈，心不在焉地聽著沙奇介紹的某個中國藝術家，絮絮叨叨談論自己的作品，他皺起眉，低聲問身邊的狄恩：「愛珍上哪兒去了？」

狄恩環顧室內一圈，搖搖頭，「從剛才和沙奇說過話後就不見人影。」

馬文委婉地跟說個沒完的藝術家告罪，退出以他爲中心的圈子，腳步頓了一下後，直直朝大廳裡那個活躍的身影走去。

郭茜茜一臉驚喜地看著馬文林區朝自己走來，滿心期待，但馬文卻只問了鍾愛珍的下落。

她掩飾住失望，聳聳肩回答：「剛才還看到她跟江城，喔不，跟Eshiro講著話，一轉眼就不見人影了。」她張嘴想把握機會多跟馬文說幾句話，那男人卻先行道謝，背過身子朝門口移動。

站在美術館門口，馬文耳朵貼著手機話筒，等候對方接起電話，那端卻無人回應……

第一百次拐到腳，鍾愛珍拒絕再前進，這條黃土沙石路根本不是給人走的，更不是給她那雙Prada高跟鞋走的。

「我不走了。」

江城停下來，好笑地看著她，「需要幫妳叫輛計程車？」

她抬高下巴，「麻煩你。」

「深夜的宋庄？」

她揚眉以對，「有問題嗎？」

「十年前這個地方只是個小農村，運氣好能叫到牛車，改成藝術村後，宋庄雖然變化很大，不過，要真能叫到車，我可是會很失望的。」

「你對宋庄很熟？」

他偏頭盯著她裙襬下的腳踝，淡然道：「十年前的這裡。」

「你怎麼確定朋友們還住在這裡？我聽說798紅了以後，那區的藝術家負擔不起房租都搬走了，搞不好宋庄這裡也一樣……」她邊說邊看了眼四周破落老舊的巷道房子，補上一句：「也或許，宋庄還沒到那程度啦。」

他聳聳肩，「反正找朋友只是離開那個工廠的藉口。」

「工廠？」她想了想，會意笑了出來，「那可是個價值不菲的工廠，話說回來，」她上下打量著他的打扮，最後視線定在那雙陳舊的拖鞋，「也只有你穿得像工人。」

他沒有回應，倒是出乎意料地蹲下身，抓住她的腳踝。

「你幹什麼？」她驚訝地彈跳了一下。

由上往下，她只能看到江城的頭頂往側邊傾斜，低低地咒罵幾句後，他命令道：「腳抬起來。」

她抬起腳來，鞋子從腳上脫落，她赤腳踩在沁涼的黃土地上，那感覺……她閉上眼睛享受驟然擺脫疼痛後的舒爽。

將那雙昂貴精緻的Prada鞋吊掛在一手，他朝她伸出另一隻手，「走吧，不要再囉嗦。」

從他那句「爲了來把妳帶回山城」開始，鍾愛珍宛如受到催眠，沒問問題，順從地跟著他，穿著禮服赤著腳，穿越大半個宋庄，最後站在一扇老舊的鐵門前，見他用毫不保留的力道搥門，她的理智選在這一刻回到腦子裡，她好不容易回到奢華的塔頂，卻爲了這個穿得像工人的男人，放下滿屋子富豪名流跑掉，她搖搖頭，不明白自己到底吃錯什麼藥了！

她伸出手制止他的敲捶。

「不要敲了，我想回去晚會。」邊說邊彎腰企圖將鞋穿回。

他沒來得及回答，鐵門倏地開啓，裡面探出個大光頭。

「大半夜的，哪個瘋子……」看清楚來人後，大光頭語調驟變，鬼吼般大喊：「江城！」

「喝！你可來了！」那人穿著衛生衣褲，十分難看地跳進院子裡，大嗓門嚷嚷著：「大伙兒出來看看！江城來了！」

圍著院子的三、四戶，大門紛紛開啓，許多穿著和光頭男相同風格裡衣的男女走了出來，原本寂靜的院子一下子熱鬧起來。

下一刻，鍾愛珍突然發現他們被圍在人群中間，來不及逃走，於是她悄悄地將穿到一半的鞋踢掉，赤腳面對這些不比她正常到哪裡去的人們。

「怎麼要來也不早說？」

「都幾年不見啦？」

「喲，江城帶妞兒來炫耀呀？」

「是呀，你們倆這打扮是剛唱完戲嗎？」

取笑打鬧的問題接連不斷，江城四兩撥千金地回答，經過熱鬧紛紛的介紹儀式後，他們進入大光頭的家，裡頭是挑高至少七米的磚造工作室，早春的北京寒意仍在，鍾愛珍忍不住打了個寒顫，才想著屋外似乎還比屋裡暖一點，就有人抓了條花樣老舊過時的毛毯給她。

「披著，燒煤暖不了這麼大空間。」那是個笑容柔和的嬌小女人，不像其他人對她的一身禮服好奇讚嘆，倒是細細觀察到她的反應。

一群十幾人圍坐在工作室二樓，說是二樓，其實不過是用鐵皮架起的簡陋平台，但沒有人介意空間的簡陋零亂，現場有人燒開水，有人張羅茶和點心，有人放起音樂，有人擺放著椅子。

經過江城解釋後，大光頭說：「啊，是爲了沙奇那個工廠來的呀？」

聽到工廠二字，江城投給鍾愛珍一個勝利的眼神。

光頭直率地對鍾愛珍說：「鍾小姐，妳不要被我們嚇到，我們和江城十幾年的老朋友，直來直往習慣了，妳就包容包容。」他自我介紹叫陳可，指著旁邊那個笑容溫柔的女人說：「我愛人，小小。」

從別房過來的有叫李軍、田海中、范梅、侯勇……記到這裡鍾愛珍決定放棄記住這些名字，反正這些人只是這晚跑龍套的角色，明天就不會存在於她的世界裡了，記了也沒用。

「鍾小姐和江城一樣搞雕刻嗎？」

江城代替她回答：「不，她是畫商，巴黎來的。」

那個叫范梅的瘦削女人，撫著下巴說：「難怪我剛聽著就覺得鍾愛珍這名字挺熟的，妳是那個發現達文西的華人畫商吧？」

鍾愛珍深吸口氣，僵硬地說：「是，但我寧可不提這件事。」

她的回答讓在場所有人愣住，默默地相互使眼色，進行一場無聲的投票。這女人究竟是古怪還是性格？

結論出來了，陳可爽聲代眾人回答：「什麼商不商的，我們這個院兒才不管，我們就當妳是江城帶來的好朋友。」

一群人紛紛舉起茶杯敬她，在不知不覺間，鍾愛珍被灌下好幾杯濃茶，這些人聽不懂拒絕似的，頻頻在她茶杯裡添茶，她邊喝邊聽江城和那些人閒聊，她聽說過「茶醉」的威力，卻沒真正見識過，或許是江城下的催眠效果還沒褪去，也或許是這些人的坦誠直接影響了她，她漸漸放鬆神經，放任自己去感受。忘了計較，因此耳裡不管聽到什麼都覺得有趣。

「我們今兒還聊到，等風頭過了，找天去沙奇那看看你那三尊瑜珈。」

「這附近好幾個院裡出了『名畫家』，買地起樓開跑車，不過這一年來情勢不好，又得賣地賣樓賣跑車。」

「江城你不夠意思，老窩在那個山城，不來看看我們。」

「我聽說木之藝廊辦得還不錯，不過你不應該只評畫，放棄創作，接下來怎麼打算？我們這兒還有空房等著你來呢！」

鍾愛珍好奇這些人怎麼能接受江城那種虛虛實實，沒有重點的回答，例如：「是這樣？」、「那也挺好。」、「我想想。」

繼而想起江城原來是日本人，難怪他講話少用「呀啦啊耶」之類的助詞，每個字都發得清清楚楚加重音。他話不算多，除了講解趙波歷史之外，很少長篇大論，難怪她以前不曾懷疑過中文根本不是他的母語。

但是這樣的人，爲什麼願意待在山城那種小地方，主持一個小藝廊，維護另一個藝術家的市場？昨晚關先生對江城的介紹回到心上：本來是佛像雕刻師，後來轉型創作銅雕。

她突然明白整晚像得了失心瘋，放下馬文和滿屋子的機會，跟著江城跑出來的原因，她想理解江城這個人，她必須弄清楚，只要他靠近自己，立刻會激出她最壞、最不願意讓人見到的那一面的理由。

范梅注意到鍾愛珍怔怔盯著江城的眼神，貼著她耳邊說：「我以前拜託過江城讓我畫他，不過沒成功。」

鍾愛珍偏頭看向她，「爲什麼？」

范梅扯開嘴角說：「難畫，他身上那股氣質，很難把握。」

「妳試過膠彩？」

「太輕。」

「壓克力顏料?」

「太濃，油畫更不行，雕刻……或許可以，但我不是雕刻家。」

鍾愛珍看著江城微微蹙眉，彷彿在場又不在場，聆聽多過發言的神態，她回頭對范梅說：「我會用炭筆畫他。」

「妳也畫畫嗎?」

她點點頭，手指癢了起來，拇指不自覺做出擦揉的細微動作，低啞地回答：「很久沒畫了。」

沒想到范梅竟啪啦擊起掌來，對眾人宣布：「咱們這次可別饒了江城，那麼老久才來看咱們，愛珍有個好點子，」她對著一臉驚慌失措的鍾愛珍笑笑，「咱們來畫江城吧!」

現場有人附議、有人嫌晚，但這個主意倒是將氣氛炒得更熱絡了。

江城的視線穿越眾人直挺挺地投向鍾愛珍。

「妳提議的?」

鍾愛珍拚命搖頭，「我沒有。」

雖然不明白這票藝術家的背景，但是能和江城這麼頂尖的藝術家做十幾年朋友，恐怕來頭也都不小。高中以後她就沒拿過畫筆了，她才不想讓自己在這些人面前出糗。

「妳想畫我?」他堅持。

其他人霎時停止鼓譟，安靜下來等待她的回答。

感覺像被逼到牆角，不再有退路，她閉了閉眼，回答：「想。」

面前的畫板上夾著一張空白畫紙，炭筆拿在手上，她忽然呼吸困難，耳膜震響著沉沉的心跳，她聽不見交談聲，也沒有音樂聲，這空間裡只剩下她和她的恐懼。

江城二話不說地脫去上衣，露出靠調養氣息和瑜珈雕塑出的精實肌肉，坐在鋪著紅色格紋毛毯的單人沙發上，腳上的拖鞋褪去，他的上半身往前傾，手肘適意地擱在大腿上，眼神專注地看著她，只看她。那眼神彷彿可以穿透她的猶豫、抗拒和恐懼，這些年來她用盡各種方法極力擺脫的負面情緒，這些，她本來以爲已經和鍾愛珍沒有關係的失敗者情緒。

爲了脫離美術班，她不惜在父親面前將畫筆全折斷，丟到地上。

即使只有十七歲，看到父親那深受打擊的臉，她知道自己已經造成永遠無法彌補的傷害。

「妳……剛剛說什麼？」父親顫抖著聲音問。

但是革命已經掀起，費了這麼大的勁抗爭，她非達到目的不可，於是倔強地回答：「我說，我才不想像你一樣，成爲二流畫家，一輩子窩在學校裡教書，我不要這樣的未來！」

「二流……畫家？」

「不是嗎？你只會模仿趙波，你也只會要求我模仿趙波，不管我怎麼畫都不夠好，因爲在你眼裡只有趙波的畫是好的。」

「我只是要妳學習他的技法……」父親臉上有著頹敗的神色，那是少女愛珍不能明白的深沉痛楚，不被理解的絕望。

「我就是不想！通過你，我所學的東西只是二流再二流的技法，我受夠畫畫了，我受夠了，以後我再也不畫了！」

她將畫筆折斷，連同畫架顏料全掃到地上，在畫室外頭的母親衝了進來，重重甩了她一個耳光。

那記耳光打出她的委屈和淚水，透過朦朧的淚眼，她看到母親扶住搖搖欲墜的父親。

「叫救護車！快！」

母親從來不吼叫，愛珍覺得自己一定是被打暈頭了，才會聽見母親驚慌失措的叫喊。門外的哥哥邊哭邊回應：「我去打，我馬上去。」

臉頰好痛，心，也好痛。

隱藏在畫紙後，她極力想埋藏回憶所帶來的心痛，猛眨眼睛命令湧起的水氣退下，手中的炭筆像有了自己的意識般，一筆接著一筆地落在紙上，左手拇指擦拭出陰影……

她絲毫沒意識到現場安靜了下來，也沒意識到人們悄悄聚集到她身後，彷彿過了很久的時間，那枝十六年前折斷的筆，重新被拿起，自然不甘心就此停歇。

「那是江城嗎？」陳可的聲音從她身後傳來。

「我怎覺得不像？」有人回道。

「畫得是不錯，這臉上的痛苦……挺真實的。」

「是啊……看起來真痛……」

江城無聲無息地從沙發上起身，來到她的畫架前，瞥了眼那幅畫，紙上的男人圖像充滿猙獰頹然的表情。

江城輕輕按住她的肩膀，接過她手裡的炭筆，將她拉了起來，「愛珍？」

或許是他堅持的凝視，也或許是充滿力量的手勁，她漸漸回過神來，望入他向來平靜無波，此刻卻閃動著擔憂的眼眸。

「妳還好吧？」

她搖頭，眨了眨眼睛，瘖啞地回道：「我說過我不會畫畫。」

這句話一說出來，旁邊的人們紛紛出聲肯定她的畫，有人稱線條俐落簡潔，有人讚人物表情栩栩如生。

但是她只在乎一個人的意見。

江城臉上漾出她沒見過的柔情，目光困住她半晌後才說：「雖然不像我，但很動人。」

不管宋庄怎麼變遷，這裡的深夜依然保留純樸農村共同的特色。墨黑夜色，點點星空，空氣中充滿日常生活的氣味，有街道溝渠的氣味，廚房的氣味，隨風飄送而來的隱約花香，以及偶爾傳來的犬吠雞鳴，和低不可辨的電視聲。

陳可將這兩個意外訪客安置在某個遠遊藝術家的工作室，室內充斥濃濃的煤炭味，和陳可家一樣寬敞挑高的磚造空間被漆成白色，牆邊散置的畫裡是一顆顆恍若真實的石頭，在白色燈光下發出淡藍色的冷光，無生命的石頭，靜置在大千世界裡，無私地任人思考感受。

「這是光樂的畫。」

「你和這些人怎麼認識的？」

「他們的老師是隋建國。」

「那個弄大型裝置的雕刻家？」鍾愛珍記得隋建國無頭中山裝半身像曾經是市場的搶手貨，同一個系列市價喊到九十萬歐元一座，連她都經手過兩座，從德國人手裡轉賣給英國人。三年前中國當代藝術當紅時，她根本不需要了解藝術家背景和創作理念，打開照片，傳給幾個相識買家，談定價錢，安排匯款保險報關和運送，整場交易就是如此簡單，數不清經手過多少類似「商品」，實際上的作品她連見都沒見過。

「這個院裡的藝術家大多跟過隋教授，中央美院還是師徒制時的學生，我透過工坊的老師傅介紹，也成了隋老師的學生，跟著他學習藝術雕刻技巧，和這些學生生活在一起一年半。」

「什麼工坊？」

江城的視線停留在光樂畫的石頭上，「雖然父親是被尊稱爲大師的藝術家，但我卻抗拒，不想走上藝術的路，十五歲離家，跟著修復佛寺的本田師傅學習手藝，師傅發現我的雕刻天分，傳授我技術，後來就讓我負責佛像雕刻。」

「既然如此，你爲什麼會落腳紫荊市，管理趙家的藝廊？」

他的聲音就像沉香，低沉幽隱滲透力卻很強，能鑽入人們最細微的心思，在這個寂靜的農村深夜，更具有棉柔裡暗藏剛強的力量。

「妳爲什麼寧可忍受巴黎和北京，而不願意回山城？」他反問。

她想了一下那個問題，僵硬地說：「山城不是我的家。」

「哪裡才是？」

「不知道。」

「回家，應該是所有東西都找到位置擱放的感受。看著趙波的畫，我就有那種感受。」

「我不懂趙波的畫到底有什麼魔力讓你們這麼著迷。」

「這個『你們』是不是包含你畫裡的男人？」他了然的眼神說明他從愛珍畫裡看出了她記憶裡埋藏最深的部分。

她閃躲地說：「還有昨晚的關先生。」

「關先生？所以妳見到汎亞的關楊？」

她點頭。

他嘴角拉出一抹神祕的笑容，「關楊要是能忍受得了那個馬文林區，顯示妳這個男伴還不算太糟。」

「什麼意思?」繼而想起另一個細節，「你怎麼知道馬文也見到關先生?」

她腦中靈光一閃，「是你安排的?」

「關楊在中國藝術圈的地位不下於沙奇或馬文林區，馬文幾次透過都皇公司，熱情地邀請他吃飯，我不過給了關楊接受的理由。」他說得事不關己。

「什麼理由?」

「妳。」

她受到驚嚇，「我?你到底跟關先生說了什麼?」

「記得我跟妳說過的幾個關於Motoko的假設嗎?」

聽到Motoko這個名字，在她體內喚起奇異的反應，連帶將江城家那一幕帶回心頭，她忍不住望向他的下唇，尋找那個吻的疤痕。

彷彿看透了她的心思，他向前靠近一步。

「我跟關楊說了其中一個假設。」

隨著他的逼近，她後退一步，「什麼假設?」

「妳想知道?」

她點頭。

他伸手扶住她的背脊，讓她無法再退縮，用眼神攫住她，低語:「跟我回山城，我就告訴妳。」

「我不……」剩下的句子被江城突然落在她脣上的吻給堵住。

她背後本來輕撫的手加重力道，將她往前推，推向他溫熱堅硬的身軀，激情在一瞬間燃起，他不讓她有機會想起被拒絕的記憶，無情而精準地攫取她口中甜美的汁液。

比起江城，激情是她比較擅長應付的部分，她毫不抗拒地伸出雙臂，環住江城的脖子，一波又一波的快感像漣漪般漾開，和這個男人相識之初，就隱隱約約感知到的事實，現在如同雷鳴般，在她腦子裡化爲叫囂：我要這個男人。

她的下一個知覺是身體被按在光藥的石頭畫布上，但那不足以滿足內心的渴望，她絕望地想將自己擠進這個男人身體裡，進入那個她不能理解的幽深境界。雙手，雖然可以觸摸到精實的肌肉，感受到滾燙的體溫，但那不夠，遠遠不足，她要更多、更多。

「江城……」被內心排山倒海的需要驅使，她呢喃著他的名。

他的頭埋在她的肩頸裡，氣息若有似無地沿著那裡的曲線點觸、徘徊，他每次呼息，都引發更強烈、更令人難耐的電流。

「告訴我……」她的聲音只剩下啞音，祈求著：「你要我……」

彷彿沒聽見她的祈求，他的唇逕自來到她胸前，用相同方式沿著曲線，觸動、挑逗著她的知覺。

她再也無法承受，制止他的動作，捧起他的臉，確認那上頭是無可錯認的慾望，她堅定要求：「江城，我要聽你說出口。」深吸口氣，「你要我，不爲了別的，你要的，就是我這個人。」

他的眸底籠罩著朦朧的迷霧，胸口激動地起伏，空氣中的激情靜止半秒鐘，他伸出一手，頂住後方的畫布，在兩人間分開距離，江城低下頭，用盡自制力穩定氣息。

「江城……」他在退縮嗎？她語帶警告：「不要拒絕我，你不能拒絕我。」

她心裡知道，只要再被拒絕一次，她和這個男人就永遠不可能了，她不會一再容忍被推開，她受不了。

仍舊低著頭，他聲音沙啞地開口：「妳……對馬文林區也有一樣的感覺嗎？」

聽到馬文的名字，一瞬間，她以爲自己聽錯了，恍惚反問：「這和馬文有什麼關係？」

「除了我，妳對其他人也會露出這種表情嗎？」

這個人一定瘋了，不然就是她瘋了，她想。

「你到底在玩什麼把戲？」

他臉上卻絲毫不帶戲謔神色，異常凝重，「那個帶著激情和渴望的表情，難道非要透過我，才能引發出來？」

她像被狠狠甩了一巴掌，脫口而出：「是爲了畫我……」

被自己的言語驚醒，這次，語氣裡加入狂怒：「這一切都是爲了畫我？來找我，帶我到這裡，挑逗我，要我回山城，這一切都只是爲了完成你的工作？」

她現在才明白當初和江城交換條件，答應當他的模特兒，根本就是緣木求魚，賠了自己卻一無所獲。

我要畫妳，全部的妳，最真實的妳。

江城從來沒隱瞞過他的企圖，是她高估了自己，以爲應付得了，但此刻她才明白，她沒有那個能力，江城要求她的全部，包含她的靈魂，但她卻沒有辦法跟他要求任何一點回報，因爲這個人連一點點最基本的人類情感都沒有，更別說給她想要的回應。

江城，是個無知無覺的怪物！

她必須保護自己，理智偏偏在極度羞辱和挫折中失去作用，視線慌亂地在這個沉悶的空間裡尋找出口。

她必須爲自己找到出口，尋找可以全身而退的機會。

他既然可以用問題深深刺痛她，那麼……

她一咬牙，冷著臉回答：「你那麼想知道，我就告訴你，我這個人啊，對每個男人都一樣，只要能帶給我快感，最好對生意有幫助，就能讓我興奮。」她低啞柔和的聲音，吐出來的字句像刀子一樣銳利：「你應該看看我高潮的樣子，馬文會愛上我，不是沒有原因的！」

在他有任何反應之前，她從他的懷裡掙脫，衝入最近的一間房間，鎖上門，在純然的黑暗中，她才容許自己解除僵硬的表情，像頭負傷的母獅子，蜷縮在室內的行軍床上。不知道過了多久，她睜著乾澀的眼睛瞪著黑暗的牆壁，無眠地渡過地獄般的一夜。

汎亞美術館位於北京市新開發的蘋果社區旁，和繁華的國貿商圈僅僅一街之隔，剛開幕時引起極大的輿論注意，不只因爲這是中國第一家非官方、百分之百民營的美術館，更因爲創辦人關楊，身爲汎亞集團的總裁，全中國房地產的龍頭霸主，耗資三千五百萬，在這個白領小資住宅區矗立起一座黑色玻璃拼貼的蒙太奇風格建築。打著支持當代藝術和電影的主張，關楊宣稱美術館不以營利爲主，而以灌輸民眾美感教育爲目的，讓街區裡的住民和美術館相鄰共處，將藝術視爲日常生活裡的一環。

開幕之初輿論紛紛批評關楊表面附庸風雅，實則藉藝術之名炒作地皮，飆高該區地價。無論事實如何，八年過去了，任憑中國當代藝術如何在市場上戲劇化地大起大落，汎亞美術館仍然屹立不搖。關楊在藝術圈雖不如在房地產界舉足輕重，但他不爲市場所動，堅持初始的理念，漸漸爲藝術圈的人所接受，本來對他懷疑輕慢的評論家和藝術家們，不得不尊敬起這一號人物。

儘管和沙奇由經商跨足藝術的經歷相仿，關楊私底下卻不大欣賞沙奇霸氣的作法，這是他願意在馬文林區滯留北京期間，花時間帶他參觀汎亞美術館的原因之一。

另一個原因，則是因爲鍾愛珍。

他早就聽說那幅達文西，是被一位慧眼獨具的畫商發掘，這人非但沒趁機占那無知畫主便宜，反而大費周章安排一系列精密的檢驗，甚至取得羅浮宮館長的背書，這個畫商有能力、講信用，還是個華人，這三點加起來，早就足以讓他產生好奇，更別說，還有江城所暗示的理由。

關家在清朝時代就是蘇州地區頗爲風雅的世家，若非政治的動亂飄搖，家族裡書畫骨董的收藏，早就足以開一間美術館。關楊認爲，中國仕紳對藝術和收藏的「雅癖」由來已久，這裡頭學問之深，是西方人跟不上的，中國人的品味和修養，更是西方人不能懂得的。雖然掩飾得不錯，但關楊實際上是中華文化擁戴者，是個個性上有點保守，容易產生成見的男人。

早在鳥巢餐會前，他就知道鍾愛珍是那個發現達文西的畫商，見過她以後，關楊立刻欣賞起這個奇女子。看多了中國畫商遇上外國藏家，常露出卑躬屈膝、搖尾乞憐的嘴臉，鍾愛珍高傲地反擊其他畫商，並以不卑不亢的態度面對馬文林區，在關楊眼裡，除了好奇還多了對這名女子的尊敬。

他開始相信江城的假設，必然是那個原因，鍾愛珍才能有如此的天分及傲氣。

穿梭於汎亞美術館各個展間，鍾愛珍從頭到尾沉著臉，彷彿全天下都得罪了她，即使清楚以二十萬美金買她一個禮拜時間的馬文，不應該遭受這樣的待遇。晚會上被放鴿子，臨時取消午餐約會，還得看她臉色，但她就是無法強迫自己開心起來。

在那張極度不舒服的行軍床上渡過無眠的一夜後，隔天她被小小的敲門聲喚醒：「愛珍，窩頭剛烙好，來和大家一塊兒吃吧。」

體貼的小小甚至送來輕便舒適的衣服讓她換洗。

她本來打算天一亮就打電話叫飯店派車來接她，但小小的盛情難卻，只好換上那件洗到褪色的格子襯衫和難看得要命的棉褲，到院子裡的一個角落和在場七八個陌生人一起吃頓尷尬的早餐。

「現烙的窩頭，配點兒臭豆腐，拌豆汁下口，道地北京味兒，妳試試。」陳可熱心推薦。

她卻只問：「江城呢？」

有人說：「一早和侯勇到隔壁院兒去找小東老師了。」

小東老師?

她噤聲不語，不想在這些人面前顯露自己對中國藝術的無知。她悶頭咬了口窩頭，這是種鮮黃色的玉米麵包，入口後發現這玩意兒乾澀得難以下嚥，順手拿起豆汁咕嚕咕嚕灌下，對豆汁的腐臭味道沒心理準備，氣味衝上鼻梁時，一瞬間全吐了出來，她失態大喊:「這什麼鬼?臭死了!」

大伙竟然哄笑成一團，拍手叫好。

「真給江城說對了，他要我們一定得給妳嘗嘗，現在豆汁可難找了，我大老遠找來的呢!」

有了豆汁的經驗，她對眼前那瓶泡著黴汁的臭豆腐懷抱戒心，看起來雖然像在山城吃的豆腐乳，這群人塗抹在窩頭上吃得開心，還有人一口吃臭豆腐，一口配嗆辣的新鮮大蔥，但她說什麼也不碰桌上的東西，最後小小端來一碗五穀米漿。

「這些人不正經慣了，妳別放心上。喝碗米漿補點元氣，我看你們倆昨晚都沒睡好的樣子。」

她接過米漿，盛著的碗很有古樸的味道，小小解釋那是她自己燒的作品，原來她是陶藝家。

「陳可畫油畫，也做雕塑;侯勇畫的是海，和光樂的石頭一樣，都讓人分不清是照片還是畫;范梅做琉璃裝置。妳有空到她房裡看看那兩個琉璃門神，剛從東京展覽回來，得過獎的喔!」她一一跟鍾愛珍補上昨晚缺少的介紹。

鍾愛珍的手讓那碗米粥給溫暖了，她問小小:「大家就這麼住在一起十幾年?擠在一個小院子?」

小小搖頭，「每個人城裡都有樓的，只是工作時聚在一起。這些年工作室換了幾個，不過再怎麼搬，大伙老在一塊兒，我們央美的，還是習慣和央美的湊在一塊兒。東北有東北的圈兒，四川有四川的圈兒，這裡都是這樣分的，每個人的脾性風格大概跟老師差不了太遠，妳讓我們去畫四川豔俗那一路的東西，我們也搞不來。」

鍾愛珍在心裡記下來，原來這裡的藝術家還有這樣的區別方法。

「妳和江城……昨晚吵架了？」小小突然問。

「妳怎麼知道？」

小小冷哼一聲，「江城那人呀，十幾年來都沒變，悶是悶了點，但不至於擺臉色，今天早上他那臉色可難看了，說是在地上睡一晚不舒服，但我猜同妳吵架了。妳是當年到東京念書那女孩兒吧？都這麼多年感情了，有什麼好吵？」她直爽地說，很有北方大媽的味道。

「東京？江城當年有個在東京念書的女朋友？」

「咦？不是妳嗎？昨天聽妳說家鄉在紫荊市，我以爲妳就是那女孩兒呢。」說完她突然想起似地拍了下自己的額頭，「哎呀，我記起來了，那女孩兒是趙波孫女，理應姓趙，妳姓鍾，我怎麼會把妳們倆兒到一塊兒去？我犯傻了我！」

「趙波的孫女？」

小小不好意思地擺擺手，「看來是我搞錯了，當我沒說，唉，我多嘴了。」

她卻興致勃勃，放下碗，追問小小：「江城和趙波孫女又有什麼關係？」

拗不過她的逼問，小小吶吶道：「我也只聽他說過一次，年輕時到山城去看趙波畫過的地方，認識了趙波孫女，後來那女孩跑到東京念書，常去京都看江城。剩下的部分都是我亂猜的，畢竟江城這樣的人才，甘願躲在一個小山城十數年，一定有理由，我就猜是爲了女人嘍。」

鍾愛珍偏頭想了一會。趙波孫女，指的是趙經生的妹妹嗎？母親好像提過是個女立法委員，叫什麼來著？她記不起名字，但愈想愈覺得錯不了，江城和趙經生感情好到不像一般朋友，若不是和趙家有更深一層的關聯，趙家又怎麼肯把趙波的畫交給江城管理，甚至還用他的名字開了間藝廊？

她吞了口口水，問小小：「江城……和趙波的孫女，是不是結婚了？」

小小漲紅臉，想躲過這個問題，「江城這幾年來和大伙兒聯絡得不勤，偶爾有機會碰面，他又不愛聊這些私事兒。呀，妳瞧瞧我，我就是嘴碎，愛珍，求妳別再問了，行不？」

思緒回到所處的美術館，她揉著太陽穴，跟著解說和眾人站在一幅中國當代名家的作品前，畫裡站了一排粉紅色皮膚，長相一致的男人，張開大嘴，露出數量難計的牙齒，面對著舉槍的士兵們。這個明星畫家在中國當代藝術興盛那幾年，行情被炒到最高點時，一幅畫可以喊到近百萬歐元，這對還在世的藝術家來說是很不尋常的，更何況不到五年前，一幅畫只要兩萬塊就能買到。

千禧年後中國當代藝術在短時間內竄紅，行情飆升，毫無歷史脈絡可言，就這麼從風行一時的蘇俄藝術手裡接下潮流的棒子，畫商、拍賣行、投資客像蝗蟲過境一樣掃過中國後，接著轉往其他市場。有人預言下一個「有機可乘」的市場是印度畫家，也有人說是阿拉伯畫家，沒有人真正確定，唯一可以確定的是，風潮會過，現在的流行終將會被下一個流行取代，所謂的「當代」，換言之就是沒有永恆不變的價值觀，反正錢在哪裡，藝術品就在哪裡，現實得很。

對畫商來說，熱門的畫形同商品，她都不記得自己轉手賣出多少幅張曉剛、奈良美智和安迪沃荷，處理這些畫，不需要費心飛到賣家那裡驗畫，一轉眼就賣出，買的人也只在乎多快可以脫手，投資報酬率幾成。

那是個和達文西、畢卡索以及趙波截然不同的市場。

「妳覺得怎麼樣？」馬文在她身旁問道。

假如他對鍾愛珍的冷漠無禮有所不滿，也掩飾得很好，鍾愛珍甚至覺得，馬文言談動作間充滿著容忍和討好。

一夜無眠的腦袋實在無法擠出好評語，她撇嘴道：「還不就這樣？」

這是汎亞的鎮館之寶，無數人來到這裡就是爲了看這幅畫，但一旁的關楊竟能不生氣，反而點頭附和：「這畫技巧好，也趕上對的時代，但是看多了也煩，鍾小姐應該是這個意思吧？」

馬文偏頭問一旁的瑪歌夫人現在這畫家行情多少，得到一個和最熱門時期相比不到一半的數字，馬文聽了點點頭，逕自往下一幅畫走去，關於這畫家的討論到此爲止。

「我想，鍾小姐比較有興趣的是這幅畫。」關楊打開美術館頂樓一間上鎖的展間。

裡頭陳列著兵馬俑、唐三彩、青銅鼎、山水畫和許多風格互異的藝術品，雖然主題雜陳但卻交織出某種奇異的美感氛圍，和公眾展間截然不同的沙龍風味。

寬敞明亮的展間最裡端，掛著趙波那幅五百號的蘭潭寫生。

「這是……中國的印象派大師嗎？」對趙波畫作不熟的馬文問道。

鍾愛珍走近觀察那幅畫，手指順著趙波看似隨意點落的油彩筆觸起伏移動，她搖頭回答馬文：「不，這不只是印象派風格，這裡加入中國山水的筆觸，寫景、寫意、也寫情。」

整幅畫遠看只見一片淡淡的灰藍油彩，去過山城的人卻能輕易指認出，那是清晨時籠罩著蘭潭湖面的山嵐，右下角一抹鮮豔特出的紅色，活潑了枯寂的調性，那應該就是Motoko。

淡遠、縹緲卻濃烈。

那是趙波想表達的心境。

天明雲開，山蝶翩翩飛舞，春天的Motoko笑了。

「春天的Motoko笑了……」她念出記憶中的句子。

關楊安靜地說：「Motoko的笑，和雲開、蝶舞的意象……」停頓了下，他才接著說：「看過這麼多油畫，我沒在其他地方見過足以和這幅畫相比擬的境界。」

負責解說的展覽總監李先生，微笑解釋：「趙波在市場上最有價值的畫是紫荊公園那一系列，但是關先生特別喜愛趙波的蘭潭系列，這幅畫得來不易，關先生都捨不得拿出去展覽呢。」

幾個畫商在馬文耳邊窸窸窣窣補充趙波的資訊，鍾愛珍的視線定定放在那抹紅色身影上，感受到某個意義重大的線索正向她發出召喚，但她卻說不出究竟。

關楊和她並立在畫前，一同凝視著那抹紅色的身影，以充滿感情的聲音說道：「趙波曾經說過，人能創造出來最美的事物，頂多等同於天地，日本俳句的概念也大致如此，詩人們將濃烈的情感，放置在花草自然四季的意象中。我想，當一個人內心裡擁有那麼強烈的情感，是沒有辦法被直接表達出來的，只能把它放置在天地間，和自然宇宙合而為一。」

他笑笑說：「我這話說得玄虛，但鍾小姐本身也是個藝術家，我想妳應該能明白。」

關先生平淡而深刻的言語，字句敲進她心裡，在那一刻，她明白為何趙波的畫讓關楊、江城和她父親三人流連忘返，捨不得回到現實。

「愛珍是個藝術家？」馬文抓住關楊最後一句話。

「林區先生不知道嗎？據我所知，鍾小姐自幼習畫。」

「是嗎？」

她突然發現自己成為眾人注意的焦點，迎視著那些好奇的目光，她僵硬回答：「那只是……興趣。」

關先生的笑容裡帶著深意，「不如說是血緣。」

眾人的目光不約而同移往關先生，他解釋：「我沒記錯的話，鍾小姐的父親也是個畫家，可以說是趙波的傳人。」

鍾愛珍卻覺得他閃爍的眼神裡別有深意。

「沒想到關先生這麼了解我？」她面露不悅。

他不以爲意地聳聳肩，「請原諒我做了點小調查，純粹出於好奇。」

比起看畫，馬文似乎對他們的對話更有興趣，插嘴道：「親愛的，能讓關先生對妳好奇，那可是妳的運氣呀，我相信關先生也會支持妳留在北京，幫我進行林區藝術的計畫吧。」

她只要在這些人面前點頭，就能成爲馬文最新的雇員，擁有絕大的權力，有關楊和馬文當靠山，很快可以在中國這個全世界最大的藝術市場占有一席之地。

但在她回應前，關先生先代行回答：「不管鍾小姐做什麼，我一定支持，但容我說一句，林區藝術的事不急，鍾小姐眼前還有更重要的任務。」

他的話成功地拉回所有人的注意力。

「她必須找到Motoko。」

從汎亞美術館出來後，他們上了返回飯店的車子，馬文單獨和她共乘一輛轎車，這是他刻意的安排。

果然車門一關上，他就重提尋畫的話題：「我就知道妳離開巴黎有更好的理由，原來妳在找趙波最珍貴的畫。」

聽關楊解釋趙波裸女系列的謎霧之後，馬文對找畫這件事提起極高的興趣。

「甜心，妳永遠不會讓我失望。」他攬她入懷，親暱地說：「想想看，要是妳找到Motoko，趙波唯一流傳在外的裸女真跡，林區藝術等於拿到進入最頂級、最封閉的中國藏家圈子的門票，這豈不是棒透了？」

她現在知道江城到底跟關先生說了些什麼，而關先生竟然相信真有那幅畫的存在，還在那麼多人面前宣布！現在連馬文和其他畫商也知道了，萬一她找不到畫，那豈不是繼達文西後，讓眾人又多了恥笑她的新理由？

昨夜的失眠再加上這些混亂，她只覺頭腦混沌窒礙，因此保持悶不作聲的態度。

「愛珍寶貝，妳不開心嗎？」

「我不喜歡那個關先生。」她簡單地說。

馬文皺起眉頭，「怎麼？關先生可是很欣賞妳，我和他在其他領域的生意交過幾次手，認識他好幾年了，那個人自視很高，我還沒見過他讚美誰，竟然對妳讚不絕口，大力推薦妳當林區藝術總策畫，還說只要是妳，他一定幫忙到底，妳應該感激他的賞識，不是嗎？」

或許就是關先生對她莫名的喜愛，讓她覺得不安。

她突然發現這是前所未有的情緒，一個這麼有權勢，又對自己的事業有莫大幫助的人，以前的鍾愛珍早就撲上去，緊緊抓住不放，更何況那個男人三番兩次讓她在那些禿鷹同行面前出盡風頭。她不喜歡關先生看她的眼神，彷彿他知道一件和自己有關的祕密，而她卻毫無線索。

短短的車程很快結束，車子在飯店門口停下。

「妳臉色不好，回房休息一下吧。晚上關先生請了幾個收藏家朋友一起吃飯，機會難得，妳可得好好把握。」

她點點頭，臨下車前，馬文拉住她的手臂，輕暱的語氣消失，略帶嚴厲地說：「愛珍，妳知道我對妳的期待，對吧？」

她看進他陰鬱的眼裡，對她的表現，他果然還是不悅的，抓住她的力道儼然是個警告。她強迫自己擠出一個笑容，「我知道，但是……」

「但是？」

「公事上的期待，我不會讓你失望，至於其他的……」她撥開他的手，「就得看我心情了。」

凝視她半會後，他突然笑開，輕快回到眼裡，「我早就知道得費點功夫，妳畢竟還是妳。」

她挑了挑眉，「你期待什麼？」

他朗聲笑了出來，「就是這樣，愛珍，就是這樣的妳。」

他的笑聲和評語，直到她回到房裡時仍舊縈繞不去，她虛軟地倒在床上，不明白自己到底怎麼了，關先生的賞識讓她不開心，連馬文露骨的示愛都讓她開心不起來。

妳畢竟還是妳……

馬文錯了，不知從何時開始，她不再確定自己還是鍾愛珍，那個野心勃勃，不擇手段，為了保住最頂尖的位置，連良心都能出賣的女人……

她應該料到他會在場。

那雙隱晦幽深，彷彿可以將她吸進其中的眼睛，從她一走進包廂就鎖住她不放。關先生向他們一一介紹在場賓客，介紹到他時，臉上帶著慎重和尊敬，「在沙奇的酒會上，你們應該見過Eshiro先生了，我上次沒說的是，Eshiro其實就是知名的趙波專家江城先生，我相信鍾小姐對他應該是不陌生的。」他投給鍾愛珍的視線裡若有所指。

這番介紹引起現場西方畫商嘖嘖稱奇，神祕的銅雕大師，原來一直遠在天邊近在眼前。前天才在沙奇美術館受到江城冷落的馬文，出於對藝術家性格的了解和尊重，展現大方的氣度，再次主動跟江城握手寒暄。

江城的態度和前晚有如天壤之別，他握住馬文的手，用不甚流利的英語和誠懇謙虛的態度回應馬文的褒揚。

入座時，她刻意挑了離江城最遠的位子，馬文自然地在她旁邊坐下，等大家都坐定後她才發現失策，和江城相對的位子，反而更須忍受他直直射過來的銳利目光，那注視讓她渾身不自在。

感受到她的僵硬，馬文偏頭低問：「妳不舒服嗎？」

她搖搖，「沒事。」

他在她耳邊說：「那就好，妳在車上說的話，讓我不得不在乎起妳的『心情』。」

雖然沒有心思調情，但她還是扯開嘴角勉強應付，眼角餘光瞥見江城臉上一閃而逝的表情，那給了她靈感，復仇的靈感。

她挪動椅子，更貼近馬文，撐在桌上的手有意無意的朝他傾斜，耳語：「最好……如此。」嘴脣在馬文形狀美好的耳緣流連了一會。

感受到對面的目光像刀子般射來，她終於露出這天第一個真心的笑容，像貓一樣狡黠滿意的笑容。

關先生在這群擁有同等實力和品味的收藏家朋友們面前雅興大發，而馬文本來就是世家子弟出身，和沙奇的商人氣質不合，卻很享受和這票文雅的中國收藏家們談詩論藝，整晚充滿精采絕倫的典故和歷史談話貫穿餐會，馬文所表現出來的精深文化涵養和幽默，優雅迷人的風采收服了這群自視甚高的藏家，這些人的知識和內涵造就了一場賓主盡歡的晚宴。

感受到鍾愛珍異於平常的親近，馬文自然不放過這個機會，毫不掩飾地當眾表現出他的占有欲，談話間，身體經常有意無意和她保持一定程度的碰觸，或觸摸她的手臉，或頻頻在她耳邊輕語談笑，而她，也很刻意的表現出輕快愉悅的一面，馬文隨便說的一句話都能引來她的大笑。

這個晚上聊得最頻繁的話題，還是趙波的畫，最教人訝異的是江城脫下雕塑家角色，以趙波專家身分和這群中國藏家聊天時，一反常態的健談，有問必答，看得出江城對在場的藏家也很重視與尊敬。

「江城先生對趙波市場的貢獻，一直很令人佩服。」

「是呀，知道江先生是Eshiro後，更令人欽佩了，很少人願意爲了另一個藝術家，放下自己的創作。」

聽著這些人對江城的推崇，馬文提起用那幅Motoko來開啓林區藝術在中國的市場，問江城對這個點子的看法如何。

江城的視線落在鍾愛珍臉上，慢條斯理地說：「這麼一來，鍾小姐就沒有理由不回去山城找畫了。」

「愛珍當然要回去，我準備給她一個月的時間，找到畫以後回來北京，就從這裡開始第一間林區藝廊。」

江城挑了挑眉，瞥了她一眼，她在那眼神裡讀到一個無聲的訊息：我來把妳帶回山城的。

一位香港的收藏家插話：「在場的趙波同好們，都將這個希望寄託在鍾小姐身上了，能夠辨識出達文西的畫，我想找到Motoko對鍾小姐來說應該不是難事。」

她又感受到昨晚那股被逼到牆角無路可退的脅迫，江城的問句，在她耳裡和Motoko一點關係也沒有，倒像在提醒兩人間的魔鬼交易，他明知道她願意用一切代價擺脫他，假如可以，她甚至願意逃到冰島，從此再也不見江城這個人，再也不管趙波和林區藝術。

「妳怎麼想？」江城堅持地逼問。

馬文攬住她，拍拍她的臉頰親熱道：「寶貝，有趙波專家幫妳，妳害怕什麼？再不然，我派一支部隊去把妳家拆了，不怕找不到那幅畫。」

江城的眼睛危險地瞇了起來，視線落在馬文碰觸她的手上，那對她來說像是個鼓勵，當著江城的面，她回馬文一個親暱的笑，「既然你都這麼說了，我當然沒有拒絕的理由。」

馬文拍拍手，揚聲宣布：「就這麼說定，等這邊的事情告一段落，妳就可以回去繼續找畫，一個月後，我要在北京見到妳回來主持林區藝術！」

眾人紛紛舉杯慶賀並支持這個計畫的誕生，飯後有人提議到VIP酒吧續攤，她趁轉移陣地時，到洗手間裡喘口氣，鬆弛緊繃了整晚的神經。

對著鏡子補好妝，她挑剔地看著自己，鏡子裡反射出一個穿著米白長褲套裝的女人，她皺起眉頭，鏡裡的自己像是個性冷感的銀行家，出門時肯定瞎了眼，怎麼會挑這套平板的套裝出席？

她脫下外套，拉低真絲上衣的領口，將頭上的馬尾拆掉，抓了幾下蓬鬆的長髮，還是不滿意鏡子裡看到的自己。

每次出門前，她都會站在鏡子前，假想會面的對象就在對面，針對那人可能想見的畫面裝扮自己；看樣子餐會前，她是無心吸引任何人，即使是馬文和關先生，都不在她的考慮之列。

想起江城充滿威脅的凝視，她彎起嘴角。現在情況不同了，她必須回房換衣服，讓自己看起來性感誘人，卻要他碰觸不到。

走出洗手間，她踏進通往客房樓層的電梯，就在電梯門即將關上之際，一隻手突然擋住門板，電梯門震動了一下，猛然彈開，她抬起頭，望入江城的眼睛。

好整以暇地踏入狹窄的空間，等到門在身後關上，他才緩緩開口：「又要像今天早上那樣逃走？」

她瞇起眼，「我沒有逃走，是你把我一個人留下。」

電梯安靜地向上爬升，只有兩人的小空間裡突然變得滯悶難受。

「你到底要什麼？」她忍不住問：「男人追女人追得那麼緊，通常有目的，但是我看不出你想從我身上得到什麼。」

「妳明白。」他簡單地說。

和他近距離面對面，她不由自主在心裡描摹他炯炯有神的眼眸，長長的睫毛，英氣十足的濃眉，挺拔的鼻子和堅毅的嘴唇，將他臉部五官每一吋拓印到腦海裡，她非得找機會畫下來，好好將他拆解一番，看看這些分開來沒有什麼的五官，怎麼會組成一幅這麼難解的圖像。

「我不明白……」她說：「難道說，你想看我爲了激情燃燒？不管爲了誰，對你來說都沒差別，是嗎？」

他不說話。

「那麼，」她殘忍地接下去：「今晚到我和馬文的套房來吧，帶著你的紙筆，畫下你想畫的，拿走你想要的，從此不要再來煩我。」

說完這些話，她才明白需要被這些殘忍字句刺醒的人其實是自己。

他伸出手抓住她的手臂，張口欲語，電梯門在此時打開，一對操著英國口音的男女走了進來。他閉上嘴，手指仍然牢牢掐住她，表情紋風不動。電梯在十六樓停住，門一開啓，她用力甩開他，走了出去，他亦步亦趨跟著她來到房門口。那一瞬間，她突然領悟到自己該怎麼擺脫這個男人，直覺告訴她，江城不是不要她，而是爲了某個天知道的理由，克制著不能要她。

打開房門後，她出其不意地轉過身面對著他，背貼著門板，低啞嫵媚地邀請：「不想等到今晚看我和馬文表演，你也可以現在和我一起進房，親自上場，怎麼樣？」

視線略過挑逗的姿勢，和她眼裡與邀請不搭調的冰冷交會，江城的心臟頓時抽緊。十七歲時，師傅將第一把雕刻刀交到他手裡，交代道：「只有定和靜兼具的心才能看見藏在木頭裡的本心，也才能雕塑出事物應有的形狀。」

定靜兼具的心，成爲他修習的首要目標。趙波三十歲就掌握住Motoko的形，他曾以爲，那是自己永生無法到達的境界，這二十幾年來，木頭、石頭、銅，都能或隱或顯地透過他的手，成爲它們本應成爲的模樣，但他並非每次都有把握確實掌握了事物的本心，賦予了應有的形象。

麗生就像他手裡的一塊木，一塊分崩離析的殘木，爲了給她活下去的理由，他強將她雕成一個模樣，隨著時間過去，從麗生的痛苦裡，他漸漸明白，那樣的做法雖然救了麗生，卻也傷害了某部分的她。

在台北時，麗生受傷的眼神讓他迷惘。木已成舟，多一刀少一刀，都改不了那個形，也回不去最初的模樣，他雖然明白麗生的痛苦，卻無能爲力。

面對愛珍，他一方面害怕會犯一樣的錯誤，另一方面卻又覺得自己才是她手裡的那塊木頭，手持雕刻刀的人，是她。

愈是這樣想，迷惘就更深，這是他從來沒有過的心情。

「妳希望我怎麼做？」他問了給麗生的那個問題。

問問題的同時，他隱約期待聽到和麗生相同的答案。

你給不了我想要的東西。

然而鍾愛珍眼底的冰冷卻在他眼前化開，虛張聲勢的肩膀頹然垂下，臉上虛僞的神色一併褪去，沙啞地說：「你，把我推開兩次。」

「兩次是我的極限，下一次，你必須自己向我走來。」她的語氣裡沒有埋怨也沒有控訴，就是單純的陳述。

他搖頭，「我不能。」

「因爲你和趙波的孫女結婚了？」她搖頭冷笑，「你以爲我在跟你要什麼？愛情？承諾？」看著他迷惘的臉，她揚起聲音：「我要的是你，就只是你。」

「追我追到北京來，除了要我回山城，卻說不出你希望從我身上得到的東西。你，」她輕柔的嗓音有若雷鳴敲在他心裡：「根本不敢說出你真正要的東西。」她坦然直視著他，「你以爲你是什麼？一座山？用睥睨不動的方式，無知無覺地面對著所有人和事？但你不是山，你是個創作者，你應該有自己的感覺和衝動，應該認清你自己的渴求和慾望。」

她停了下來，確定他聽進自己所說的話，「在我面前，你可以把那些道德規則都放下，只是單純地看著我。」

「用男人看女人的眼光看我，要我。」

她所說的每句話，如同涓涓細流，悠悠然地滲透進他塵封許久的知覺暗室。

「你是個不合格的藝術家，你知道爲什麼嗎？」她問。

他動彈不得。

「因爲答案，從來不在深奧裡頭，而在直觀裡。」

說完，她視線不移地往房內移動一個步伐，在他來得及阻止前，沉重的房門自動闔上，將兩人的世界隔開。

第八章 冷花俱寂

「大伯的意思是，下個禮拜會期結束後，妳就回紫荊市，他會帶妳先去拜見一些地方耆老、村里長，關於妳的形象文宣已經在趕印中，新文宣主打地方文化建設，江城和妳的關係會被放大強調……」

趙麗生的視線從窗外移到哥哥臉上，打斷他的話：「他們和江城商量過了嗎？」趙經生搖頭，臉上布滿不苟同，「我只是負責傳話，妳知道我不太管策略這些東西，不過，我想江城是不知情的。」

她放在桌上的手緊絞著，語氣落寞地說：「他一直不希望被人知道他就是江城木之。」

「這我當然清楚，姑姑認為江城隔了三年後又開始工作，這次的作品完成後，他會需要宣傳……總之她和大伯都覺得幫妳競選對他的前途不是件壞事。」

「前途……」她咀嚼著這兩個字，「他怎麼會在乎這東西？」

趙經生嘆口氣，「江城的部分，我沒立場多說，但是，這件事我就是覺得不對勁，這麼逼他，恐怕會有反效果。」

「反效果？你是指逼他離開我嗎？」

他噤聲不語，害怕多說了什麼，會導致麗生和江城岌岌可危的關係更失去平衡。她臉上出現淒楚的笑容，「要不是因為選舉，我還真想逼他離開我。」

「麗生，妳怎麼又來了?」

她抬起頭來，眼裡含淚，「哥，我是不是有病?我受不了看到他，但是又受不了失去他。」

他伸出手來握住被她絞到泛白的手，「麗生，只要再四年，等妳回來山城，一切都會沒事的，你們現在分隔兩地，難免會胡思亂想。」

她看進他的眼睛，「你認識江城的模特兒嗎?」

沒預料到這個問題，趙經生愣了愣，閃躲地說：「我不知道江城有模特兒。」

「一個長捲髮的女人。」

「妳說的是……鍾愛珍吧?她是鍾振興老師的女兒，木之藝廊正在籌備鍾老師的畫展，她和江城因爲這個緣故而認識的。」他欲蓋彌彰地加上：「他們之間就是公事關係，沒別的。」

「她本人……很漂亮嗎?」她遲疑地問。

想起愛珍生動的臉，他笑笑，「我不會說她漂亮，而是……很有個性。」

「總之是個很有吸引力的女人?」

「那倒是，連野口師傅都被她迷得神魂顛倒。」

她無法如兄長一般以輕快的心情想像那個女人，此時腦子裡浮現那幅水彩畫，江城從來不用水彩，她在另一本畫冊裡，發現另外十幾幅炭筆畫，雕刻檯上也留下幾尊木雕半成品。江城，從來沒有對一個模特兒這麼著迷過，即使是創作瑜珈系列時，也沒見他這樣。

那女人的形象是那麼靈活生動，趙麗生不由得懷疑，是不是想到她時，江城的心情就是如此?他從來沒用相同的方式看過自己。趙麗生覺得，江城做決定前，老問她是否真心希望如此，那不是順從，而是容忍。他，一直用容忍的方式，忽視自己的心意，把自己化為一段枯木，供她棲息。

她從來不曾問，他是否真心希望如此？因為她害怕知道答案。

「麗生，妳又在亂想什麼呢？江城和愛珍這兩個人的個性天差地遠，妳根本不用擔心。」趙經生刻意用愉悅的語調安慰妹妹。

麗生淡淡地說：「我和江城的個性也是天差地遠，鍾愛珍至少懂藝術，我卻一無所知。」

「妳……懷疑江城？」趙經生的聲音裡充滿擔憂。

或許就是這兩個男人對她一貫的擔憂，讓她突然心生叛逆，不想被束縛在往事裡，但只要這兩個人不放手，她也放不開。

「哥，你不覺得，我應該放手讓江城離開嗎？他為我做的已經夠多了。」

「他走了，妳怎麼辦？」

她沒料到兄長的回答會如此猛烈地刺痛她，這麼多年來，愛著一個男人，最後，她卻只能用牽掛的心情來綁住這個人。

「我們現在這樣，他在與不在，對我來說根本沒有差別。」她強裝不在意地轉移話題：「你該去機場了吧？可別忘了這次上來最主要的目的。」

趙經生和江城一樣討厭台北，也只有妻子和兩個孩子回國時，才會勉強自己離開山城。

「記得跟大嫂說，等江城回來，我請客，就我們兩家人，好好聚聚。」

也或許會是最後一次家聚了，她暗想。

離去前，趙經生蹙眉回想起最後一次見到江城，因爲愛珍的離去，他確實表現出不尋常的情緒，但他當時以爲，江城不過是對工作必須中斷而沮喪。隔天聽小靜說江城也去了北京，這讓他不得不懷疑，江城和愛珍之間，似乎真有些曖昧。

他認知到自己正迴避承認顯而易見的事實，從第一次見面開始，江城對愛珍就產生異常濃厚的興趣，認識他這麼久，首次見他對一個人產生好奇，甚至受那人影響。

愛珍和江城雖然是不相同的兩人，但本質卻是相同的，在這個基點上，兩人間的歧異才能夠相互彌補各自不足之處。

他可以體會麗生的掙扎，因爲愛江城愛得太深刻，所以不希望自己成爲束縛住他的理由。趙經生這才真正看清，麗生和他，和江城是不同世界的人，她永遠無法懂得遁世淡泊的心情，她天生是隻老鷹，適合掠奪攻占的世界，她和江城本質上的不同，硬要他們在一起，只會徒然消磨彼此氣力。

就像他和淨雪一樣。

只是，他多麼希望他們兄妹裡至少有一個，能夠真正擁有幸福……

「愛珍，我們在這兒！」小小舉起手來熱情揮舞。

鍾愛珍差點認不出穿著俐落套裝，上了完美的妝，戴上大耳環，搖身一變成爲幹練都會女郎的小小，走近才看到，她身邊坐著一個瘦小但氣質沉靜的男子。

「抱歉來晚了。」她對兩人點點頭打了聲招呼。

小小擺擺手表示不介意，「后海這兒出租車進不來，我還怕妳轉暈了頭，找不到這個茶館呢。」

轉進后海這個北京有名的觀光區，她還埋怨了會：「這裡最有特色的店明明是酒吧，也只有藝術家會約人在茶館！」雖然還不到點燈時間，但已有三三兩兩的啤酒屋開張，面對著一望無際的荷花池，暢飲冰涼的啤酒，那該是多愜意的一件事，偏偏找她來喝茶？鍾愛珍按捺住真實的想法，聽著小小介紹身旁的男子。

「這是光樂，妳和江城住過他的工作室，記得嗎？」

「石頭。」她只說了這兩個字，被叫光樂的畫家笑開一臉的孩子氣，雖然外表看不出年紀，但按照他眼裡的老成推算，應該介於三十五到四十歲之間。

「久仰大名。」光樂臉上雖然掛著友善的笑容，但語氣卻是平淡的。

在北京這兩個禮拜以來，和馬文以及關先生拜訪了無數收藏家、藝術家和藝廊老闆，受到無數的奉承，也得不停巴結被馬文視爲有幫助的人，每天都得爲「重量級」的餐會準備，處於光鮮刺激的生活，她不應該感到疲憊，但靜下來時她不得不承認，心理的不耐煩卻愈來愈強烈。

明天就要走了，這時接到小小的邀約，她其實是開心的，不知道怎麼著，那晚去過那個奇異的院子，認識這些自得其樂的藝術家們，成爲她不時回想起的時光，或許是，友誼這個關係對她而言太陌生，勾起她埋藏許久的渴望，出社會後，她就不再有過不存在利害關係的友誼。

也或許，是這票人對市場和畫商的淡漠，吸引了她。

光樂淡定自若的氣質，儼然就是另一個江城。

江城，彷彿已經從她的世界裡消失了。

自從在他面前關上門後，她就沒再見過他，緊接著藝博會的開幕，每日滿檔的行程，也讓她無暇回想這個人和山城的生活，反正她的理智也不准自己再想到他。

看著光樂，聽著他雲淡風輕的說話方式，在這個突然放鬆下來的傍晚時分，身處悠閒的湖畔，她突然明白，答應見小小，其實是因爲她想知道江城是不是還在北京，無論如何，她還是想和江城的世界保持一點連繫。

小小輕快地敘述自己作品在藝博會展覽的一些趣聞，這也解釋她這身打扮的理由。鍾愛珍記得小小是那個院裡最不憤世嫉俗的一個，這一個禮拜以來，她大量閱讀當地的藝術情報和雜誌，看過好幾篇和小小有關的訪問，原來她是個頗有名氣的陶藝家，作品曾到日本、義大利這些陶藝高度發展的國家展覽過，在美國甚至有個知名藝廊擁有她的獨家代理權。鍾愛珍同時也發現，包括陳可、侯勇、范梅，在亞洲都小有知名度，吸引著重視品質又有品味的中產階級收藏家。

身爲自由畫商，並不擁有私人展間，鍾愛珍所熟悉的市場是人們所說的二級市場，經手的是有公認地位和行情的作品，作品不經藝術家的手流入市場，而是透過好幾層的畫商、掮客以及拍賣行，換句話說，即使談成交易，卻常對最後買家的身分一無所知，反正那也不重要。

在二級市場裡，重要的是買進賣出轉手間獲利的成數，除了商品屬性之外，和股票房地產市場並無太大差別。

而所謂的一級市場，指的是最傳統的藝術家、藝廊和收藏家的市場結構，宋庄這些藝術家屬於這個市場裡的分類，自從江城的作品從拍賣行管道流入沙奇手裡，所謂市場行情也就因此建立，也具備成爲下一個二級市場的明星商品資格，但他卻極力抗拒，排斥畫商、拍賣行和投資型藏家，這也是他被視爲異類的主要原因，畢竟很少有人能抗拒得了誘惑；跳過畫廊直接將作品交由拍賣行創造出可供參考的行情價，想方設法，一步登天，直接從市場獲得利益早就成爲藝術家的主流價值觀。

馬文計畫裡的林區藝術，必須設法結合這兩個市場，想到這層關係，鍾愛珍不禁思考著，或許，達文西那個案子失敗以後，認識了江城和這些人，冥冥中是有安排的，對她來說，這是個轉型的好機會，從二級市場進入一級，這麼一來，和藝術家保持友好的關係就非常重要了。

「愛珍，光樂問妳那幅畫怎麼辦？」

想得太入神，她根本沒聽進光樂的問題。

光樂嘴角拉出隱約的笑容，和江城那個似笑非笑的招牌表情簡直一模一樣。

「江城說過妳是個難纏的人，看樣子果然如此。」

「什麼意思？」

小小忙打圓場：「你別聽江城胡說，愛珍才不難纏，她呀，還喝了咱老北京的豆汁呢。」吐了吐舌頭後才說：「把我們家陳可吐得一臉。」

光樂清朗無雲的臉，對比鍾愛珍的一臉不悅，形成極大的反差。「既然江城把我說得那麼難聽，你又何必費事來見我？」

「我想見見收藏我畫的主人，那不是很正常嗎？」

「收藏你的畫？」

「可見妳剛才真沒聽進去。」他眼裡銳光一閃，「江城跟我買了幅畫送妳。」

小小補充道：「江城說是妳想要的，光樂那幅畫都已經讓一個藏家訂了，要不是爲了江城，他才不願意得罪那個藏家，跟人家取消訂約。」

鍾愛珍怔怔地看著這兩人，「哪幅畫？」

光樂從口袋裡拿出一張照片，她看了以後臉色漲紅，是那晚江城將她按在其上的畫，那傢伙是什麼意思？

「這不是妳要的嗎？」江城的問句彷彿透過光樂的嘴發出來。

她臉色大變，站了起來，「我才不要這幅畫！」

氣氛立時變得尷尬，連和善的小小都不知道該怎麼辦。

光樂竟然也不生氣，只是若有所思地扯了扯嘴角，「妳要不要，這幅畫都是妳的，妳得決定，畫是幫妳留在北京，還是運到別的地方。」

「他花了多少錢買下來？」她冷著聲音問。

他聳聳肩，「既然是禮物，我就沒有告訴妳的道理。」

「不是有個收藏家要嗎？就賣他吧。」

小小喊了出來：「愛珍，這不合規矩……」

鍾愛珍不管這個要求是不是冒犯了畫家，強硬道：「既然畫是我的，我愛怎麼樣都行，就賣給那個收藏家，錢讓你賺兩次，我不會跟你要，你也不需要得罪人。」

小小拉拉她，要她坐下好好談。

光樂卻用平靜的眼神評估著她，過了半晌後，呼出一口氣，笑了。

「你笑什麼？」她充滿戒備地問。

光樂看起來一點不像被冒犯，反而開懷地說：「我那幅賤畫，讓我看了一齣難得的戲，值得！」

兩個女人不明白地看著他。

他緩緩地站了起來，和鍾愛珍對視，「認識江城十幾年了，就沒見過他像過去幾天那樣心浮氣躁，今天認識妳，我算是明白了他說的黑鮪魚是怎麼一回事。」他把一個破爛的背包甩到背後，轉身欲走，鍾愛珍抓住他的手，「等等，你把話說清楚。」

他斜睨她一眼，「畫我幫妳留著，山城那地方太小，容不下妳這條黑鮪魚，北京倒是夠大，妳總會游回這個充滿大魚的地方。」

她翻了翻白眼，他講話非得這麼「江城」不可嗎？這些人都有病是不是？

「你留著也沒用，我不要那幅畫。」

他揚眉，嘴角含笑，「信不信妳遲早會回來找我討畫？」

不等她反應過來，他笑著離開。

鍾愛珍在小小的拉扯下重新坐了下來，語氣暴躁地說：「他一向那麼討人厭嗎？和江城一樣讓人受不了！」

「光樂是我們院裡的好好先生，大家都喜歡他，愛珍，妳剛剛那麼說，實在是太不合適了。」好脾氣的小小難得皺起眉頭教誨。

鍾愛珍撥了撥頭髮，沉著臉暗自訂正剛才的想法：友誼？她不需要那種浪費時間的東西，她決定把桌上的茶喝完就走，在北京的最後一夜，她還想多看看一些藝廊，多攀點關係，而不是浪費時間在這些自命清高，但永遠爬不到頂端的藝術家身上。

「其實江城猜到妳可能不會接受光樂的畫，他特別讓光樂跟妳說，那幅畫是用來交換妳的畫。」

「我的畫？」

「妳那晚畫的炭筆畫呀。」

她突然臉色蒼白，握緊拳頭，「江城拿走那幅畫？」

小小點點頭。

「他人在哪裡？」

「江城嗎？他前天就走了。」看著她隱忍的表情，小小擔心地問：「妳怎麼了？」

鍾愛珍咬牙說道：「我會要他付出代價的。」

「妳和江城還沒和好呀？」

「我和那個人一點關係也沒有！」她嚴厲地說。

小小偏頭看她，「我沒光樂看得那麼清楚，你們倆這齣戲呀，我可是愈看愈糊塗了，我還是第一次見江城爲一個女人費這麼大心思，結果妳卻好像一點都不領情。」

「他那麼做是爲了羞辱我！」她憤憤地說。

小小露出吃驚的表情，「羞辱？」接著笑開，「妳可能不知道光樂的身價吧？他那幅畫至少值五萬塊美金，爲了羞辱一個人，這個代價也太大了吧？更何況，要不是重視妳，他也不會拿好兄弟的畫送妳。」

她愣住，「五萬美金？不可能吧？」

小小認真地說：「不會低於那個價，光樂說的那個德國收藏家本來是用六萬歐元跟他訂的。」她真誠地握住鍾愛珍的手，柔聲說：「畫，江城肯定是爲了讓妳高興而買下來的，那個人雖然不輕易表露情感，但他不是個有心機的人。」

見愛珍臉上還有懷疑，她接著說：「我不清楚妳和江城真正的關係，那也不關我的事兒，但我認爲，對江城來說，妳，比妳所以爲的重要許多。」她神祕笑笑，加上一句：「妳似乎帶給他一些影響。」

「不管他怎麼想，我和他之間只剩下一件事還沒解決，等那件事結束後，我們就不會再見面了。」

「妳是指找Motoko吧？」

鍾愛珍吃了一驚，「妳怎麼知道？」

小小喝了口茶後，好整以暇地說：「這件事已經傳遍全北京藝術圈了吧。說起來，聽到達文西那椿奇事兒，大家頂多對妳這個人好奇，但是妳家族裡可能藏有趙波最珍貴的Motoko這個事兒啊，可是讓妳在這個圈子裡地位大增，關楊和他那票頂級藏家朋友向來不把外國畫商放在眼裡，這次他們對妳這麼殷勤備至，妳以爲是衝著馬文林區的面子嗎？錯了，他們是爲了妳。」

「趙波的Motoko是個謎，幾年前趙波的裸女系列到中國展出時，圈裡流行過這個話題，江城的意見和其他藝評家出入很大，甚至連趙家的人都不願意承認Motoko對趙波有任何意義，那個保守的年代，願意當藝術家人體模特兒的女人很少，我們這兒經歷過文革，留下來的更是稀少，趙波的裸女系列有主題貫穿，不論在藝術史上，或藝術價值上，都非常珍貴……」

她打斷小小的敘述：「是誰說我家有Motoko這幅畫的？」

「你們那晚在麗思卡爾頓晚餐討論的東西，早就傳得全城皆知，當然在藝博會大家談論的都是些小道消息，不過最教人訝異的，是江城出現在北京這事兒，他向來只和藝術家與極少數收藏家交往，從來不參與藝術圈聚會，除非……和趙波有關係，假如妳家裡沒有趙波的畫，他也就沒有理由把妳介紹給關楊那些人。」

藝術圈裡的消息通常以流言形式流傳，鍾愛珍很熟悉這個遊戲規則，根據經驗，每個小耳語都能是後面會發生的大事件的種子，沒有人會輕視這個圈子裡的流言，但是，她還是不明白，祖父筆記裡的一句「趙波贈畫」怎麼能起這麼大的影響？Motoko那幅畫到底有什麼魔力？

加上另一個馬文給她的任務，這下她是騎虎難下，非回去不可了……

「妳得回去，和Eshiro Kisuke一起找畫，妳知道為什麼嗎？」他說著這話時，雖然帶著笑，但眼神卻是銳利的，本來輕撫她臉頰的手力道加重，「重點是Eshiro，而不是畫。」

她明白馬文的目的，「你想收Eshiro的東西？」

「假如他願意將作品交給我們經營，那對林區藝術會是個很好的開始。」

「連沙奇都辦不到，你憑什麼認為他會願意和林區藝術合作？」

他的拇指輕柔地刮著她的臉，吐氣般說：「沙奇沒有妳，愛珍寶貝。」

她瞪著馬文。

「Eshiro喜歡妳，不是嗎？」

她搖頭假笑，「你從那裡得來這個荒謬的想法？」

「從我對他的嫉妒。」馬文湊上前，唇抵著她的。「從他把妳帶走那晚，甜心，妳以為我沒注意到？」

「馬文……」

對準她微張的嘴，他的唇舌入侵，給了措手不及的她充滿霸道和占有欲的吻，接著退開，滿意地看著她紅腫的唇，恍惚迷惘的臉。

「愛珍，」他命令：「利用他對妳的迷戀，讓他跟林區藝術合作，但是不要忘了，妳還是我的。」

從什麼時候開始，她和馬文的關係變得這麼不受控制？她抬起手背抹了抹嘴脣，憤憤地說：「你把我當成什麼？」

她一向就知道，必要時迷人的馬文林區可以是危險而充滿威脅的，此刻他絲毫不掩飾這一方面的特質，嘴角微微彎起，但眼睛卻像鎖定獵物的獅子，沉聲說：「我要妳，愛珍。」

沒有甜心，沒有寶貝，這不是調情，她領悟到這點。

是她的錯，這一切都是從達文西那件事開始的，是她讓情勢變得一發不可收拾，任由和馬文的關係失去平衡，她應該覺得懊惱，但內心卻莫名湧起大笑的衝動。同樣的一句話，渴望從另一個人嘴裡聽到，但卻不斷被拒絕、推開，她搖搖頭，自嘲地想：鍾愛珍，妳真是退步了……

再度在陰雨綿綿的山城卸下行李，家裡的大廳仍舊布置著讓人沮喪的靈堂，堆得像山一樣高的摺紙蓮花，靈堂上，年輕的奶奶依然笑得嬌媚。

鍾愛珍煩躁地嘆氣，感覺像被詛咒了，離不開這個使人無力的發霉山城，才離開幾個小時，她已經開始想念明亮華麗的卡爾頓飯店，漿燙過的床單，專屬的管家，和超高效率的客房服務。

她爲什麼非得回來找那幅該死的畫？

接著自我埋怨：這是場由她開始的牌局，即使已經無心玩牌，還是得將牌戲玩到終了。

晚餐餐桌上，李婉玉特別爲她加了許多菜，一家人加上兩個孩子，熱熱鬧鬧地吃著飯。

「對了，木之藝廊派人送來一個信封，妳看了沒？」李婉玉邊餵女兒浩琳吃飯，邊問小姑。

「什麼信封？」

她母親抬了抬眉，「我放在妳房間書桌上。」

她聳聳肩，「我等會再看。」

哥哥鍾志豪接著說：「這幾天家裡突然來了一些人說要找妳，是怎麼回事呀？我看都是些台北下來的畫商，還有拍賣公司的人。」

「找我？」

李婉玉擦擦女兒的嘴，笑著說：「對呀，留下一堆名片，妳在北京幹了什麼事呀？突然變得那麼紅？聽他們說妳在幫一個美國人做事。」

「還有，趙波的畫是怎麼回事？」李書平表情嚴肅地問。

鍾愛珍夾菜的筷子停在半空中，質問的視線掃向一臉無辜的李婉玉，嘴裡卻裝傻：「什麼趙波的畫？」

「一個叫郭茜茜的女人，說是什麼公司的總監，提起妳在找一幅趙波的畫？」

她轉向母親，腦子裡快速地轉動著，要是母親知道爺爺留下這幅畫，依她的個性肯定不會讓自己拿走畫，她必須和那些親戚們分享賣畫的錢，這麼一來，她辛辛苦苦找畫就失去了意義。

她強辯：「哪有……什麼趙波的畫？」

李書平沒那麼容易被打發，堅持繼續這個話題：「那女人在妳爸畫室翻遍了所有的畫，說趙波送給我們家一幅畫。」

「妳怎麼讓她進爸的畫室？」

「我也沒弄清楚她是畫商還是什麼公司，有人要來看妳爸的畫，我沒有拒絕的理由。」

鍾愛珍氣憤地說：「郭茜茜才不會把老爸的畫放在眼裡，你們以後不要再隨便放人進去畫室，連家門都不要讓那些人進來。」

「所以妳真的在找趙波的畫？」

她在母親的逼視下，訕訕說：「那……只是個可能。」

「妳到底爲什麼回來？」

兄嫂互看一眼，低頭吃飯，似乎不想介入這對母女的爭執。

李書平怒視著她，「根本不是爲了妳爸，也不是爲了奶奶，妳回來就是爲了找畫，說到底還是爲了妳那些生意，是吧？」

她咬著牙不回應。

「家人對妳來說一點意義都沒有，妳一點罪惡感也沒有嗎？」

「罪惡感？」聽到這三個字，她全身劍拔弩張，咬牙切齒地說：「少拿這三個字來壓我，我不是妳！」

李書平用力拍桌，氣憤地說：「妳說什麼？我拿罪惡感來壓妳？」

「媽，」鍾志豪似乎嗅出爭執的方向，連忙安撫，並向妻子使眼色，讓她帶開兩個孩子。「愛珍不是那個意思，妳不要生氣。」

鍾愛珍卻不領情，她提高音量：「妳以爲委曲求全，讓大家看到妳爲這個家的犧牲，就能要求所有人都照妳的意思過活？不管妳多麼看不起我，我的成就和努力不會因爲妳的輕視而減少，那些人來家裡幹什麼？來巴結我的，妳看到了嗎？」

「我看不起妳？是妳看不起這個家吧？治喪期間打扮得花枝招展，說來就來說走就走，讓一堆不相干的人來擾亂靈堂，要妳幫妳爸辦畫展，妳也一再拖延，我最氣的不是妳不把這些事情放在眼裡，而是妳連最疼愛妳的父親也不放在眼裡！」

她甩開哥哥制止的手，跳了起來，被壓抑多年的挫折和不被了解，伴隨情緒頓時像爆發的山洪般傾洩而出。

「對！我根本不在乎躺在安養院裡那個不言不語的人！因爲那不是我爸，那不是！」

母親愣愣地看著她，彷彿被她眼裡的狂怒擊垮，頹然垂下肩膀，連指責都無力。「他不是妳爸，那麼他是誰？他是那麼疼愛妳，從來就不准我責備妳，就算被妳激到發作病倒，都捨不得怪妳，老護著妳，相信妳會用妳自己的方式走出妳的路，妳雖然不太看得起自己的父親，但是，」她抽抽鼻子，聲音破碎地說：「他卻非常以妳爲榮。」

她一開始還沒發現臉上溼熱的液體是什麼，哥哥遞了面紙過來，她才發現那是從自己眼裡流出的淚水，發現這點使她更爲抓狂，這麼多年來，一個人在異鄉奮鬥，她成功的祕訣就是讓自己成爲無血無淚的人，鍾愛珍是沒有眼淚的！

她伸出手，憤憤地指向母親，「我不會上當的，這又是妳要讓我背負罪惡感的手段。」

「愛珍！不准妳這麼跟媽說話！」鍾志豪硬著聲音喝斥。

她轉向哥哥，他眼裡的責備和不認同宛如另一把利刃再次刺痛她。

她抹去臉上的淚水，顫抖著聲音說：「你們都一樣，都要我爲爸現在的狀況負責，憑什麼？不是我讓他沒有成就，不是我讓他眼裡除了趙波誰也看不進，不是我要他成爲藝術圈的笑柄！你們知道在學校時，其他老師當著我的面怎麼說他嗎？說他是二流的模仿者，是個瘋子！那是我爸爸，他們憑什麼那麼說他？爸爸不應該是最棒最有道理的？他爲什麼不反駁那些人？證明給我看！」

李書平臉色刷白，「這就是妳不願意把美術班念完的原因？」

她怒視著母親，「對！但是妳在乎嗎？妳根本就不在乎！根本，」她將怒火延燒到一旁的大哥，「沒有人在乎過我！」

飯廳裡安靜了下來，這個她藏在心裡十幾年的屈辱，多年來像是個未爆彈靜靜擱放在心底某個角落，今天終於被觸發，爆發的威力震懾住在場的每個人，沒有人知道應該怎麼去撫慰被她埋藏了這麼深這麼久的傷口。

「妳……爲什麼不說？」李書平淚眼婆娑地看著女兒。

她抽了抽鼻子，「說了有什麼用？他又不會因此而改變。」

「愛珍……即使我們不能了解他，妳是他一手栽培的女兒，妳應該了解他才對，怎麼會去聽信那些人的流言蜚語?」

「因爲，連我都不能否認那是事實，爸本來就是個瘋子，是個中了趙波毒的瘋子!」

她再也忍受不了這個家的空氣，這充滿悔恨和責備的空氣，她必須離開，她必須找個方法讓自己平靜下來，找回多年來精心維持，終於能和自己和平共處的那個鍾愛珍。

山城另外一端的屋子裡，同樣的佳餚滿桌，但氣氛卻不相同，壽喜燒湯汁在陶鍋裡滾動著，溫暖了這個平日冷清安靜的木屋。

「今晚真開心，有大嫂還有我最心愛的平平和小恩，我們兩家人終於又能一起吃飯。」

兩個小鬼頭今晚第一百次抗議:「aunt，叫我Annie!」

年紀比較小的小恩學姊姊，也喊麗生姑姑aunt:「我是Ryan!」

江城舉起酒杯，向趙經生諷刺地笑笑。

林淨雪注意到丈夫回以自嘲的笑容，她皺起眉頭，壓住心裡對江城的不滿，他對經生總有不良的影響，經生不願意到美國和家人團聚，留在這裡守著那個診所和藝廊，恐怕是聽從江城的意見。

她從一開始就不喜歡這個男人，他以爲自己是誰?憑什麼老裝出一副瞧不起人的樣子，好像除了他自己以外，其他人都俗不可耐。趙家的人都說，江城也是日本京都的世家子弟，但是對自己出身自豪的人，應該對家族懷抱責任感，江城窩在這個小山城十年，在她眼裡，就是個靠趙家吃軟飯的傢伙，不要說絲毫不見世家子弟的榮譽感，連身為男人最基本的自尊都沒有！

而她最憎惡的是，軟弱的丈夫偏偏對這個人唯命是從，甚至還開了個畫廊讓江城管理。

她決定試探江城對丈夫的影響力大到什麼地步，「經生，我不是讓你整理木之藝廊去年的財務報告嗎？什麼時候可以給我呀？」

趙經生看了眼江城，「江城前兩天剛回來，恐怕還沒時間整理吧？」

江城斜著嘴角，投回去一瞥，兩個男人間像在打暗號似的，除了他們，沒人看懂視線裡頭交換了些什麼想法。

趙麗生好奇地問：「大嫂要藝廊的財務報告幹麼？」

「是銀行要的，我打算賣掉手上兩間房子，轉投資舊金山市中心的公寓，我看上了一棟樓，要是能整棟買下來，光是租金就比原來的房子多了三倍，市中心升值又快，過幾年再轉手，可以賺好幾倍的利潤，不過，還短缺一些資金，得跟銀行貸款，木之既然登記在經生名下，算是他的公司，銀行那邊要求看看資料，方便審核借貸的門檻。」

「那不就是抵押木之藝廊？」

林淨雪明麗的臉龐總掛著溫婉的淺笑，看似親切和善，但只要細看就能發現那笑容沒有進入她眼裡，「不，只能算是財力證明之類的，給銀行當參考用而已。」她若有所指地看向江城，「沒有江城同意，我哪敢抵押木之藝廊。」

江城的笑容隱藏在酒杯後，不予置評。

趙經生對妻子說：「當初不是說好買下郊區那兩間房子後，就不再碰房地產投資了？」

「你阿，只管賺錢，投資的事情還是讓我來管吧。」林淨雪聲音柔柔的，卻藏著不容反駁的力道，「美國這幾年房價大跌，次級房貸引起的風暴，讓銀行回收了很多房子，貸款利息愈來愈低，但一般人貸款門檻卻愈來愈高，像我們這種有七成現成資本，也能提供穩固擔保的客戶，正是進場的最好時機……」

林淨雪繼續分析美國房市的投資實況，江城不動聲色地站了起來，趙麗生在桌底下拉住他的手，低聲用日語問：「你去哪？」

「沓水，泡茶。」

趙麗生知道江城受不了林淨雪的投資經，她也暗自希望大嫂能適可而止，不要太逼近江城的底限，她特別要求江城同意兩家人在這裡吃晚餐，而不是在山下的餐廳或是經生那個缺乏整理的單身漢家裡，就是希望能有一家人聚在一起的感覺，沒有家族其他人，就是他們，這對被父母遺留下來的兄妹，各自的家庭。現在還在國會會期期間，她要抽空回來紫荊市一趟並不容易，但是她總忍不住要爲哥哥的家庭擔心，她希望讓大嫂和兩個孩子感覺到溫暖，或許，這趟回來會待久一點，經生和妻兒的關係也能多少彌補一些。

但不論是哥哥或是江城，都讓她感到無力。

她可以理解淨雪對丈夫的不滿，因爲那就像是她對江城的不滿，問題不在於他們的付出不夠，而在於他們的無所謂，付出多少，對他們而言都沒有差別，因爲這兩個男人都將自己鎖在妻子碰觸不到的地方。

淨雪從來就不了解經生，過度高傲的脾性也不容許她去尋求了解。但是麗生，卻是不斷地尋求了解，即使打破頭、斷了骨、傷透心，只要江城肯敞開一個小裂縫，她都願意竭盡全力擠進去，貼著他的心。

但是十幾年來，江城卻一點機會都不給她。

看著他走出屋子，沒入黑夜中的身影顯得高大而寂寥，那孤傲就是教她靠近不了的玻璃罩。這晚的晚餐，無疑是失敗的，偶爾因爲孩子們的童言童語而引發的笑語，也很快被這個屋子裡無形卻巨大的淡漠給澆熄。

趙麗生終於看透了一點，不管江城爲她做出多少犧牲，他永遠都不會爲她而改變一絲一毫的看法和態度。

趙經生和家人離去後，她坐在這個理應是她的「家」的地方，卻覺得沉悶到難以忍受，雨水打在樹葉和露臺地板的規律聲音，平靜了外來者給這個地方帶來的浮躁，也洗刷了被化外之人侵犯的氣味，這屋子，又恢復恆常的清冷與空曠。江城坐在窗邊沏茶看書，兩個人的氣氛應該是平靜親暱的，但她的內心卻鼓譟不止。

「江城，我想和你談談。」

他抬眼凝視著她。

「我們離婚吧。」

這麼剮心的一句話，吐到空氣中卻立刻被雨聲沖淡，失去了話裡本來應該有的分量。看著丈夫平靜的臉，她明白即使是這樣，她還是得不到想要的。

「爲什麼？」他柔聲問。

她深吸口氣，極力維持平穩的語調：「有這念頭很久了，一直想找機會跟你提。」

「那是妳想要的？」

她點點頭，「是，要不是因爲選舉，我們早就該離婚了。」

「妳這次不準備競選連任？」

「即使我不願意，也來不及了，我的想法是，我們先把協議書簽一簽，選舉過後再正式辦理手續，我……」她的聲音一窒。

「妳想怎麼樣？」

他無比壓抑輕柔的語氣，讓她更覺心酸，意識到自己的卑微，反抗的意識更形昂揚，因此才有力氣接著說：「我只求你忍到選舉過後，那之後，你就自由了。」眼眶的溼潤還是忍不住泛濫，她努力眨著眼睛將淚水逼退回去，但那卻逃不過江城銳利的視線。

他嘆口氣，放下手中的書本，安靜無聲地來到她身邊，力道堅持地將她擁進懷中。「妳不需要求我，麗生。」

吸入他身上帶著檀香的體味，她像抓住浮木般，伸出手臂緊緊抱住他，臉埋在他寬厚的胸膛裡，像當年那個無助的女孩，無限委屈地說：「反正我怎麼求都沒用，只要你可以愛我，我願意放棄一切留在你身邊，但是我怎麼求都沒用，怎麼求都沒用……」

「麗生，除了妳，我這輩子沒給過任何人承諾。」

「我知道，但是我要的不只是承諾。」她終於像個孩子般哭了起來。

他瘖啞的聲音裡隱含憐惜和心疼：「不要這樣折磨妳自己，折磨我。」

「我怎麼有那個能力折磨你？你根本不在乎。」

他搖頭，「妳錯了，車禍那天，以爲妳會在我手裡死去，那個恐懼一直到現在還在我心裡，我無時無刻不害怕失去妳。」

眼淚喚回那個可怕的記憶，親眼看到父母在眼前斷氣，江城不斷大叫，她卻不明白他喊什麼，感覺到他正用力地拉扯著自己，四處是黑煙和濃霧，她緊緊抓住父母的手，不願意放手離開。

「我不要！」

「麗生，妳必須放手，他們走了。」

她終於聽懂江城喊些什麼了，某人在遠方尖叫，衝擊著疼痛的意識，溼溼黏黏的液體從頭頂不斷流下，流進嘴裡一陣腥味襲上鼻腔。

尖叫的人原來是她自己。

是江城狠心扳開她和父母相連的手，從翻覆的車裡，硬把她從車窗裡拉了出來，她那時應該死去，不是因爲頭顱的挫傷、四肢的骨折和內臟破裂等等的嚴重傷害，而是爲了心痛，那讓她痛不欲生的心痛。

肇事的貨車司機和路人喚來救護車和警察，這些過程僅留下片段的記憶，關於事故，她只記得震耳不絕的尖叫聲，和父母猙獰布滿鮮血的臉。

後來，事故化成無止無盡的噩夢，折磨得她寧可放棄生命只求擺脫這噩夢，等到清醒，能動了以後，她只要一找到機會就拿刀刺自己，她不能放下父母自己獨活，他們是因爲她才來日本，因而踏上這條死亡之路。

哥哥飛到東京，強忍悲痛，寸步不離守著她，但看著另一個和她一樣失去父母的人，想到這一切都是她所造成的，她更加難以接受事實。

車禍以後江城在另一間病房接受治療，他受的傷雖然沒有她重，但也無法行動自如地來探望。事故一個月後，他拄著拐杖來到她的病房，看到槁木死灰，一心求死的她，他不發一語，靜靜地坐在她身邊一整天，握著她的手，他成爲唯一一個有能力穩定住她情緒的人，而來到她房裡，握緊她的手，也成爲他之後每天固定的功課，她從抗拒到慢慢習慣並期待他的出現，他手掌的溫度，他眼裡的了解和溫柔，慢慢地將她從麻木狀態裡拉了出來，這個男人，陪她渡過生死關頭，親眼看見她的噩夢，並用堅定的態度許下承諾：她無力對抗的噩夢，就由他代爲面對吧。

共同面對死亡將他們緊緊連繫在一起。

三個月以後，終於可以出院，她堅持回山城，不願意在日本這個傷心地多留一天，江城陪著她回到山城，像在醫院時一樣寸步不移地守著她，供她歇息，而這樣的態度也感動了本來對他多所防備的家人，一年後，大伯在家族餐會上公開質問江城是否有娶麗生的打算。

他轉向麗生，無比淡定地問：「那是妳想要的嗎？」

她不記得自己當時怎麼回答了，就算記起來也沒有差別，她眼裡一直就只有江城，甚至是現在，她還是只愛著這個男人，只要能留住他，她願意付出一切。

那時的她以爲，只要這個男人願意留在身邊，就是幸福。

我無時無刻不害怕失去妳。

江城的告白動搖了趙麗生放手的決心。

「既然如此，你爲什麼不能愛我？」她問出最傷人的問題。

他靜默著，但她堅持要他的答案。

「我不知道……」他遲疑地回答：「要怎麼用妳希望的方式愛妳。」

「我希望的方式？」她反問：「我只是希望我們能像平凡的夫妻，有點口角，有點情緒，我們之間能夠……」她停了一下，「有點激情，而不是你一向對我的方式，贖罪的方式。」

開始說了之後，她發現自己停止不了：「我不需要你爲我做這麼多，不要你爲了我勉強自己，不要你用愧疚的態度面對我，車禍不是你的錯，你受的傷並不比我輕，江城，我多麼希望能夠忘了那場車禍，當成沒發生過，和你過著平凡夫妻的生活，但是我心裡很清楚，要不是因爲車禍，你不會跟我回來山城，也不會答應和我結婚，讓我忘不了車禍的人，是你。」她的聲音在最後兩個字破碎。

剎那間，她以為自己看到江城終於動搖的臉，然而他很快低下頭，將臉埋在她的頸間，輕聲哄她：「我明白了，讓我們再試試，好嗎？」

聽到那句請求，她心裡迸出一股莫名的怒意，像宣洩般，她抬起手臂攀附著他的肩頸，用從來不敢表現出來的激情需索，霸道地要求著他全部的注意力和情感。

鍾愛珍在滂沱大雨中穿越紫荊市，等到回過神時才發現自己走在往江城家的山路上。不清楚自己走了多久，心裡只有一個念頭，她想見江城，嘲諷也好，拒絕也罷，只有江城可以處理她此刻極端混亂、厭惡自我的情緒。

她最恨江城的無動於衷，但是此刻，她需要學習無動於衷，幫忙將傾斜的天平扶正。在溼滑的山路上跌了好幾跤後，她停下來，脫下鞋子，直接丟棄在路邊，赤腳往前方那座亮著溫暖黃燈的木屋前進。

屋前停著一輛轎車，她不記得江城有車，關於他平常是怎麼移動的，這問題一點都不曾在她關心的範圍之內，她視而不見地越過車子，踏上迴廊的樓梯，經過刻著回憶痕跡的吊椅，靠近敞開的大門。

才摸到門框她就愣住了。

瞪視著眼前被激情淹沒的一對男女，滾落在客廳的地板上，肢體緊緊交纏著。

男人注意到她的存在，半抬起裸露的身軀，臉色潮紅。

江城。

她的後腦被狠狠敲了一記：那是江城，是她放下驕傲和自尊，哀求過兩次，渴望見到的，爲激情而燃燒的江城，她總算見到了，只是他懷裡的女人並不是她。她倉皇失措地離開門邊，踏失了一個台階，從迴廊的樓梯滑落，重重地跌趴在院子泥濘的地面。

江城推開懷裡的麗生，反射動作跳了起來，「愛珍！」

他衝出屋子，腳步急促地下樓梯，拉起她一條臂膀，「妳沒事吧？」

她甩開他的手，手腳並用地爬了起來，跛著步伐往山路前去。

他跟著衝進雨中，再度拉住她，這次力道加強，更爲堅持，「妳受傷了。進屋裡讓我看看。」

這次她甩不開他，於是轉過身子，隔著不斷落下的大雨看他，臉上的表情混合了憤怒和挫敗，她顫巍巍地說：「你搞錯對象了吧？屋裡還有人等著你呢，那才是你應該關心的對象，不是嗎？」

他的視線往下看著她紅腫流血的膝蓋，「跟我進屋裡去。」

她搖頭，「不，你休想讓我進去……」

那個有著另一個女人的屋子，後半句話噎在喉中發不出來。

領悟在那一剎那間，如同雷擊敲進她腦子裡，她嫉妒那個女人，那個能讓江城燃燒，理所當然擁有他的擁抱的女人，不，她搖頭跟自己否認，不可能，鍾愛珍不會嫉妒。

她沒有理由嫉妒那個女人。

一把雨傘遮住當頭灌下的大雨，爲他們提供屏蔽，江城終於放開她的手，回頭看向另一個女人。

愛珍恍然大悟，是那個穿著香奈兒套裝的女人，那個有著端莊秀麗外表和動人笑容的女人，她就是趙波的孫女，趙經生的妹妹，也是，擁有江城的女人。

趙麗生在她面前放下冒著白煙的熱茶，語氣和善地建議：「喝口熱茶讓身體暖一點。」鍾愛珍渾身溼透，長髮垂在臉頰兩旁，像隻受到驚嚇的動物，動也不動地盯著蹲坐在地上幫她處理傷口的江城。

他也溼透了，頭髮貼著臉答答地滴水，身上只有進屋時隨手套上的襯衫是乾的，他緊皺著眉頭，用紗布和棉棒清洗她充滿泥漿和砂石的膝蓋。

趙麗生認出鍾愛珍臉上的表情，是自己已經很熟悉的心痛。

江城推開她衝出去追這個女人時，她也跟了出去，站在露臺上看到鍾愛珍三番兩次試圖甩掉江城的手，也看到她臉上無法錯認的嫉妒表情。

這個女人愛上江城了。

她意外地發現自己除了同情，沒有其他的感覺，同情一個愛上自己丈夫的女人，這是個一般人可能無法接受，但在她，在這個當下，卻是不容否認的感覺。

假如江城對這個女人表現出一絲的愛戀和不尋常，她或許會嫉妒，但假如江城對一個愛他愛得這麼明顯的女人無動於衷，她會爲這女人感到不值，然而不管是哪種，此刻低垂著頭處理傷口的江城，教人看不出任何想法。

「妳是鍾老師的女兒？」她問道。

鍾愛珍聞言轉過來的眼神裡，一片茫然。

「這麼晚來找江城，有事嗎？」

她張開嘴，試了幾次才發出聲音，低啞磁性的聲音：「妳是趙……」

「趙麗生，妳或許認識我哥哥趙經生？」

她點點頭，不再試圖多說什麼。

江城抬起頭，輕聲說：「我要上雙氧水，恐怕會有點痛。」

「我不應該來打擾你們。」鍾愛珍目光盯著地板上的一點，喃喃念著。

「讓妳看到我們……」趙麗生不知道這情況下該說什麼好，最後只能說：「真是不好意思。」

江城在此時點上雙氧水，鍾愛珍臉上露出痛苦的表情。

「痛嗎？」他問。

「很……痛。」她咬牙說。

兩個人的視線緊緊交纏。

而趙麗生在那一刻，確定眼前一身狼狽的鍾愛珍，就是江城畫裡那個模特兒，也同時明白這女人除了接納他的透視，還辦到了她所辦不到的，鍾愛珍能引導出江城內心最幽微，連他自己都不知道確實存在的，渴望。

第九章　躑躅春衣輕解

郭茜茜推開木之藝廊的大門，一個清秀，看起來就是個小助理的女孩迎上來。

「歡迎光臨。」

她摘下帶有鑲鑽香奈兒標誌的墨鏡，傲慢地環顧室內一圈，問道：「江城先生在嗎？」

女孩彷彿看慣了類似的客人，溫和的笑容保持不墜，「江城先生還沒來呢。」

郭茜茜走進寬敞挑高的展間，對趙波有名的紫荊公園油畫視而不見，又問：「妳們這裡沒有江城木之的作品？」

「江城是經理的名字，木之是藝廊的名字，不是同一個人。」

郭茜茜銳利的眼神掃向她，女孩收斂起笑容。「江城木之是日本有名的雕塑家，沙奇美術館花了一百二十萬美金買下他的三尊銅雕，妳在藝廊工作，這點知識應該具備吧？順便告訴妳，江城經理，就是江城木之，他是Eshiro Kikujiro的兒子。」

女孩吶吶地問：「Kiku……那是誰啊？」

郭茜茜翻了翻白眼，「我是紫藤的總監，不是來幫一個沒經驗的工讀生上亞洲美術史的。」

「紫藤的總監？小靜，妳也太失禮了吧？江城平常是這麼教妳的嗎？」樓梯上步下一位風姿綽約，一身矜貴的女人。

小靜紅著眼睛，委屈地立在一旁。

「失敬失敬，我是趙經生醫生的太太，林淨雪，叫我Cindy就行了。」

「原來是老闆娘呀，我才失敬呢。」郭茜茜瞬間換了臉色。

林淨雪接過郭茜茜遞過來的名片，挑眉說：「我父親曾經跟紫藤買過一些古董，沒想到今天能有榮幸見到紫藤總監本人。」

聽到是客戶的女兒，郭茜茜表情更是亮了起來，在腦子裡搜索紫荊市名門世家的名單，趙經生娶的這個女人是誰呢？木之藝廊在國內藝術圈之外自成一格，趙家不當官的成員行事低調，郭茜茜熟悉的是首都的政商名流，對這偏遠地方的社交關係不甚清楚。

「我父親是林唐山，或許郭總監聽說過。」

郭茜茜掩飾不住狼狽的表情，林……唐山？前行政院長，現任總統府資政，難怪這女人的氣質不同凡響。

「當然當然，是我有眼不識泰山，真是太失禮了。」

林淨雪笑笑說：「別這麼說，郭總監來木之藝廊有事嗎？我剛才好像聽到妳說江城是誰的兒子？」

「喔……我說的是江城菊次郎，日本第一，不，可以說是世界第一的絹畫家，江城是他的獨生子這件事，好像妳們都不知道，真是讓我太訝異了。」

「江城是我先生的妹夫，我長年住在國外，雖然知道他是日本人，但對他的背景並不了解。」

「木之藝廊不是趙醫生出資開的？這麼大一個藝廊，肯定投資了不少錢，交給誰管理趙太太不是應該費點心嗎?」

林淨雪自持的臉攏上一絲不悅,「我不明白郭總監的意思。」

「木之,就是江城的原名漢字寫法,他本身是個聞名的雕刻大師,藝術成就受許多收藏家推崇,不過藝廊經營這一塊,我就不是很了解他的能力了,紫藤幾次提議和木之藝廊合作,都被江城經理拒絕了,真是可惜呀,我們那幾次的拍賣,可都拍出好幾億元的成績呀。」

林淨雪斜眼看了眼小靜,問她知不知道這件事,小靜吞吞吐吐回答:「紫藤……提議拍賣裸女系列,江城先生當然拒絕了。」

「爲什麼拒絕?」

「因爲裸女系列是非賣品。」門口傳來沉穩的聲音,打斷了小靜的回答。

江城趿著拖鞋,不疾不徐地走進來。

郭茜茜連忙伸出手,江城卻沒有握手的意思,尷尬的氣氛在寬闊的展間流轉。

無視於另外兩個女人表情的僵硬,江城柔聲對小靜指示:「妳去忙妳的,這裡我來就好。」

小靜鬆了口氣,吐了吐舌頭,退到櫃檯後方。

郭茜茜自討沒趣地收手,僵著笑容說:「我來紫荊市好幾天了,早就想來拜訪江城先生了,在沙奇美術館展出的那三尊瑜珈,真是讓人大開眼界,念念不忘,本來還期待在木之藝廊能看到更多的瑜珈雕像。」

江城偏頭看著她,臉上不見任何喜惡情緒,「這裡沒有那種東西。」

「那種東西……用這種口氣形容自己作品的藝術家，你還真是第一個。」

他不理她，轉向林淨雪，「拿到妳要的資料了？」

林淨雪點頭，對他剛才敷衍打發自己，臉上猶留有不滿，照她方才快速瀏覽的財務資料看來，去年度木之藝廊只賣出幾幅趙波的版畫，和一些沒什麼價值的地方藝術家作品，這間藝廊根本就被當成慈善機構在經營，辦了幾個展覽，支出總是收入的好幾倍，甚至還幫幾個沒名氣的地方藝術家出畫冊！

「是誰決定趙波的畫是非賣品的？」

他覷著她，眼裡有令人惱怒的笑意，「這個問題，我建議妳去找趙波詢問。」

「江城，我不是在開玩笑。」她雖然不知道趙波的畫值多少錢，但是她懂財務報表，這三年來經營木之所耗費的損失，恐怕得賣好幾幅趙波才補得上。

她最氣的是，這幾年來她一個人在美國辛辛苦苦帶著兩個孩子，對外雖然光鮮亮麗，私底下卻得省吃儉用，而趙經生竟和紫荊市其他醫生出資辦了一個讀書室，提供學生配備冷氣和電腦的閱讀空間，不只如此，每個週末到山裡義診所提供的藥物和醫療，這些花費都是他自掏腰包。

跟丈夫講錢他立刻翻臉，昨晚從江城家出來後，他竟然爲了投資舊金山市區公寓的事跟她擺臉色，用她資金不足就不要投資的理由一口回絕，以前他說沒錢，她也就認了，畢竟他一個小城醫生的收入也有限，但這趟回來，她才明白不夠的錢都被他用到哪裡去了！

江城彷彿看穿了她腦子裡的算計，睇著眼回答：「我也不是開玩笑。」

林淨雪瞪著他，這人既然是名絹畫大師的兒子，也算出身富裕，憑什麼賴著趙家，賴著趙經生，只顧著揮霍趙家的錢，一點責任都不必負？她愈想愈憤憤不平。

她才不管江城對麗生有多情深義重，他對趙波的市場有多大貢獻，這次回來，他準備將趙家傾斜的天平導正，首先就得把江城這個毒瘤，從善良敦厚的經生心裡給拔除。

郭茜茜嗅到空氣裡的火藥味，暗自分析情勢，原來江城和趙家人並沒有外傳那麼融洽，趙家人也不是真的完全信賴江城，這麼一來，趙波的市場很可能會出現變化，據說趙家還藏有趙波百分之七十的畫作，假如趙家願意釋出，即使只是釋出一半投入市場，肯定會比前陣子的張大千書法展更轟動，趙波的紫荊公園油畫，可是件件都有億元台幣拍品的潛力呀。

林唐山的女兒既然是趙經生的妻子，她在趙家的影響力應該很大，或許可以透過她說服其他人，只可惜她對藝術似乎一竅不通，但這點不難彌補，郭茜茜對林淨雪不禁生出相見恨晚的感情。

她陪笑道：「市場上傳言，趙波遺囑裡交代裸女系列不得出售，真是如此嗎？」江城空白的表情顯示他根本不準備回答她的問題。

郭茜茜改變策略，「之前由江城經理和趙委員代表捐畫給現代美術館，那三幅紫荊公園實在教人嘆爲觀止，我相信同樣品質的畫，木之藝廊還收藏了不少，這些畫可都是市場價值超過一億的寶貝，要是由紫藤來拍賣，恐怕價值會翻轉好幾倍呢。」

「一億！」林淨雪似乎被那個數字嚇到，「捐了三幅？」

郭茜茜偏頭對她說：「不只三幅，另外還有十幾幅小一點的素描膠彩作品，這可是轟動藝術圈的大新聞呢。」

江城納悶，藝廊裡的水牆，汩汩流淌的水聲，本來應該有清心靜性的作用，但有時，卻可以是繁雜的噪音，當它與來人所攜帶而來的空氣得不到共鳴之時。

他微微露出容忍的表情，沉聲回應林淨雪：「市場的事情妳有興趣，跟郭小姐學是找對了人。既然財務資料妳也拿到了，我想妳應該不需要我了吧？」

林淨雪今天早上派人上山傳話，希望能在藝廊和他討論事情，這也是江城破例上午時間就下山的原因。

但此刻他心裡懸著另一件事，急著處理，漸漸地對這場沒有意義的對話失去了耐性。

他留下她們，逕自走上二樓辦公室，拉開窗簾看向遠方悠遠的山巒，捻起一撮香灰點燃，盤腿坐在西藏旗墊上，調整氣息，等候思緒沉澱下來。

早上醒來時，麗生已經不在了，她昨晚表現異常平靜，愛珍傷口處理好以後，幫她叫了計程車，那之後麗生未如預期探問他和愛珍的關係，一頭鑽進書房，埋首處理公事，兩人稍早開始的話題也不再繼續。

麗生的委屈，他不是沒感覺到，也並非不能明白，這個女孩，從一開始到京都來找他，他對她就只有一種心情：牽掛。

牽掛之於他，是不需要也不能要的心情。與其說被動，不如說不知如何拒絕，最初就有的牽掛，在車禍發生後更是加深加重，就這麼理不出線頭地糾結在一塊。

他不清楚「渴望」是怎麼一回事，無欲無求是他年少就開始的修行課程，歷經那場車禍，麗生的父母因他的疏忽而喪命，她也幾乎失去性命，目睹死亡，以及死亡給生存者留下的莫大傷痛，這個過程，從內在以一種看不見，也無法言喻的方式改變了他，車禍之前他或許還有點輕佻、淺薄，和死亡面對面後，強大的悲劇洗滌脫去了不成熟和猶豫，他因此成為現在的這個人。

沒有那場悲劇，沒有麗生，他就不會是現在的他，若不是這個自己，他不知道自己又該是怎樣的人。

離開日本前，他回京都和家人道別，特地去見本田師傅，師傅對他的疑惑搖頭。

「木之，修行不只有一種方式。」

他幫江城把雕刻工具包起來，慎重其事地交到他手裡。

上路去吧。

師傅引用古時僧人出發尋找西之木，西方淨土之木時留下的詩句，送他離開。

十幾年來，他對時間的流逝毫無知覺，也在無知無覺中，對麗生的守護漸漸變成負擔，麗生對他的感情也化為埋怨，而他，以一個不變動的姿態，繼續地活在這個對他而言逐漸失去意義的世界裡，麗生曾經說過他成為了一段枯木，一段無形無心，供人棲息，只存功能的枯木。

麗生不明白，他之所以成為枯木，是因為心頭的牽掛太深，一段枯木，怎麼替兩人決定去向？

他曾經認定自己的人生不會有感情上的追求，會有的，只是緊緊抓住心繫的線頭，不管那是不是糾結不清，或朝向未知的方向拉扯著。

但是近來他卻止不住內心的騷動，有時靜靜望著蘭潭湖水，他會興起懷疑，看似平靜的湖面底下，是否其實並不平靜?湖水既被封存在山林之間，是否，也有流覽遊歷之心？

你以為我在跟你要什麼？

從北京回來以後，那個受傷的表情時常縈繞在他心頭，他習慣應付麗生的要求，卻不知道怎麼應付愛珍的無所求。

有生以來第一次，江城希望可以給一個女人更多，給她，他並不確定自己擁有的東西。

當師傅要他從定和靜裡修習，潛心凝視，菩薩的形象便會自然地從原木頭裡浮現，然而他沒有告訴江城，那個形象是否會在歲月裡，隨著不同的凝視角度而轉變。

師傅也沒說，雕刻匠，雖是賦予形體的人，但是，也可能在物我相照之間，主客易位，成爲被賦予形體的對象。

師傅沒說，他也沒探問過，或許，只是因爲他以前沒遇到過，沒有被觸動過。

本來以爲愛珍和麗生一樣，是手裡的一塊木頭，等候著他的領悟，現出該有的形象，然而看著愛珍瞬息萬變的表情，隨著她直率認真的情緒起伏，他，在不知不覺間成了等候被賦予形體的客體。

他必須和鍾愛珍見面，他必須讓她知道，她是誰，也只有讓她穩定下來，他才會知道自己該何去何從……

林護士打開鍾振興的房門，躡手躡腳地靠近床邊，將一襲毛毯蓋在趴睡在病床邊的鍾小姐背上，但不管多麼小心翼翼，那個動作還是驚醒了淺眠的人。

鍾愛珍抬起頭，揉著眼睛問她：「幾點了？」

「七點，我剛到班，交班的護士說鍾小姐昨晚在這裡過夜，我送條毯子過來，妳要不要到空房休息一下？我可以安排的。」

鍾小姐看起來有點狼狽，頭髮毛燥，身上的黑色洋裝黃泥斑點遍布，素淨著臉，脂粉不施，乾乾淨淨的，少了平常的銳氣，多了點脆弱，想不到看起來竟帶點孩子氣。

她回答前打了個噴嚏。

林護士皺起眉頭，「昨晚淋雨了嗎？一定是感冒了，我去護理站幫妳拿感冒藥過來。」

「等等。」她叫住林護士，「我待一會就走，妳別忙。」

意識到自己語氣過於強烈，她補上充滿歉意的笑容，「老是麻煩妳，真不好意思，我媽已經教訓過我了。」

「鍾小姐好一陣子沒來了。」

「我去了趟北京，去工作，昨天才回來。」

「喔，那妳會想來看看父親是應該的呀，妳之前天天來，我覺得鍾伯伯很開心呢，妳不在這段時間，他看起來怪沒元氣的。」

「是嗎？」她轉過頭看向床上睜著眼睛，動也不動的父親，「爲什麼我看不出差別？」

「怎麼會看不出來？妳看他現在眼睛睜得那麼大，妳叫他會有反應喔。」她催促著：「不信妳試試。」

鍾愛珍輕聲喊：「爸，我是珍珍，記得我嗎？」

林護士拍手喊了出來：「妳看妳看，他眼睛不是眨了眨嗎？」

「我以爲眨眼是反射動作。」

「但是妳不在的時候，他不是垂著眼皮不理人，就是拚命睡覺，怎麼叫都叫不醒。」

鍾小姐看起來很高興的樣子，林護士私下總覺得每個人，不管幾歲，不管成就如何，在父母面前都會變回需要肯定讚美的孩子，雖然自己剛剛說的只有一半是事實，但能代替鍾伯伯讓他女兒開心，林護士相信鍾伯伯不會介意的。

「謝謝妳。」鍾愛珍真心地說：「妳是個難得的好護士。」

「鍾小姐願意的話，可以叫我嘉琪，我們這裡每個護士都差不多呀，我也沒有比較好。」

「嘉琪……對了，妳後來去參觀木之藝廊了嗎？」

林嘉琪的臉一瞬間被點亮，「參觀了，我不太敢去那麼高級的地方，拉了我男朋友跟我一起去，木之藝廊裡那面長了青苔的水牆真壯觀，裡頭小姐好有氣質喔，人也很和善，親切地帶我們參觀講解，喔對了，我還看了這幅畫的原版。」她比了比牆上的畫，「可惜我看不出素描的原版和版畫，有什麼差別……」

鍾愛珍笑出來，「以欣賞角度來說，妳說的並沒錯，還看到什麼喜歡的畫嗎？」

林嘉琪像是早準備好感言，毫不猶豫地答道：「紫荊公園的動物園，我好喜歡趙波畫的那些猴子，每個都有不一樣的動作和表情，超逗趣的。」

「真的？我下回去再好好看看，我都沒注意到那幅畫呢。」

聽藝廊的小姐說鍾小姐是個很厲害的畫商，但面著如此隨意和對藝術一竅不通的自己討論的她，林嘉琪卻不感到她有任何大畫商的架子，真不明白之前關於鍾小姐很傲慢的那些批評從何而來，學校的美術課老師，都不曾讓她興起上藝廊或美術館看畫的念頭，但是跟鍾小姐聊上兩句，卻立刻讓人產生想親近藝術的渴望。進去藝廊後，她才真正體會，藝術品裡頭有個很寬廣的天地，可以在瞬間去除煩悶，讓她擱置憂愁，也體會了即使是她這種平凡人，也是可以親近藝術的，或許因為平凡的侷限，才更需要開啓藝術這扇通往另一個世界的窗戶。

早班的看護敲門走了進來，端來鍾伯伯的早餐。

林嘉琪再度對鍾愛珍提議：「我幫妳安排到空房去睡一下吧？妳看起來很累呢。」

她不好意思地坦承：「老實說，我是真的很累，但有其他理由不想回家。」

「那妳跟我來吧，趁妳休息時，衣服脫下來我拿去洗洗，烘衣機烘一會就乾了，回去時，妳也可以穿得舒服點。」

這個早晨裡，看起來憔悴、疲憊的鍾愛珍，順從地聽任這個叫嘉琪的護士安排。

「Motoko……到日本去吧，我都幫你們安排好了。」

「你不走，我就不走。」

「等他回來，我就只能看著妳，卻不能碰觸妳，那對我來說，會是多麼大的折磨。」

「至少還能見面，至少，可以看到你過得安好。」

「不過……」

「你擔心的事，我會想辦法，我不會讓他受到委屈的。」

「那麼妳呢？我受不了讓妳受委屈。」

「我不委屈，我有你的愛，和我們的孩子。」

如風般的觸摸落在她臉頰，風沿著手掌、手背、手臂、肩膀、鎖骨、臉頰來去，輕點即離，像搔癢又像逗玩的碰觸，還在半夢半醒狀態的她嘴角滿足地彎起。

她不想醒來，繼續像這樣睡下去多好，就讓她待在夢境裡吧，成年以後，她就沒有過如此輕盈的感覺，身體彷彿在夢中男子輕柔的聲音裡，失去了重量……

「愛珍……」

隨著那聲呢喃，她緩緩張開眼睛，光線射入那一刻，兩個領悟同時閃入腦裡‧Motoko懷了趙波的私生子。

以及，江城在這裡。

「妳醒了?」江城平靜地看著她。

她搖頭試圖抗拒淸醒，慢慢恢復的知覺讓她記起自己在安養院的空房裡，也記起床單下的身體一絲不掛，那個護士，嘉琪，把她的衣服拿去洗滌烘乾了。

她防衛心重地將床單拉至下巴，硬聲質問：「你在這裡做什麼?」

「找妳。」

「找我?你有什麼理由找我?要我爲昨晚打擾你們夫妻的好事道歉?」

「理由很多，但那不是其中一個。」

「例如說?」

「例如說，妳還喜歡光樂的畫嗎?」他閒聊的口氣在她耳裡聽起來無比諷刺。

「我認爲你送那幅畫居心不良。」

他不以爲意地笑了笑。

「另外一個理由，是想知道妳昨晚來找我的原因。」

她咬住下脣，眼睛避開他的凝視。

「是不是因爲受了傷，所以才來找我?」他低柔的聲音像在傾訴呢喃愛語。

「那不是很明顯嗎?你不是親眼看見我從你家那個該死的樓梯跌下去?」

他伸出手，若有所思地輕撫她的臉龐，透過粗繭的手掌，粗糙的觸感反而喚起她不願被窺知的感覺，抹去她臉上的防備和剛強。

「誰傷了妳？」

她眨了眨眼，克制流淚的衝動，要是昨晚他用同樣的態度對她，在她撞見他們激情的畫面之前，她會不惜跪在他的腳邊，撿拾他願意給予的情感殘骸，甚至可能，再次對他承認自己卑微的需要和存在，但是，現在卻太遲了，用那樣的方式被提醒，他屬於另一個女人，知道自己對這個男人一點意義都沒有，她又再度被殘忍地拋回她所習慣的孤單、空洞的世界裡，只能靠自己單打獨鬥，自己保護自己。

「沒有人。」她頑強地回答：「沒有人傷得了我。」

他嘆口氣，掀起下半部的床單，找到她受傷的膝蓋，手指頭在傷口四周輕輕推揉。

「只除了妳自己。」他垂著眼說：「妳沒有能力保護自己，不受自己傷害。」

江城堅持而溫柔的觸摸在她的腹部深處引發一陣陣的水波蕩漾，他的言語讓她的心臟猛然抽緊，她不敢開口，害怕只要一開口，嘴裡就會溢出象徵軟弱和投降的啜泣。

「妳的堅強……」他呢喃著：「讓我害怕，既不敢靠近，又放不開。」

江城的聲音彷彿和夢境裡那個溫柔的聲音合而為一，她突然明白，那不是夢，而是趙波和Motoko之間實際發生的對話，想愛而不能愛，拚命壓抑卻無力阻擋它發生的不倫之愛。

「Motoko……」她像被催眠般，吐出清醒前最後的領悟：「懷了趙波的孩子。」

他平靜地點頭，「妳也看出來了？」

他的聲音彷彿從遙遠的地方傳來：「盯著〈甦醒〉那幅畫看，久了就會發現，那是個孕婦從酣睡裡醒來的捕捉。」

「你爲什麼不說?」

他望入她的眼底，這次不允許她再閃躲，「那是Motoko留給妳去發現的祕密。」

「爲什麼是我?」

「妳會明白的，所有妳想知道的事情，慢慢都會清楚。」

他站了起來，她以爲他就要離去，又要把她一個人留下，而她發現自己再也受不了這點，因此情不自禁地拉住他的手掌前端，他的背影僵硬靜止了半晌，而後緩緩地轉過身來。

視線交會的剎那，空氣突然漲滿飽和的情感，威脅著要溢出禁忌的界線，她知道這個時刻，趙波和Motoko也曾經面臨過，她的猶豫和思索，一如六十年前的Motoko，在這個臨界點上，只要簡單一句話，一個字，她就能擁有這個男人，這個她莫名地渴望，屢屢被甩開，卻又一次次無畏地投身，這個讓她忘了自己，卑微盼求的男人。

然而，她卻選擇鬆開手，江城交由她決定的手在她眼前垂下。

他必須自己朝她走來，在那之前，她願意等，她必須等。

江城看著躺在床上，一臉祈求的鍾愛珍，內心感受到前所未有的動搖。

自從這個女人以無與倫比的姿態介入山城平靜的生活那一天起，看著她用盡各種方式武裝自己，虛張聲勢地矇蔽了所有人對她的觀點，然而他從一開始就等著，等她真正的形，終有一天會穿透表面浮現出來。

眼前的她，就是他等待許久的答案，然而他卻沒有預料到，這個愛珍，會讓他感到心痛，震撼了他所有的認知，即使是當初看著頓失雙親，一心求死的麗生，都沒感受到的撼動。

答案，在直觀裡。

她的話雷霆萬鈞般地敲打著枯木裡僅存的生意，僅存的追求之心。

他終於明白遇見愛珍，於他的生命所代表的意義，而這也是這麼長久的歲月裡，看著趙波的裸女，他一直想悟出的東西。

背棄父親的期望，辭別師傅，獨自上路，最後落腳在山城這個地方，遺棄本名，以爲這裡就是棲息的終點。

然而卻遇上一隻惱人的山蝶，不允許他怠惰棲息，頻頻催促他收拾行李，重新上路，儘管他的足跡歪歪斜斜，儘管山蝶不斷引他離開大道，走進愈來愈幽隱的小徑，背對著陽光，往樹林更深更暗處走去。

走在看不見盡頭，分不清方向的路徑上，最終都會將他帶往應該前去的地方，棲息，反而使盡頭遙遙無期。

他清了清喉嚨，希望用他的方式撫慰她的傷痛：「光樂的畫，我希望妳能收下，光樂的石頭，雖然沒有生命，但是卻有感動人心的力量。」

她垂著眼，放棄地說：「我明白了，你就是那些石頭，對吧？」她露出一個自我解嘲的假笑，「你是希望我記住，我永遠得不到你，是嗎？」

「我送妳畫的目的，是想告訴妳，石頭，也能被感動。」

她不解地抬起頭，在他眼底尋求解釋。

「我渴望見妳。」

「爲了工作嗎？」

他退後一步，拉開兩人間的距離，爲了好好看她，也讓她看見全部的自己。「不是。渴望抱妳，但是不能抱妳的理由，和麗生並沒有關係。」

「那又是爲什麼？」

「那就像是，屏住呼吸注視著一隻蝴蝶，不敢妄自抓在手心，害怕折損牠的翅膀，害怕破壞了那份美好。」

「江城，你……」

她看了他許久，最後緩緩坐直身軀，床單滑落腰間，露出床單下線條優美的赤裸，清晨的陽光灑在她曼妙窈窕的胴體上，細微的汗毛染上金粉，她此刻的形象，彷佛一尊剛刻成上色的觀音，莊嚴而遙不可及。

「你不能說一套，做一套。」

房間裡寂靜無聲，裡頭的兩個人同時屏住了呼吸。

他的眼睛不再如湖水般平靜，而是如海水般波濤洶湧，掀起無法壓抑的渴求和慾望。

她看著江城的手緩慢地朝她伸來。

房門卻在此時突然打開，林嘉琪手裡捧著乾淨的衣服渾然未覺地走了進來。

「衣服乾……」護士的聲音煞住，意識到自己破壞了氣氛。

凝滯的空氣恢復流通，鍾愛珍即刻拉起床單蓋住自身的裸露，但身體卻因承受不住巨大的失落而蜷縮成一團。

林嘉琪尷尬的視線在這兩個不言不語的人之間來去。

江城垂下手，待穩住氣息以後才淡淡地說：「穿上衣服，我送妳回家。」

垂楊路上一間裝潢氣派的中餐館裡，正坐著紫荊市市長趙君儀，趙家大家長趙振寰，以及幾個親近的趙家晚輩，十幾個人圍坐在一桌豐盛的菜餚前。

「麗生走了？既然回來，怎麼不一起吃個飯再走？」趙君儀不解地問侄子經生。趙經生坐在妻子林淨雪身旁，不知生著什麼悶氣，整場宴席沉著臉不大理人，為了回答姑姑的問題，他開口說出今天難得的發言：「這兩天是會期最後的表決階段，今天一早得趕回去跟助理們開會。」

趙振寰不悅地批評：「既然如此，離開台北回來做什麼？簡直就是胡鬧，什麼時候不能請大嫂和姪子吃飯，非要挑這個時候？你們又不是立刻就得回美國。」

林淨雪在趙家長輩面前向來扮演溫順無聲的角色，但今天她卻另有打算，她直視著趙家大家長趙振寰的眼睛，毫無畏懼地說：「我這次回來正好打算待久一點，說服經生跟我回去美國，假如他不同意，我和孩子們就不走了。」

在場的堂叔出言支持：「也是，一家人分隔兩地，像什麼話？」

趙經生漲紅臉，低聲問妻子：「淨雪，這種事我們兩個私底下商量就好，何必在長輩面前說出來？」

她轉過來看著丈夫，委屈地說：「跟你商量永遠沒有結果，你就是希望我離得遠遠的，不妨礙你和江城的好事？」

趙君儀出面緩頰，笑咪咪地反問：「經生和江城在進行什麼好事呀？」

「那個藝廊，江城根本無心管理，都開了三年，一幅正經畫也沒賣出去，虧了一堆錢，紫藤公司提議好幾次要幫趙波辦專場拍賣會，江城卻不理會，」她氣極當眾指控起丈夫：「經生也不管，就這麼順著江城胡搞。」

林淨雪本來以爲演這場戲，至少能激趙振寰這個最有分量的大家長爲她說句話，沒想到他卻沉著臉，默不吭聲。

趙君儀臉上的笑容僵住，勉強維持語氣的平和：「我看江城把木之管理得很好呀，淨雪妳可能不明白，開那個藝廊本來就不是爲了賺錢，而是爲了替將來的趙波基金會鋪路。」

「那也不能開來虧錢呀，這幾年選舉花錢、藝廊花錢、地方上人情往來也要花錢，江城代表送出去那三幅畫，市價單幅就上億元，要是透過拍賣行，搞不好行情更好，我是覺得，既然趙波的市場行情正好，不如……」

「不如怎樣？」趙振寰沉沉地問。

林淨雪在眾人的注視下，昂起下巴回答：「和紫藤合作，賣掉一部分的畫，塡補這幾年來的財務漏洞。」

趙經生拉了拉妻子的手，咬著牙低語：「妳根本不懂，能不能少說兩句？」

趙振寰轉向妹妹君儀，「爸的手冊裡有編號的畫，通過我們賣出去幾幅了？」

「不多，就十來幅，七成是紫荊公園系列，三成蘭潭湖畔，其實紫荊公園我們手上剩不到十幅，大部分是小號作品，或素描作品，爸還在世時，畫老早就被訂走，留下的本來就不多，現在市場上流通的就是他當初賣出去的那批，這幾年來跟我們買畫的收藏家都是江城找的，這個部分大多是只進不出，很少在市場上流通。」

經生從來不把她的意見當一回事，今天早上她跟郭茜茜學了不少藝術市場的事情，她說的話可是有憑有據，郭茜茜也認爲趙家手上的畫，熱門的紫荊公園應該剩下不多，而蘭潭湖畔系列本來數量就不多，反觀在日本一級美術館展覽過的裸女系列，市場詢問度倒是很高，有編號的裸女版畫市價每年持續升高，最普通的素描版畫一幅可以喊到一萬美金，更不用說原畫的價値了！

「紫藤的郭總監知道不少藏家對裸女系列感興趣，有些甚至願意付出和紫荊公園等同的市價收購。」林淨雪插口說道。

趙君儀難得語氣嚴厲地說：「裸女系列不能賣。」

現場的趙家長輩各個面露無奈，包括林淨雪在內的晚輩們則不明所以。

趙經生站了起來，對著妻子說：「我們走吧，省得妳在這裡丟臉。」

「丟臉？」她尖聲說：「你說我丟臉？因爲我提議賣裸女系列？」

趙君儀語氣緩和下來：「經生，淨雪不懂，你好好解釋給她聽就行了，不需要當場給她難堪。」

她大學剛畢業的孫子好奇地問：「奶奶，爲什麼曾祖父的裸女系列不能賣呀？」這問題一出，本來不明白的人也加入，「是呀，我們向來只知道不能賣，但不知道爲什麼，爺爺怎麼可能畫了這麼多不讓人賣的畫？」

「是呀，姑婆，」連趙振寰剛選上市議員的孫子也加入問道：「我記得曾祖父走得很意外，他怎麼可能會想到留下遺囑？這裡也沒別人，不如妳跟我們好好解釋解釋吧？」

趙波的兩個子女面有難色地對看，這事，怎麼跟晚輩解釋？教他們當子女的怎麼說得出口？

平日謙和好脾氣的趙經生，揚聲喝斥鼓譟的晚輩們：「難道還要把遺囑拿出來給你們看？我們缺錢嗎？有必要賣祖先遺產過日子？」

「畫放著，再一百年還是一塊帆布，現在市場行情好，可以換錢，轉做其他投資，讓子孫後代日子過得更好更舒適，過幾年後搞不好就沒有這個行情價了，你們沒看到一堆中國當代畫家短短一年內，市價跌了七成嗎？」林淨雪堅持道，引述郭茜茜的話。

「淨雪！妳閉嘴。」趙經生喝令道。

她愣住，這是她那個溫和的丈夫嗎？他怎麼敢當眾用這種口氣跟她說話？

「趙經生，我哪裡說錯了？你說！」林淨雪提高音量，看了大伯一眼，看在她父親的面子上，趙振寰應該會支持她，「我要投資房地產你不肯，我要管藝廊你也不准，叫你到美國來你不要，你到底要我怎麼做？你有沒有爲我們兩個孩子著想？我爸這幾年爲趙家出錢出力，就是因爲怕我將來沒有保障！你呢？除了把所賺的錢揮霍在藝廊和一些有的沒有的事情上，你爲你的家庭做過些什麼，讓我們生活更有保障？」

「我讓你們缺過什麼？」

她詫異地瞪著絲毫不退讓的丈夫，雖然怒火中燒，然而當眾對峙不爲她的教育所容許，她決定先給自己找台階下，私底下再和他算帳，轉念間，她硬擠出淚水溼了眼眶，委屈地說：「我的孩子缺了個父親，我缺了個丈夫。」

趙經生也怔住，她知道策略奏效了，成功地引起他的愧疚感，這還是那個善良好控制的經生，她暗自得意。

「你們倆別再吵了。」趙振寰的聲音介入，語氣裡有著息事寧人，退讓的意味：「國良說得對，這裡沒有別人，今天在場的都是將來會繼承趙家遺產的子孫們，我就趁機跟你們說明，這件事情，你們放在自己心上就好，除了家族的人以外，不可以給外人知道。」

氣氛從難堪尷尬，立時轉爲好奇和期待。

「裸女系列，不是不能賣，只是，我們沒有資格賣。」他對著這些未來將成爲家族中堅分子的晚輩們，敍述父親最後的遺言……

鍾愛珍走進布置成靈堂的客廳，面無表情地越過摺著紙蓮花的母親。

「愛珍。」李書平喚住她，停了一停，語氣裡帶著明顯的擔憂：「妳昨晚去哪了？下雨天衝出去，飯也沒吃完。」

鍾愛珍止住腳步，回頭看了母親一眼，只要她願意，很容易可以看穿那輕微的責備之後，所隱藏的後悔和情感，但回到家裡，她所有的判斷力都被心煩意亂掩蓋，自我保護意識矇蔽了理智，因而看不出母親的刻意示好。

「我去朋友家了。」

「朋友？」李書平看了眼尾隨而入的高大男子，「是江先生嗎？」

「對。」

她對江城比了個手勢，「江先生你請坐。」

江城朝她禮貌地點點頭，在桌旁的空椅坐下。

鍾愛珍瞪了他一眼，「你留下來做什麼？」

「既然來了，我想爲令祖母上炷香。」

她憋住氣，背對著他，「隨便你。」

「愛珍，」李書平猶豫地開口：「我下午約了代書到後溝的房子看看，請他估個價，妳能不能……陪媽一塊去？」

鍾愛珍僵硬的肩膀線條表現出心裡的不情願，但嘴裡卻回答：「妳要我去我就去。」

看著她的身影消失在走道盡頭，李書平嘆出口長氣，一臉挫敗，動作緩慢地抽出香，點上，用手搧熄火苗，隔著裊裊上升的煙霧，將香交給江城。

「江先生，你請。」

江城接過香，恭敬地對著靈堂上的畫像三鞠躬後，將香交回給李書平。

「謝謝你。」

江城挑眉。

「謝謝你照顧愛珍，她就那樣跑出去，我擔心了一晚。」

他低聲問：「昨晚……發生什麼事了？」

「愛珍沒跟你說嗎？」

他搖頭。

「那孩子太倔強了，不會訴苦，這幾年來在國外，這樣的性格不知道吃了多少虧，一點都不讓家人知道。」她回到摺紙蓮花的位子，低著頭娓娓傾訴。

江城在她旁邊坐下，靜靜地聽著。

「她和其他兩個孩子不同，心性高傲，偏偏又特別的敏感，小時候，我一點都罵不得，因爲知道她脾氣上來會往最極端的方向鑽去，管不得會傷人還是傷己。但是這孩子本性是善良的，就是太善良，常常寧可傷的是自己，因爲，」她哽咽，手裡摺紙的動作暫停了下，「她總以爲自己可以撐得住。」

「妳不認爲嗎?」江城輕聲問。

李書平騰出一手拭去悄然滾落的淚水，「自以爲堅強的人，傷，往往藏得比一般人深。這點，她像我，而不是她爸，雖然她一向和她爸親近許多。」

「相像的人不一定能相互體諒。」

她搖頭，「我不要求她體諒，她是我的孩子，在我心裡，她一直就是那個愛笑愛哭，愛逞強的孩子，是我……」另一滴淚水滾落，「是我應該體諒她，但是我卻沒做到。」

她道出愛珍中輟美術班的原因。

「她是有天分的，只是她爸要她學趙波的技巧，一板一眼的畫法，她受不了。比起趙波或她爸，她擁有更天馬行空，不受規範的藝術家性格，雖然小時候就顯露出這個特點，但是爲了討爸爸歡心，她勉強自己忍受，一路按照她爸的方法畫到高中，這個世界上，也只有她爸爸，能壓制住她自由自在的天性。」

她的肩膀抖動，「我應該猜到，看到自己父親受到攻擊，她會是最受傷的那個，因爲她爸爸是她的偶像。」

「或許也是因爲，她氣自己無法保護父親，代替他反擊回去。」

她點點頭，「我昨晚想了一夜，也想通了這點。她會選擇那麼艱難的一條路，成爲畫商而不是畫家，就是爲了替自己父親出一口氣。」

「只是，我卻沒看出她的努力，沒給她……應得的肯定。」她終於忍不住，放下手裡的紙蓮花，掩面而泣。

「她會明白的。」江城沉定的語調帶著奇異的撫慰，穿透她的自責。

她搖頭，「我欠她的，永遠彌補不了。」

「那是愛珍必須經歷的。」他說：「沒有這些挫折和壓抑，她就不會有今天的成就。」

「我甚至怪她去打擾她爸，那孩子天天去，寧可跟一個不言不語的人說心事，也不肯讓我知道她真正的想法。」

「因爲面對著不言不語的父親，她才能安心訴說，人總會遇上某個時候，需要一個出口，渴望，也需要將自己交付出去，遇上這樣的時候，哪怕是對著一塊木頭，都能訴說。」

她抬起頭來看著這個眼神老成，彷彿活了好幾輩子的男人，「經生說過你能看穿人心。」

「經生也是個心事無處訴說的人，我這塊木頭，正好讓他有個地方發洩，但是發洩完了，每個人都還是會回到老位置，繼續等著。」

「等什麼?」

「等理想成爲現實。」

李書平眼睛發亮看著他，「等……理想成爲現實?」

「是的，那是每個人生在世間的功課，差別只在於形式的不同。」

「我知道你本身也是個藝術家，你有理想，但是一般人能有什麼理想?」

「每個人都有理想，所謂的理想，指的是讓人覺得舒服的狀態，而所有的追求和付出，都是爲了回歸那個狀態。」

「回歸？」

他還是那個雲淡風輕的笑，「是啊，讓人忘記自己，單單是呼吸都能感到暢快的狀態。」

「人怎麼可能忘記自己？」

「穿上一雙適腳的鞋子走路，妳就會忘了那雙鞋子，不是嗎？」他的視線定在靈堂上的畫像，林氏栩栩如生的眼眸，彷彿認同他的話，依稀地閃了閃。

「你說的，我不確定自己能夠理解……」

他搖頭，「或許妳需要的不是理解，而是去感受。這個道理，是愛珍教我領悟的。」

「愛珍？」

「她對事情，總有個奇妙的直覺。」

「那倒是，她一向固執地順著直覺走，有時任性到讓人難堪而不自覺。」

他將視線移回她臉上，定定地說：「並不是每個人都能保有這份直觀，大部分的人等待著，卻不知道自己等待些什麼，追求著，卻不知道自己追求些什麼，能夠順著莫名的直覺，不顧一切地朝不知道結果的方向前進，這需要莫大的勇氣。」

李書平愣愣地看著江城，似懂非懂的，受到他話裡的情感所感動，他對愛珍的感情這麼明顯，但是他不是已經和趙麗生……

「愛珍去過後溝嗎？」他突如其來問道。

她壓下心裡湧起的疑慮，搖頭道：「她祖母在遺言裡要求收回後溝的房子，這件事情本來應該由愛珍處理，但她臨時去了北京，所以我才自作主張，跟代書約了今天下午過去看看。」

他若有所思地說：「假如妳不介意，晚點就由我陪她去吧。」

少年趙振寰扶住暈倒的母親，呼喚弟弟妹妹出來幫忙。

眼前來送訊的那個瘦小男人惶惶不安，操著難辨的江西口音，邊幫忙照料他母親，邊解釋：「我一向很景仰趙兄，起義之前也受了他很大的照顧，看他被關在裡頭，不給吃不給喝，我也難受，但那是上頭的命令，不照辦，可是要被槍斃的。」

他在胸前口袋裡掏了許久。

「趙兄要紙筆，上頭也不給，不讓他給家裡人聯絡，我偷偷塞紙筆給他，他寫完遺書後託付給我，拜託我一定要送來給你們。」

最後掏出一團皺褶的紙張，那上頭遍布著斑斑血跡。

「餓了那麼久，他也只剩一口氣了，全身都是嚴刑拷問的傷口，看他那樣，我實在不忍心……」

祖母終於在親戚扶持下，匆匆趕過來，聽到男人的敘述，祖母推開眾人的拉扯，顫巍巍地接過那封破破爛爛的血書。

「誰……誰來念給我聽。」祖母喊。

趙振寰接過遺書，抖著聲音念出裡面的內容：

不孝兒波，認清此生已盡，為理想喪命，乃兒之所願，汝等勿悲勿憂，忘懷自保為重，兒此生僅留一憾，Motoko為波懷子，望汝等將Motoko油彩作，共二十一幅，悉數贈予Motoko及其子，確保母子平安，兒此生足矣。

「Motoko是誰？」趙國良疑惑地看著祖父。

趙振寰搖頭道：「我們到處都問過了，沒有人認識叫Motoko的女人。」

「這些年來，我們對外都說裸女系列的模特兒Motoko只是想像的人物，事實上，Motoko應該確有其人，而且，她還懷了父親的私生子。」停頓了一下，趙君儀接著說：「這畢竟不是件光彩的事情，只要Motoko帶著孩子出面，我們不會私藏父親指定要留給她的畫，既然找不到她，她也沒帶孩子來認祖歸宗，我們自然也沒有大肆宣揚的必要。」

林淨雪瞪著丈夫，「你一直都知道這個祕密？」

趙經生黯然點頭，「是江城從〈甦醒〉裡先發現這個祕密的。」

「怎麼說？」

他嘴角浮現一抹回憶的笑容，「他第一次來趙家時，才二十出頭，中文說得不完全，要求認識〈甦醒〉裡的女人，我們說沒有這個人，他怎麼也不相信，後來透過麗生翻譯才知道，他說那是個懷了孕的女人，單純想像的話，又何必想像個懷孕的女人。」

「他怎麼看出來的？」對那幅畫不陌生的趙國良不解地問。

「沒有人知道他怎麼看出來的，我們只知道他說對了，那是個懷孕的女人，懷的是趙家後代。」趙經生作結道。

林淨雪不放棄地說：「可是事情都過了六十年，搞不好那個Motoko和她的兒子早就死了，就算我們賣了裸女系列，也不會有人知道，不是嗎？」

「只要我們還姓趙，就不會做背棄祖先的事情。」趙振寰沉穩篤定地說。

趙經生看向妻子的視線裡，生出比失望更深沉的東西。「這件事情，還有其他人知道。」他淡淡地說。

所有人同時將訝異的視線轉向他，包括趙振寰和趙君儀。

「這是什麼意思？」趙振寰問道。

趙經生緩緩說出最近才知道的事實：「當年爺爺另外安排Motoko到日本投靠秋田俊一，他在聯絡的信裡清楚說明會讓Motoko帶走他所有的裸女畫像，希望秋田幫忙賣畫，並以所得好好照顧Motoko母子倆的生活。」

趙君儀臉上充滿訝異，「你怎麼知道的？」

他轉向姑姑，「妳還記得鍾愛珍正在找Motoko這幅畫吧？江城本來就不相信Motoko只是虛擬的說法，透過鍾愛珍的調查，他循線寫信問秋田家人當年的細節，不久前才收到日本來的回信，信裡除了提供江城所需要的線索，另外附上當年爺爺信件的影本，秋田家人一直惦記著秋田俊一死前的交代：找到Motoko，確定她擁有爺爺的畫，母子過著衣食無缺的生活。」

第十章　山蝶引領旅人上路

他們的車子駛進後溝村時，幾隻野狗奔上前，朝這兩個外來客瘋狂吠叫，迎面而來幾口巨大的酸菜井，路旁風蝕的招牌上寫著：後溝村老人活動中心。綠蔭茂盛濃密的大榕樹底下，三三兩兩的老人們悠閒地泡茶奕棋，雖然距離紫荊市不過半小時車程，後溝卻呈現截然不同的鄉村景緻。

老舊的喜美轎車靠近時，棋局暫停，老人們紛紛轉過頭來，好奇地張望車裡那對男女。

江城看了眼動也不動的鍾愛珍，她了解他眼裡的催促，撇嘴回道：「休想。」

那是指她不想面對瘋狗？還是那群鄉下老人？她沒解釋，他也沒多問，只是聳聳肩，打開車門，從容不迫地下車走向那些老人。

剛才還狂吠不已的野狗群突然安靜下來，評估著這個趿著拖鞋的高大男人，或許因爲不具有威脅氣質，讓牠們失去了挑釁的興趣，紛紛後退讓路。

鍾愛珍透過車窗，看著他走向那群黝黑，一臉風霜的老人，那些可能是她親戚的後溝人。

她一點都不想來這裡。才剛回來一天，她已經受不了山城、後溝，這些光聽地名就使人生厭的地方，才一天，她多年來的努力化爲泡影，昂貴的心理治療付之一炬，而眼前最讓她受不了的，是母親對她的小心翼翼，以及充滿抱歉的眼神。

她不需要同情。

那不是肯定，也不是接受，同情，在鍾愛珍眼裡是更銳利的否定。回房梳洗後，她躺在床上，回想從北京回來後不到二十四小時裡發生的事，感覺到內心的動搖，而這讓她警覺起來，於是更爲劍拔弩張地面對一切。

輟學的往事、父親中風時痛楚的臉、母親苦悶的表情、趙麗生的笑容、江城爲趙麗生而燃燒的激情，這些全部交雜在一起，以一種暴力的方式混合，頓時讓所有畫面都失去原有的色彩，攪混成山城天空永恆的暗沉灰色，她不應該回來的，當初應該留在巴黎，接著在北京時，她也應該留在北京，但是她做了什麼?決定回來這個令人絕望的山城，手無寸鐵地面對這些令人不快的人和事。

她心裡早就放棄尋找Motoko了，戶頭裡有馬文匯進來的錢，北京有一份令人興奮的工作，馬文所暗示的新關係，更加擔保她可以回到新鮮刺激的環境，擁有光鮮亮麗的生活。

她不再需要那幅畫了。

即使有以上種種好理由，但是她卻離不開這個地方，選擇回來。

榕樹下的江城似乎和這些鄉下粗鄙的老人們相談甚歡，兩手自在地插在長褲後的口袋裡，他身上穿著最簡單不過的衣服，一洗再洗的純棉白襯衫，皺的都可以扔進一旁的酸菜井裡一同發酵，縫有許多口袋的卡其長褲，同樣的寒酸陳舊，更別提腳上那雙拖鞋……她簡直看不下去，但是站在這個地方，遠方的山巒連綿，綠油油的水稻田環繞，空氣中揮之不去的酸酵味，江城卻顯得無比出眾，同時，又能讓野狗和老人們自然而然放下戒心，輕而易舉接納他。

她離不開的理由，是這個男人。

稍早時躺在房裡，聆聽著樓下的動靜，雖然看不見，但她就是知道江城還在屋子裡，無法忽略他近在咫尺的事實。

今早睜眼看到他時，她就感覺到江城對她的態度改變了，不再若即若離，無動於衷。那就像是……屏住呼吸注視著一隻蝴蝶。

她不記得哪個男人曾經跟自己說過同樣的話，不記得曾經有人用同樣的方式看顧過自己。她習慣了計較利益得失，無情掠奪的生存法則，拜此所賜，她得以關閉多愁善感的那一面，但是遇上江城，她所熟悉的方法全數失去作用。

這個男人，大老遠跑來北京，只為了將她帶回山城，等到她回來了，他卻再度將她推開，既不讓她離開，也不准她靠近，這是哪門子狗屁法則？

想到這裡，她頭痛了起來，她不習慣無解的問題，她早就說服自己詢問這類問題對人生一點好處也沒有。

衝動之下，她打開門步出車外，惡狠狠地瞪著伺機而動的野狗，其中幾隻示威地發出低鳴，她彎腰撿起石頭，朝看起來最兇的那隻狗狠狠砸去，那隻狗受了傷卻沒有退縮，反而發出更兇狠的大叫，朝她逼近。

她不想尖叫，但這個情況卻讓她冷汗直流，江城聞聲趕了過來，奇怪的是，這些狗竟然紛紛讓道，等他來到她身邊，剛才的緊張氣氛立時紓解，本來看起來能將人撕碎的野狗群，突然退回各自的位置，成為這幅悠閒的鄉間景色裡最稱職的背景，在樹蔭下百無聊賴地或坐或趴。

他好笑地看著餘悸猶存的她，「受傷的狗最兇狠，這個道理妳不懂嗎？」

「我討厭狗。」她氣憤地說。

「牠們也不喜歡妳，依我看，理由相同。」

她回瞪，「你是說我像那些野狗？」

「像那隻受傷的狗。」他比了比受她的石頭攻擊的那隻，後者正在樹下舔拭著傷口。

她抿緊嘴唇，思考著要怎麼反擊回去。

他卻撥開她臉上的頭髮，輕笑道：「妳能不能放鬆一點？這裡不是巴黎也不是北京，甚至離山城都有一段距離。」

她比了比那些好奇盯著他們看的老人，「他們在笑什麼？」

「笑妳這個外星人，降落在田中央。」

她用力戳了下他的胸膛，「我是外星人，你是什麼？你這個死倭寇！」

他笑得更開懷，似乎一離開城市，他就換上輕快無比的心情。

比起那些老人，他的取笑更讓她耿耿於懷，見她一臉悶氣，他眨眨眼說：「換做是馬文，或其他藏家，妳大概會很開心受到注意吧？這些人和妳沒有利害關係，他們的注意既不是批評也不是讚賞，單純只是對一個漂亮的女人好奇，或許是一輩子看過最漂亮的女人，妳難道不能容忍幾分鐘，娛樂一下他們貧乏無聊的人生？」

他這是……讚美？她雙手抱胸，懷疑地檢查他話裡的意思。

「我沒空聽你的狗屁大道理，問到房子的位置了?問到我們就走吧，趕快處理完趕快離開，這裡臭死了。」

「妳真是隻受傷的狗，妳知道嗎?」

她怒氣沖沖地拉開車門坐回車裡，板著臉不看他。

天下沒有白吃的午餐，江城突然那麼熱心提議陪她到後溝處理祖父房子的事，她就知道必然得付出代價。

那幢簡陋的紅色磚造平房，位於陰暗的巷弄深處，在這個到處蓋起毫無美感的透天厝小農村裡，鍾俊義閒置許久的小屋，顯得特別荒涼幽靜。

鍾愛珍腳下的義大利手工皮鞋，無聲地踩在柏油路面，村子裡零零落落的生活雜音隱退，她耳裡充斥著心臟怦怦跳動的聲音。

站在小屋的木門前，手裡握著鐵鎖的鑰匙，她莫名地感到猶豫。

江城停好車，安靜地移動到她身後，她閉上眼睛感受他身體散發出的幽微沉香，那使得她鼓動的心情逐漸平靜下來。

「讓我來吧。」他接過鑰匙，動作輕柔地開鎖，沒有多餘聲響，推開了那扇古老的門。

一如母親所言，這裡不過就是間有著四面牆的房間，唯一講究的地方是留在入口處的老舊木頭屏風，那應該是用來阻斷屋外好奇的視線，屏風後頭是間狹窄的小廳，左右兩扇窗戶，房子被新建的透天厝所包圍，阻斷了光線，因此讓這間本來採光就不怎麼良好的小屋更加昏暗，小廳後方有個小小的房間，裡頭有著約八十公分高度的通鋪床板，那顯然是臥房。

江城走在她前方，拂去窗上的蜘蛛網，轉動窗框上頭的古式門閂，一把打開右側的窗戶，陽光疲軟無力地照進來，幽微的光線，反而使人產生錯覺光源來自江城身上那件白襯衫，鍾愛珍屏住呼吸，呆呆地看著窗前的他。

「妳在想什麼？」他若有所思的視線投向她。

她無法克制急促的呼吸，胸口劇烈起伏著。

她吞了口口水，手掌貼著牆壁，感受水泥的粗糙磨擦，那是歲月的觸感，這個空蕩蕩的房子，一時間活了過來，在她耳邊喃喃低語：

我等妳很久了。

在這個關閉了六十年的房子裡，被這個空間獨特的光線和氣氛圍繞，這一刻，所有的線索在眼前重現，零碎的拼圖紛紛歸位。

「愛珍？」

她的身體彷彿有了自己的意識，驅使她走向另一扇窗，複製江城的方法，打開那扇窗，她的手指在窗緣流連，順著木頭的紋理尋找著某個她不知道的東西。

「我怎麼沒早點想到？」她喃喃問著。

手指在摸到某處時突然停住，窗框的下方有著不尋常的凹凸痕跡，她蹲了下來，不必回頭也知道江城已經來到她身後，正看著同一個地方。

那個地方，刻著兩人都熟悉的簽名。

趙波

他嘴角含著淺笑，平靜地迎接她扭頭射來的激動目光。

「趙波在這裡畫Motoko。」

他點點頭，聽見她說出領悟：「Motoko是……」

「Motoko漢字寫法是素子。」

她呼著氣說出：「林素，我奶奶的名字……」

注意到江城的反應不若她的激動，她瞇起眼睛，質問：「你早就猜到了？」

「妳去北京之前，我說過我有幾個假設，這是其中之一。」

「你怎麼猜到的？」

「你祖父的手冊裡透露了幾個線索，趙波陪鍾俊義到舊社看訂婚對象，因此而認識林氏，鍾俊義在南洋期間，趙波幫他記帳，也幫林氏寫信給鍾俊義，這些交代了趙波和林氏持續的交往，然而真正讓我確定的，是妳去北京前夕，在妳家靈堂上看到的名字。」

她無力地坐在地上，「你一直都知道……」

難怪他不擇手段要她回來繼續尋畫，不惜動用關楊和其他收藏家的關係，說服馬文同意她完成對Motoko的追尋，還有今天早上他在安養院說的話：

那是Motoko留給妳去發現的祕密。

他尋找的，從來就不是Motoko那幅畫，而是Motoko的身分。

她繼而想起〈甦醒〉那幅畫，所以她所做的夢，內容都是真實的？

「你真的認為……Motoko懷了趙波的孩子？」

他毫不猶豫地點頭。

「單憑你從〈甦醒〉裡獲得的暗示？」

「不只如此。」

她等著他的解釋。

「看樣子妳還沒打開我請人送過去的信？」

她想起那個原封不動擱在書桌上的信封，她還沒有機會打開。

「裡頭有秋田俊一畫過的Motoko翻影。」

「你認出了我奶奶？」

「不，秋田畫的是另一個Motoko，和妳祖母無關。」

「我不懂……」

「信裡另外附上當年趙波寫給秋田俊一的信，為了替Motoko和他們未出世的孩子安排後路而寫的信……」

趙經生和護士們道別，關上診所的鐵門，這是個疲勞的一天，事實上，自從淨雪回國以後，疲勞感就揮之不去。

診所位在紫荊市的中心，噴水池圓環的一角，緊臨著熱鬧的購物街，他讓習慣的步伐帶領，走進華燈初上，人潮漸顯洶湧的街道，經過李牙醫診所，他和剛關上門，臉上帶著相同疲憊表情的朋友點點頭。

李廣文亮了亮手裡的兩個塑膠杯，「來了兩個新的，你要不要下去打個招呼？」他比了比診所一旁的樓梯，通往地下室。

「不了，我得去藝廊接淨雪，孩子們怎麼樣？」

李廣文臉上露出欣慰的表情，「兩個都上了推甄，一個是文化新聞系，另一個是政大阿拉伯語系，昨天帶了蛋糕來請其他人吃，鬧了一晚，我看他們都沒怎麼念到書。」

「偶爾讓他們放鬆一下，不是壞事。」趙經生笑笑。

「我是覺得政大阿語系還可以，反正進去以後再轉系，倒是那個文大新聞的，山城的孩子應該可以考得更好，我和慶娟打算勸那孩子放棄。」

慶娟是李廣文的妻子，在聖馬爾定醫院擔任心臟外科主治醫生，兩人是這個圖書室的主要發起人，號召了一票醫生友人贊助，平常也像老母雞一樣，殷勤地照顧著山城裡的學子們，陪伴他們渡過壓力極大的考期。

「文化不錯啊，那不是位在另一座山城，至少不會有適應的問題。」他開玩笑道。

李廣文拿他沒輒，笑回：「你喲，就是放任孩子，難怪大家情願看到趙醫生，反而對慶娟和我怕得要命。」

「本來就得有人扮黑臉，有人扮白臉。」他認真說道：「順著孩子心意吧，你自己回想看看，念哪所大學真有那麼重要嗎？青春的歲月，每一天都該拿來放肆享受，這才是會記住一輩子的事情，不是聯考成績，也不是大學排名。」

「這個道理我也知道，其實只要出了國再拿個學位，在國內念什麼確實不大要緊，不過，我擔心的是文大校風，出了名的寬鬆放任，前幾年不是有幾個念了文大的孩子回來看我們，那打扮和吊兒郎當的調調，我就是不喜歡。」

趙經生覷了眼神情認真的朋友，「你不能保護他們一輩子，遲早該放手，讓他們自己去跌撞，體驗人生。」

李廣文愣了愣，接著哈哈大笑，「也是，我就是愛煩惱，沒有你看得開，不過，等你們家兩個孩子大了，我倒要看看你還能不能看得這麼開！」

趙經生揮揮手，邊走邊說：「幫我跟慶娟和孩子們打聲招呼，我得走了。」

「喂！我都還沒問你淨雪這次回來打算留多久？我什麼時候能請你們吃個飯？」

趙經生頭也不回丟下一句：「再聊吧。」

信步穿越收攤中的黃昏市場，沿路向熟識的人點頭招手，這是他每日固定的路徑，在山城裡他寧願走路而不是開車，外人眼裡陰雨綿綿的城市，在他的行走顧盼間卻充滿溫暖的色彩，不論身處何地，不論何時，只要想起空氣裡飽含水氣的味道，就能立刻安撫他的焦慮，喚出心中最柔軟的情感。

這裡的每條街，每個角落，都曾經進入他爺爺的畫裡，城市裡每樣建設都刻上趙家人的名字，家族世代葬在這裡，每個從山城飛出去的孩子，都吃過他開的藥，吹過他安置的冷氣。

離開這個地方，失去了根，他就不再是自己，背棄了山城，等於背棄了他的姓氏，而那也是他的驕傲和信仰唯一所在。

這些想法，淨雪是無論如何不會明白的。

在紫荊公園的花廊下，他坐了一會，等候窒悶在胸口的氣舒緩散去，家裡連日的爭吵，使得兩個孩子脾氣跟著乖張，昨晚小恩做了噩夢醒來，哭喊著要回加州的家。

對他的孩子們來說，山城不是他們的家，加州才是。

他的心情無比矛盾，希望他們回去美國，企盼生活回復平日的簡單安靜，但是兒子的哭喊卻又讓他心碎。

該怎麼做才好？

他想見她，愈是心煩就愈想她，即使看她板著臉，一語不發都好。

就像當年只有兩人的辦公室裡，他默背文章，她批改作業，操場裡傳來的笑語喧鬧都和他們這個小空間無關，即使偶爾有人經過，問候幾句，也打擾不了他們的專注和……連繫。

江城總說，人會找到方法回歸記憶裡最舒適的位置。和李書平共處的那些時光，就是他想回歸的地方，他明明清楚記得，但是卻找不到路回去。無奈地抹把臉，他站了起來，往大雅路的方向走去。

林淨雪和郭茜茜在江城的辦公室裡，兩個孩子坐在長椅上盯著光碟機小小的螢幕，觀看美語發音的卡通。

郭茜茜睜大雙眼，還是不敢相信剛才聽到的話：「裸女系列不是趙家的？」

「姓趙的就是一板一眼，只要他們不說，遺書的內容誰會知道？都六十年了，寧可放著那些畫積灰塵，也不另作打算。」

「意思是，找不到這個Motoko，這些畫就永遠不能賣出，這真是藝術圈奇聞，我還沒聽過這樣的事情。」

「就是呀。」林淨雪不滿地說：「他們一家子都是死腦筋，也不想想，趙波要是真的下決心要送畫，遺書裡怎麼不說清楚點？至少留下個地址或什麼的，我大伯說得含糊，也沒人真的看到遺書，搞不好找不到Motoko那套根本就是騙人的，他們不想把畫送出去，但又不敢賣，結果這些畫就只能鎖著。」

郭茜茜思索著前後因果，「鍾愛珍和江城不是在找Motoko嗎？聽說關鍵的那幅畫，趙波送給鍾家了，搞不好他們知道一些線索。」

中午的餐會結束後，林淨雪想辦法將找畫的來龍去脈問了清楚，知道鍾愛珍這個國際畫商也對趙波的畫有興趣，這在林淨雪眼裡是個好消息，因此對鍾愛珍產生了好奇。

「妳和鍾愛珍很熟嗎？能不能引見一下？」

郭茜茜扁扁嘴，「鍾愛珍是個目中無人的女人，高傲的要命，搞不好不會理妳。」

這點林淨雪倒是不擔心，既然是個生意人，鍾愛珍不會這麼不上道，對趙波市場有興趣，自然不會傻到得罪趙波孫子的妻子，更別說她還是林唐山的女兒。

見她對鍾愛珍的批評沒能打消林淨雪的念頭，郭茜茜進一步說：「鍾愛珍和江城關係好像不錯，江城不願意讓妳知道的事，妳跟鍾愛珍打聽也沒用。」

她冷靜地指出：「再說，妳的立場和鍾愛珍有根本上的衝突。」

林淨雪不解地看著這個新朋友，「怎麼說？」

「妳應該不希望Motoko被找到吧？這麼一來，趙家就得拱手讓出所有的裸女畫。但是鍾愛珍卻相反，真讓她找到那幅畫，挖出Motoko的真實身分，對趙家不是很不利嗎？」

林淨雪還真沒想得這麼遠，她酸酸地說：「既然如此，江城還幫著外人找畫，他是什麼居心？他好歹也是半個趙家人！」

「這幾年來，江城說服趙家賣了幾幅寶貴的畫給他認識的收藏家，完全跳過拍賣公司和畫商，一手操控趙波的市場，眼下既然有機會可以進一步操作裸女系列的市場，他當然不會錯過。」郭茜茜道出她自己推算過，最合情合理的解釋。

「我不明白，江城到底從裡頭獲得什麼好處，他自己的市場反而不管，我看他也沒花多少心思在創作上，他到底在想什麼？」

郭茜茜聳聳肩，「他本來就是藝術圈公認的怪人。」

「爹地！」看見來人，孩子們興奮地喊出聲。

林淨雪介紹郭茜茜給丈夫認識。

「趙醫生，久仰大名，我們其實見過幾次面，不過你應該不記得我了。」

趙經生看著眼前這個打扮入時，豔麗而不掩精明的女人，張揚的氣質，和鍾愛珍有些相似，但愛珍雖然銳利卻沒有郭茜茜的圓滑，這個女人讓他不由自主地起了戒備之心。

「很抱歉我不太擅長認人。」他客氣而疏遠地說。

「經生，郭小姐明天就回台北了，我們晚上請她吃飯吧，我已經在總督西餐訂了位。」

他瞥了眼妻子，臉上隱忍著疲憊和不悅，「孩子們……」

「我打過電話，阿莉等一下會過來接他們回去。」阿莉是林家來的傭人，她明知道趙經生不喜歡聘僱傭人，爲了家裡請不請人，他們從結婚以後就爭執不斷，在美國她請了保姆和清潔工，他沒話說，連回國短居都改不了大小姐習慣，只要有她在，林家總會派個人過來伺候，這點他卻看不慣，然而每次都念在她停留時間不長而讓步。

他看了眼辦公室，「江城今天沒過來嗎？」

林淨雪語帶譏誚：「他這個經理，愛來不來的，我問過小靜，有時他一整個禮拜都不上班。」

「他有他管事的方法，小靜也很能幹，不需要江城事必躬親。」

她冷哼一聲，注意力回到郭茜茜身上，絮絮問著藝術市場上其他的事情，趙經生坐在孩子們身邊，陪他們看了一會卡通，思緒忍不住飄遠。

這個辦公室，江城在的時候總是那麼沉靜空曠，他不在了，這裡便彷彿換了氣氛，變得浮躁滯悶，讓人感到擁擠，明明擺設一點沒變，窗外景色如一……

汽車行進中，坐在江城身邊，鍾愛珍沉默地陷入自己的思緒中。

他們開啓了那扇門，而後又關上，出來以後，鍾愛珍打電話給代書，取消了約會，只給一個很簡單的理由：「房子不賣了。」

車子在省道上奔馳，她早上就注意到了，江城開車的速度不快，開車時習慣皺起眉心，彷彿那是件艱難的事情，需要極大的專注才能應付。

鍾愛珍不記得曾經看過這輛喜美轎車，但卻對自己的好奇感到可笑，總不能要求江城踩著拖鞋滿城來去吧？腳踏車對住山上的他來說不算便利，騎摩托車，光想到那畫面就讓她發笑。

江城當然是有車的，只是似乎不怎麼喜歡這件事。

在紅燈前停下來，他趁機瞥了她一眼，「妳很安靜。」

「你期待我說什麼？」

他挑眉，將問題丟回給她：「想什麼？」

「我想的是，你不喜歡開車，對吧？」

他的視線移到路上，綠燈、排檔、踩油門，簡直像複誦汽車駕駛教學手冊。

「十幾年前出了一場車禍。」他的聲音在隆隆引擎聲迴盪的車廂裡異常沉重，「即使在那之前，我一向不喜歡汽車。」

男人對汽車不是總有奇特的熱愛嗎？他難道打算和世俗男性形象悖離到底嗎？她暗自想著，在這個有重大發現的日子裡，她對江城的興趣卻大過於一切。

比起家族祕密和趙波的畫，她更在乎江城。

這是怎麼回事？

她剛發現趙波贈送的不是一幅，而是整個裸女系列，二十一幅油畫！

二十一幅趙波的畫，總價值恐怕超過那幅達文西，更重要的是，那些畫只要進入市場，人人都會搶著要，不怕找不到買主！

然而她卻坐在這裡，思考著這個男人的開車習慣，和他輕描淡寫提起的車禍。

「車禍……」她禁不住好奇，「是怎麼回事。」

江城沒有立刻回答。

她不認為他想說這件事，識相地說：「算了，我也不想……」

「那天是麗生東大的畢業典禮。」他卻沉緩瘖啞地開口：「前一天我陪他們到箱根遊覽，隔天一早才出發趕回東京，在路上碰上超車的貨車迎面撞了上來，車子翻落路邊，麗生的父母當場死亡，麗生……也差點死去。」

她愣愣地看著他的側臉，平靜的有若大理石雕像，但她的心臟卻隨著他所吐露的回憶而抽緊，他自己呢？當時他在哪裡？和死亡面對面，後來又得應付趙家兄妹的傷痛，在那場車禍裡，他在哪裡？他肯定也受了重傷，雖然現在肉體上已經不見傷痕，但是心理呢？

她想起父親曾經說過：藝術的心靈可以面對生，但卻很難面對死。

她腦中浮現趙波的〈甦醒〉，畫那幅畫時趙波已經預知自己即將赴死，但是他卻決定將在人間最後的情感保留給Motoko肚裡的孩子，但願闔上眼後的世界，仍是充滿希望和理想。

經歷那麼慘烈的死亡場面，卻得背負著悲劇的包袱繼續活下去，支持著趙家兄妹渡過悲慟，克服創傷，這對擁有無比敏感的藝術家心靈的江城來說，勢必也造成了很大的影響。

腦子裡轉著諸多紛擾的思緒，但說出口的，卻只是簡單的一個問題：「因爲那場車禍，你才和她結婚的嗎？」

他專注的表情不變，聲音裡沒有多餘情感：「我……不是個適合家庭的男人。」

「但你還是接受了她。」

「結果那似乎不是個正確的決定。」他的聲音乾澀，「我希望能幫她忘記那段恐怖的記憶。」

「需要忘記的人是你。」

他減緩車速，謹慎地切到外車道，最後終於把車停在路旁，車子一熄火，他轉過頭來看著她。

「我給過妳機會畫我，結果妳畫出來的並不是我。」

「我沒有畫你的能力，對我來說，你是個太難懂的人。」她躲避著他的注視。

「妳懂。」他說，「只是太抗拒去了解，那是妳用來保護自己的方式。」

在她反駁之前，他拉住她握成拳頭的手，溫柔而堅持地扳開，撫摸著她的掌心。「妳有沒有想過……我其實希望妳能把我畫出來？」

「我以為我們討論的是你和趙麗生……」

「關於我和麗生，妳還想知道什麼？」

他的眼神似水，讓她想要躍入其中泅泳，永遠地放棄抗拒的念頭，自我防備覺醒前，梗在心裡的那個問題脫口而出：「你愛她嗎？」

他表情不變，眼神如湖水般澄清不動。

「你愛趙麗生嗎？」她堅持。

「妳為什麼想知道？」

因為我愛上你了。

她的心無聲地回答，嘴上卻說：「因為我不是Motoko，當我渴望一個男人，我會牢牢抓住，不會輕易放手。」

車子穿越大雅路，走上前往蘭潭的叉路上，愛珍一手覆上江城握著排檔桿的手，自剛才重新上路後就沒放開過。

車內的氣氛已經和從後溝出來時不同了，空氣裡的需要慢慢凝聚，她要江城，不，應該說她需要江城，這個渴望從他第一次碰觸她起，如同埋下了種子，慾望漸漸生長茁壯，盤據她所有的感官思想，她要的比擁有他的肉體多更多，但是她不想逼他，這個下午的相處，讓她對江城的認識比所有人都深刻，包括他自己，她曾經諷刺過江城把自己變成一座山，但是她現在明白，這是個像山一樣的男人，有他自己的思考方式和時間刻度，她希望他能朝自己走來，但事實上，她早就棲息在他這座山裡，流連忘返。

關於愛，江城給她的回答，只是簡單的：「渴望，是我所陌生的心情。」

她對那句話的解讀是，她引起了趙麗生沒引起過的渴望，所以渴望才是他不習慣面對和不知怎麼處理的感覺，或許江城畢竟不是太難懂的人，或許，他就是太簡單了，簡單到一般人傾向複雜而多煩憂的心思難以理解。

這個男人，爲了給一個死裡逃生的女孩活下去的理由，靜靜地守著她十多年，因爲愛上趙波的畫，放下自己的創作天分沉浸在趙波的世界裡無法自拔，只要發想一個念頭，就會專注執著地堅持下去，甚至，忘記自己。

他需要有個人幫他找回自己的位置。

他需要她。

她輕輕地拿起他的手，放到心臟的位置，鬆開手後，他的手有了自己的意志，停留在她胸口，久久不動。

慢慢的，她感覺到那隻手在自己肌膚上的動靜，指腹撩過隆起的胸線，隔著衣服在頂端輕揉。

她外表保持冷靜自持，但胸口逐漸加劇的起伏洩漏了內在的激動。

那隻手緩緩往下，隔著衣物，覆蓋住她的腹部，汲取那裡的溫暖。

她的顫抖透過布料傳入他的掌心，她分開雙腿，抬手導引著他往更下方移動，直至她悸動不止的熱源中心點。

他的手靜止許久，在撤退和前進間擺盪，她知道自己必須等待，等他下定決心，但卻忍不住內心威脅化爲尖叫祈求的聲音，幸好在最後一刻，她重新感覺到動靜，他的手探入裙底，隔著底褲，尋找顫抖的源頭，他堅持而規律地按壓安撫著她的需要，快感霎時像隻脫離掌心的蝴蝶，翩翩然環飛上升，情感的浪潮一波波撞擊她的理智。

「江城……」她吐氣，「停車。」

車子停下時，她才注意到正在前往他家的山路半途，闃黑的夜色提供最佳的遮蔽，他停下車，卻不願抽出手，困難地探過左手拉起手剎車，視線從頭到尾都固定在她臉上，同時間手指的動作片刻不停。

「我求你……」

「不要說話。」他的聲音輕到一接觸到空氣立即化開。

他湊過來吻上她因渴望而乾燥的脣。

脣齒的接觸點燃了男女間和天地同樣古老的火苗，她扭擺著身軀，絕望地想掙脫限制重重的汽車前座，絕望地想更靠近他，他也有著相同的心情，抽出裙下的手，俯身到她的座位下方按住把手，將椅子往後挪，長腿輕鬆地跨過排檔桿，身軀跨坐在她上方，籠罩著她，他摸索著她洋裝背後的拉鍊，一把將洋裝褪到她的腰間，低下頭用鼻尖描摹著她肩頸的曲線。

「今天早上……」他的聲音沙啞，氣息吐在她的肌膚上像電流般讓她酥軟難耐，「我就想這麼做了。」

隔著蕾絲胸罩，他含住她的乳尖，舌尖殷勤地濡溼輕薄的布料。

她閉上眼睛溢出一聲呻吟，抖著手來回描摹他堅硬的背部線條，每一吋發現都讓她心花怒放，狂喜不斷衝擊著意識。

另一手摸到門上的開關，出於需要，拉起門把，抱緊江城，兩人的身軀交纏著滾落林道旁滿是落葉的潮溼地面，滾動間兩人貼得更緊更緊，躺平後她的氣息轉爲急促不耐，粗暴地拉下他的長褲，釋放了他，引導著他，輕聲哄著，引誘出那個壓抑許久的狂暴心靈，含笑看著他破繭而出。

「我們分開吧。」在回家的路上，趙經生平靜地說。

林淨雪措手不及，瞪著開著車的丈夫，「你說什麼？」

他們剛結束和郭茜茜的餐會，整場晚餐他保持沉默，任由兩個女人討論著藝術市場的投資報酬率。

他本來就不是多話的人，林淨雪完全沒看出他的失意。

「妳可以回美國，但是我不會跟妳回去。」

「我不是說過會考慮留下來嗎？」

他搖頭，「即使妳留下來，我也不希望和妳住在一起。」

「經生，你瘋了嗎？」

「我沒瘋，這個念頭已經在我心裡很久了。」他的聲音平靜地聽不出情緒，他在怪罪她嗎？聽起來不像。

「你有沒有爲孩子們想過？」

他嘆口氣，「要不是爲了孩子，我們早就該結束了。」

「這是什麼意思？你不需要我了，所以把我甩開？即使你不需要我，趙家還是需要林家的幫助，你不要忘了這點。」

「淨雪，這些年來在美國，妳沒遇見過讓妳動心的人嗎？」他突然問。

她瞪著丈夫，漲紅臉，「你……你是聽見什麼了嗎？」

「沒有，但是我猜想，以妳的美貌，即使帶著兩個孩子，還是能吸引不少人，而這些人裡，難道就沒有讓妳動心，因此遺憾自己的已婚身分，被一個不愛妳的丈夫綁住，妳沒遇見這樣受妳吸引，也吸引妳的男人嗎？」

她憤憤地說：「你少把責任推到我身上，除了你，我沒有過別人，是有其他人追求我，但是我從來沒有背叛過你，沒有背叛過我們的婚姻。」

「爲什麼？」

「這是什麼問題？我是你的妻子，兩個孩子的媽，這樣還不夠嗎？」

「妳是個好女人，應該多爲自己想想。」他淡然道。

「你還在爲我投資舊金山公寓不滿吧？」她試探道。

車子彎進大雅路中段山坡的日式別墅區，他悶著不回答，按下遙控器打開住家大門。

「經生，我把你看透了，你是不會搬來美國的，不如我搬回來吧，我也厭倦一個人帶著孩子在異鄉生活，反正孩子們都有美籍，大一點再回去念書也不難，你看怎麼樣？」

他在車庫裡停好車，關掉引擎，手仍放在方向盤上沉思著。

「你說話呀？」

他轉過來面對著妻子，「讓孩子們回來我是贊成的，但是我沒辦法跟妳一起生活，我們……是不同的人，妳值得比我更好的男人，一個能欣賞妳的美貌和能力，願意無條件支持妳的人。」

她冷哼一聲，「我不需要別人的欣賞，只要你願意支持我就夠了，我們本來就是不同的人，每對夫妻多少有點性格上的差異。你這個人太老實，太好心，沒有我，你被人占了便宜還不知情，你需要我在身邊，經生，你不能否認這點。」

「問題是，連支持妳，我都很難辦到。」

她眼裡精光一閃，銳利地說：「你不高興我管木之藝廊？是爲了這件事跟我賭氣，對吧？」

他沒否認。

「我不懂爲什麼連姑姑都那麼信任江城，幫著一個外人找Motoko那幅畫，他是什麼居心你們還看不出來嗎？真讓他找出Motoko的身分，趙家手上最有價值的畫就得拱手讓人，我不信你一點都不擔心。」

「妳希望江城離開趙家，而我們卻擔心他遲早有一天會離開。」他淡淡地說：「這就是我們最大的差別。」

「我不懂你的意思。」

「爺爺留給我們的，是無形的遺產，而不是那些畫的價值，爲了鄉親的福祉，他去跟政府談判，希望政府釋放抓走的那些山城子弟，爲了他所信仰的價值，他甚至願意犧牲生命。」

「這跟我們有什麼關係？」

「爺爺希望把畫留給Motoko，沒遵照他的遺願，那是背叛他，愧對他崇高的精神，只要畫一天沒送出去，我們一天無法心安，因此對趙家人來說，江城是在幫我們，可惜，妳嫁進來十幾年，卻無法理解這點。」

「崇高精神……現在還有人在乎這個東西？你說這話不覺得可笑嗎？」

受深沉的失望驅使，他長嘆口氣，「我想過，這些事情即使跟妳解釋，妳也不會明白的。」

「說到底，你就是不讓我管木之，那我不管就是了，反正我也沒多大興趣，但是我們當初投資在木之的錢得收回來，不能白白虧掉。」

「錢真的對妳那麼重要嗎？藝廊的資金來自這些年賣爺爺畫的收益，要不是江城謹慎操作，挑選收藏家，爺爺的畫不會有今天的行情，爲了感謝江城的付出，姑姑和大伯才會同意以江城的漢名作爲藝廊名稱，目的是希望能留住他，繼續替趙家出力。我從來沒出過錢，不信的話，妳可以去問會計師。」

她怔怔地瞪著丈夫，「姑姑和大伯也……」

「江城，比趙家任何一個人更像趙家人。」他直視著這個眼裡只有計較的女人，不明白自己怎麼能忍受她如此長久的時間。「他不忍心看爺爺的畫被鎖在倉庫裡，開木之藝廊之前，他總說那些畫應該讓任何想親近的人，隨時可以親近。」

「爺爺的市場，是江城一手打造的，我們這些趙家人從沒想過能爲爺爺做些什麼。但是他遲早會離開，一旦他走了，趙家沒有人有能力讓爺爺的精神繼續傳承下去。」他沉痛地說。

雖然在她眼裡，江城還是個吃軟飯的男人，但丈夫決然的態度讓她明白繼續在江城這個題目上計較，只會走上死路，她決定改變方向：「江城是走是留，趙波的市場是起是落，和我們倆在不在一起有什麼關係？」

「淨雪，妳還不明白嗎？我們之間有些東西，是本質上的不同，本質不同的人永遠沒辦法相互理解，這就是妳不能理解江城，也不能理解我的原因。」

「誰說的？木之藝廊和江城的關係，你解釋過我也就明白了，以後保證不會再去惹江城，而你，我們都生過兩個孩子了，理解不理解有那麼重要嗎?天下多少夫妻是相互理解的?大家日子不還是照樣過下去?」

「但我不能。」他說:「有妳在，我連呼吸都困難，和妳在一起的每一分每一秒，我都感覺背叛自己，違背我所相信的一切，只爲了屈就妳。」

「屈就我?難道我就不委曲嗎?一個人帶著孩子住在國外的人是我，不是你!」

氣氛轉熱，他打開車門走了出去。

她追上來，「你就是這樣，怕衝突，有問題轉身就走，你怎麼不說完?你受不了跟我在一起?我呢?你問過我的想法嗎?從我回來到現在，你碰都不碰我，老用那種鄙夷的眼光看我，我做了什麼值得你這樣對待?」

他轉過來面對著她，「沒有，妳什麼都沒做，是我的錯，我不應該心裡愛著另一個人，卻勉強自己和妳結婚，甚至……有了兩個孩子。」

她停住腳步，臉色刷白，「你……愛上另一個人?」

「認識妳之前，在我懂得什麼是愛之前，我就愛著她，除了她，我這一生沒遇見過另一個讓我動心的女人。」

「誰?她是誰?」

他悲哀地笑笑，「她只是個在我心裡的影子，永遠碰觸不到的影子。」

「爲了一個影子，你要和我分開?」

「離開妳，是爲了我自己，我也希望妳能多爲自己想想。」他打開門走進屋子，丟下一句話：「我去收拾幾件衣服，立刻就走。」

林淨雪呆立在敞開的門前，有生以來第一次，她不知道該怎麼辦，放手，讓愛著另一個女人的丈夫離開？她腦子裡計算著，自己都四十二歲了，帶著兩個孩子，她找到另外一個對象的機會有多大？她家裡的人會怎麼想？還有，趙經生憑什麼這麼對待她！她爲這個家付出一切，比起她來，他又付出過什麼？當年父親以爲這個女婿可以繼承他的政治地位，將最疼愛的女兒嫁給趙經生，也多虧了林家的勢力讓他當了一任市議員，後來他不願意再管政治，爲了他，她承受多少娘家的壓力，說服父親轉而支持趙家其他人，沒有林家的支持，趙家在政治上不會有今天的成果和地位！

她不能放手，她嚥不下這口氣，趙經生別想甩開她。

在黑暗中，她握緊拳頭，決定不會就這麼善罷甘休。

鍾愛珍從深沉的倦意裡醒來，四肢的酸楚和疲憊讓她不想移動，透過窗外的月光，她慢慢適應昏暗的光線，欣賞著江城沉睡的容顏。

蜷縮的姿勢，一手枕在她的頸下，一手攬著她的腰，充滿眷戀和占有欲的姿勢。

她想起他們所在的地方：工作室地板上。

一開始的激情平息後，他重新發動車子將她載往這裡，或許是感受到前夜她的心情，不想進去有另一個女人的房子，也或許，他只是單純不想讓她記起那時撞見的畫面，不管理由是什麼，帶她來這裡是正確的。

才打開工作室的門，聞到裡頭傳來熟悉的顏料、畫布以及木頭的氣味，她本來以為已經獲得滿足的慾望重新燃起，看著他燃燒的眼神，知道他也有一樣的想法。

她偏頭看向那些被他們的激情翻倒的畫架，雕塑半成品，嘴角浮起笑容。

江城熟睡的面容，沉靜安詳的有如一尊出塵的佛像，鬆懈的嘴角宛若一朵渾然天成的蓮花，她內心湧起感動，看著這個外表和內在皆美的男人，愈是看著他愈壓抑不住另一股來勢洶洶的渴望。

她輕手輕腳地拿開他的手臂，一絲不掛地走向工作檯，扶正倒地的畫架，看到畫紙上的自己，那是她睡著的容顏，江城將那個下午的素描畫成水彩，只上了第一層顏色，她幾乎可以看到江城蹙眉挑剔地看著這幅畫，思考接下來要上什麼顏色。

翻到水彩畫的背面，她拿起一旁的炭筆，挑了個深灰色筆尖圓頓的筆，瞇著眼在晦暗的月光下尋找想要的形象，一筆一畫地，將地板上那個赤裸而壯麗的男人化為線條，複製到紙上。

他睜開眼睛，抬起頭來，「妳在畫我？」

她比了個噤聲的手勢，舉高炭筆，對著模特兒比對比例。

他嘴角拉出性感的弧度，仍維持著側躺的姿勢，另一手自在地擱在腹部。

「妳確定這次畫的是我？」

「等著瞧，江城木之。」

「從來沒有人用中文那麼叫過我。」

「你寧願我叫你Eshiro Kisuke嗎?」她的筆快速地移動著，眼神銳利地在他和畫紙間游移。

「木之，是師傅幫我起的名字。」

「師傅?」

「本田師傅，教我雕塑的師傅，我十五歲起就跟著他。」

「木之……有什麼特別意思嗎?」

他的眼神轉爲悠遠，「西之木，古代僧人追求的西方淨土之木。」

她雖然不全然了解「西之木」的意涵，但可以看出他和本田師傅的感情非常深厚。

「那是個對你期許很高的人?」

「對我來說，他是另一個父親。」

「你和父親合不來?」她瞥了他一眼。

「與其說合不來，不如說是下意識地反抗他，只要他希望我走的路，我就會挑相反的道路走去。」

「爲什麼?」

「回去參加他的喪禮時，我也才明白爲什麼。」

她停下動作，定定地看著他。

「從小看著人們對他尊敬崇拜，自覺永遠無法超越他的成就，乾脆一開始就放棄。」

「但你還是走上創作的道路。」

他笑笑，「他總說我跟著本田師傅，頂多成為工匠，不會有太大出息，瑜珈系列是在他過世後才做出來的，他沒看過我的作品。」

她的眼眶溼潤，為他語調裡的平靜所動，他彷彿說著另一個人的人生，那是江城傾訴自己的方式，他恐怕沒對其他人如此傾訴過。

「你家裡還有其他人嗎？」

「我母親，和一些父親那邊的親戚。」

「他們都看到你的作品了？」

他輕微地點頭，「京都家裡有個房間，母親放了父親的遺照，他的作品，和我的瑜珈。」

「我真希望有天能看看那個房間。」

他放下手坐起，注視著她並輕聲說：「有機會我會帶妳回去看看。」

「好。」她說。

一口氣吹在紙上，吹去多餘的炭粉，她高舉畫紙翻過去展示，「這是江城木之先生嗎？」

他坐了起來，審視著畫裡那個面容平和，身軀強健，但線條卻表現出某種柔軟氣質的男人。

「是他本人沒錯。」

她開心地笑了，像小時候被父親讚美的那個孩子，笑得開懷而滿足。

他站起來，順手拉過覆蓋著畫板的白布，走向她，將那塊布圍在她的腰部。

「輪到我畫妳了，鍾愛珍。」

她輕笑著走向他剛才躺過的地方，他打開工作室的燈，另外找來一盞立燈從她身後打燈，她身體的輪廓清晰地放大映照在牆上。

「你希望我怎麼做？」

「盤腿坐下，斜對著我。」他指示。

她照做，圍在腰間的白布像蓮花座般拱著她的身軀，她拉低臀部的布料，刻意露出股間的溝線。

「這樣可以嗎？」

他那邊卻寂靜無聲，她轉過去尋找他的回答，發現他手上端著一塊黏土，另一手握著雕刻刀，呆愣地凝視著她。

「江城？」

他放下手裡的東西，頹然道：「我辦不到，我創造不出這樣的東西。」

她咬著牙說：「你給我努力點，把我雕醜了，我不會放過你的。」

他苦笑，「見不到妳的時候，我都待在這裡，用盡各種方式想固定住妳的形象，但我就是辦不到。」

「在你眼裡，我是什麼女人？」

他偏頭想了會，「生動。」

「像什麼?」

他呆呆地看著她。

「你會拿什麼東西來比喻我?一朵花?一隻動物?」

「山蝶。」他吐出這兩個字。「林間的山蝶，若隱若現，想抓卻抓不住，不想抓了又會飛到我臉上搔癢，讓我忍不住跟著妳，走上一條又一條的岔路。」

她滿意地點點頭，「那不就是了?你還認爲辦不到嗎?」

他的眼睛瞬間被點燃，領悟抹去臉上的猶豫和不確定。

「愛珍。」他喚她。

他的雕刻刀在黏土上畫下第一刀，接著第二刀……

「嗯?」

「沒有妳我該怎麼辦?」

第十一章　回了家

趙經生喝醉了，而他但願永遠醉下去，不要醒來。

清晨的鳥鳴穿透沉重的意識，他的家聽不見鳥鳴，也吹不到這樣的涼風，清透舒爽，教人不想清醒，又捨不得不清醒。

朦朧間，他看到一雙熟悉的眼睛，他朝思暮想的眼睛，只是那雙眼裡沒有了嚴厲和疏遠，帶著關懷和柔情。

「書平，妳終於來了……」他伸出手想碰觸她，她卻驚訝地跳開。

鍾愛珍回頭尋找江城，想確定剛才聽到的不是錯覺，「他喊的是……」

江城走進自己的家裡，看著顯然在他家客廳渡過一夜的好友，還在茫醉裡不願意醒來，一臉的頹廢和沮喪。

「他是個固執的傻子。」

「可是他們年紀差那麼多。」

他覷了她一眼，「是誰說答案在直觀裡？」

「但那是我媽！況且，我爸還在呀。」

「所以這傢伙才這麼痛苦，悶了二十幾年。」

「你認爲因爲他痛苦二十幾年，我就應該接受他們的關係？」

「經生想要的，不見得是一般人以爲的感情，他很清楚永遠無法擁有李書平。」

「他到底想要什麼？」

「保存回憶的方法。」

她搖搖頭不願深問，重新蹲了下來，端詳著趙經生斯文俊秀的面容，尋找著端倪。「經生，長得像趙波嗎？」

江城搖頭，「除了糖尿病遺傳到趙波，他唯一像趙波的地方是壓抑和多愁善感的性格。」

「糖尿病……我爸也有。」

「趙波三個孩子，沒有一個人像他，也沒有人遺傳到他的藝術天分，這或許也是老天賜給他第四個孩子的原因。」

「藝術天分……」她臉色發白，顫抖著雙唇，「他們老是批評他模仿趙波，中了毒，執迷不悔，永遠出不了頭，我也曾經那麼認爲。」

「那不是模仿，那是追尋，你父親想從畫裡找出自己身世的祕密。」

她點點頭，「經生說過，爸爸站在裸女畫前，可以站上許久，動也不動地看著畫。」她咬著下脣，「你想，他是不是早就知道趙波是他的親生父親？」

他也蹲了下來，伸出手攬住她，「他是不是知道，這很重要嗎？重要的是，他感覺到了。」

「我媽說，別人可以不了解他，但我是他最疼愛的女兒，我不應該不了解。」

他低頭凝視她，柔聲說：「妳為他做的，比了解更多也更深，妳找到他追求一生的答案，愛珍，妳會回來山城，不是偶然。」

「回來……我從來沒用這個字眼來想過山城。」

「妳屬於這裡，不管去了多遠的地方，還是會回來。」

平躺在藤椅上的趙經生痛苦地呻吟著，臉上露出受宿醉折磨的難受。

「不管什麼地方，即使在山城，好像都免不了煩惱。」

「沒有這些煩惱，人生就少了點滋味。」

她笑笑說：「等經生醒來，你試試對頭痛的他說同樣的話。」

他站了起來，走向廚房，「他會沒事的，痛久了也就習慣了，哪天不痛了，他可能會覺得渾身不對勁。」

她找來一條毯子，蓋在趙經生身上，面對著這個和自己可能有血緣關係的兄長，同時也是默默愛戀她母親二十多年的痴情男子，她心裡的排斥和冷硬逐漸融化，伸出手撫平趙經生眉心的糾結，一股柔情如清流般緩緩滲透進她的心。

江城嫻熟地煮了一鍋味增湯，和白飯、魚鬆一起端到迴廊上，和她並肩而坐，兩人共同面對著蘭潭清晨氤氳的湖面，安靜地享用早餐。

她的頭輕輕地靠在江城肩上，想著身邊這個男人帶給她的感動，想著他說過的話：山城的人，不管去了多遠的地方，還是會回來。

感覺到鼓譟的內在暫時平靜下來。

經歷了這麼多事，去了那麼多地方，她首次覺得自己回家了，回到山城這個陰雨不斷，讓人不自覺犯愁的小城。

李婉玉睜大雙眼，瞪著好友兼小姑，「妳瘋了！媽不會同意的。」

「我得去看看，確定一下奶奶屁股上有沒有痣。」

她奮力搖頭，「不行不行，明天就要出殯了，妳這樣是騷擾大體，太不成體統了！」

「婉玉，我只是要妳陪我去，又不是要妳同意，妳不要跟媽說不就得了？」鍾愛珍蠻橫地抓起嫂嫂的手，往門外走去。

「喂，我還沒說好呀，陪妳去翻奶奶大體，這可不是一般的事情呀。」

「妳就不要再囉嗦了，今天下午大體就會從冰櫃移到棺木裡，封了棺我就沒辦法確定了，這對我們家可是至關重要的大事！」

院子的大門突然打開，李書平撞見媳婦女兒正上演著拉扯戲碼，面露訝異之色，「什麼大事？」

李婉玉一向忌憚婆婆的威嚴，她吐吐舌頭，毫不猶豫地背叛小姑，「既然那麼重要，妳跟媽說，我可擔待不起。」

李書平看向女兒，又問：「什麼大事？」

鍾愛珍低下頭，悶悶地說：「我得去看奶奶大體，確定一件事。」

等著母親的反對落下，卻聽不見任何聲音，她抬眼收入母親臉上複雜的表情，但那裡頭竟然沒有責備。

「我聽說……」李書平像閒聊般提起：「妳跟代書說後溝的房子不賣了？」

「那個房子不能賣。」

「爲什麼？」她懇求：「妳能跟媽解釋嗎？」

鍾愛珍猶豫著，祖母喪禮前夕，她說出真正理由，恐怕母親又要不高興了。

母親不是責備過她，厲聲質問她到底是爲了什麼回家來的？

妳回來就是為了找畫，說到底還是為了妳那些生意。

「愛珍，妳就跟媽說了吧，都是一家人，有什麼不能說的？」李婉玉勸說道。

她咬牙，迎視著母親的目光，「趙波可能幫奶奶作過畫，就在後溝那個屋子裡。」

「作畫？妳是說……人體……模特兒？」

鍾愛珍點點頭，說出和江城尋找多時的Motoko畫像。

「Motoko……妳爺爺都是那麼叫奶奶的。」李書平說。

鍾愛珍瞪著母親，原來如此，答案一直近在眼前，要是母女倆沒有這些嫌隙和隔閡，她早就應該猜到Motoko可能是祖母了。

江城說過她有能力了解難懂的心靈，只是抗拒了解，早上見了趙經生的痛苦後，再看到眼前這個嬌小的女人，她換上了另一種眼光，看到的不再是自己的母親，而是一個終其一生悶悶不樂，壓抑自己的情感，守著道德的界線，習慣自我否認的女人。

她突然很想將瘦小纖細的母親攬入懷中，卸下她肩上的重擔，撫平她臉上憂愁的皺紋，好好地裝扮她，教她身爲女人應享的自由和愉悅。

李書平從沉思裡回過神來，眼神炯炯地回應：「我知道取消賣房子，妳一定有好理由。」確定女兒接收到她所給予的肯定，接著說：「我會跟妳姑姑和叔叔商量，不然，我們就把它買下來。」

那也是鍾愛珍的想法，那房子只對鍾振興的家人有意義，與其他親戚一點關係也沒有，她沒預料到的是，能夠這麼輕易就獲得母親的同意。

「我去過木之藝廊，看了趙波的裸女圖。」她聽到母親接著說：「雖然不懂得畫，但是畫裡的女子有股動人的美，讓人心生嚮往。假如那是妳奶奶，那麼我們應該感到驕傲，不是嗎？」

「媽……」她噙著淚水看著母親，明白母親說的不只是祖母，也是她的女兒，愛珍。

李書平肯定地說：「我陪妳去殯儀館，我們一起來看看，奶奶究竟是不是趙波的Motoko。」

趙經生坐在江城家迴廊上，目光飄向不遠處的蘭潭湖水，江城的聲音從室內飄出來：「是，他不太舒服，今天的門診請劉醫生代診，麻煩妳安排一下。」

江城無聲地來到他身邊，將手機還給他。

兩個男人無言地看向同一個地方。

他知道江城等著他的解釋，他不開口，江城可以這麼等下去，對他來說，時間是沒有意義的。

他清醒時，鍾愛珍已經離開，但是他卻明白知道他夢裡看見的不是李書平，而是她的女兒，書平，永遠不會那麼溫柔地看著他。

所以愛珍和江城過夜了？伴隨這個懷疑，他心裡另一個疑問是，江城和麗生打算怎麼走下去？但又不免感到可笑，他自己這種情況，憑什麼去批評別人？

「我……決定和淨雪分開。」他終於告白。

「那是你喝醉的理由嗎？」

趙經生苦笑，「當然不是，我們是不是在一起，在我心裡早就沒有差別了。」

「愛珍……」江城難得露出猶豫的神色，「知道了你對李書平的感情。」

「我猜到了，今天早上她在這裡的，對吧？」

江城臉上毫無愧疚之色，「對，我們在工作室裡過了一夜。」

「你們這樣，對麗生不公平。」他終究忍不住，忘不了眼前這個男人是他的妹夫。

江城表情不變，輕聲反問：「什麼是公平？」

趙經生頹然垂下頭，懊惱道：「我不知道，或許我沒資格批評你，你為麗生，為趙家所做的已經夠多了。」

江城轉過身來，靠坐在迴廊欄杆上，定定地看著好友。「經生，人到底都要為自己而活，這不是你試圖讓我明白的？否則你不會勸我離開山城，不是嗎？」

「那是因爲我覺得你的格局，比窩在這裡管理一間藝廊更大，你是不凡的人，不應該埋沒在山城。」

「你這想法，也是基於公平？」

趙經生想了會江城的回答，隱約覺得他指的不只是他和麗生的關係。

「我……一直很羨慕你，可以看得這麼開，但是我卻辦不到。」

江城挑眉不語。

「我年紀比你大，但是卻沒有你的豁達，江城，我做不出對不起淨雪和孩子的事情，即使，那同時讓我覺得背叛了自己。」

「你希望從李書平那裡得到什麼？」

「我不奢望她愛上我，我只是希望……能夠守著她。」他停了一會，抬起頭迎視江城瞭然的眼神，「就只是守著她，像她守著丈夫那樣，我就滿足了。」

「那麼和淨雪名分上是不是在一起，有任何差別嗎？」

「或許沒有差別，反正我也靠近不了書平，只是那對淨雪不公平。」

江城嘆了口氣，偏頭看向院子另一方的水甕，「最真切的感情，是無法握在手心裡的。趙波曾經想把握住Motoko，所以安排她去投靠秋田俊一，他或許想事後過去跟她會合，也可能想把她放在一個，想見就能見到的地方，但是，Motoko卻選擇了另一個方式保存他們的愛情。」

「是什麼？」

「記憶。」他淡淡地說：「她選擇用記憶，保存了兩人間最刻骨銘心的感情，回歸正軌，和另一個男人過著平凡的日子。」

「你們……找到Motoko了？」

他轉過來面對趙經生，目光炯炯，「Motoko就是愛珍的祖母。」

趙經生訝異地說不出話來。

半晌後才找回聲音：「你是說……鍾振興是爺爺的……」他搖搖頭，「不，鍾家還有其他的孩子，不一定是他。」

江城卻不容反駁地說：「你是鍾振興的主治醫生，你應該有辦法確定這點。」

趙經生被真相擊中，恍然大悟，「他的糖尿病……是遺傳。」

繼而想起自己因爲同一個病症而和李書平結緣，突然不明白這世界是怎麼回事？到末了，所有事情彷彿都有牽扯不清的關聯。

透過江城的解釋，他終於將整件事釐清，也同意江城所說的，愛珍會回到山城，不是偶然。

他感嘆道：「或許是爺爺不甘心我們沒努力找Motoko，所以才派愛珍來踢醒我們。」

江城笑笑，「他本來將希望寄託在你身上，讓你遇見李書平，是你不振作，陷入情愛，他只好派出黑鮪魚來水淹山城。」

趙經生也笑了，「不，在黑鮪魚之前，他先派了日本老鷹來，就是你，想藉你啄醒趙家每個昏庸麻木的人。」

「我是老鷹?」

「你不是嗎?你的存在讓趙家人自慚形穢，你爲爺爺做的事，本來應該是趙家子孫的工作。」

江城朗聲笑了，「照你這麼說，趙爺爺現在派來他厲害的孫女，不再需要我這隻日本老鷹了。」

趙經生跟著大笑，可不是嗎?他本來還擔心江城走了以後，沒有人可以接續他的工作，現在有了愛珍，誰比她更有能力，可以從江城手裡接下維持趙波市場的任務，堅毅地捍衛趙波的精神?

冥冥之中都安排好的，人到底都在自尋苦惱，費心強求什麼?

看著多年好友，他嘆道:「愛珍回來山城，或許還有另一個任務。」

「是什麼?」

「把你這段枯木，化腐朽爲神奇。」他解釋:「雖然我希望麗生和你能夠幸福，但是，從一開始我就知道那是不可能的，雖然說你是爺爺派來的老鷹，但和麗生在一起，她才是老鷹，只要在她身邊，你會將自己化爲枯木，不動不變，供她棲息，因爲你不知道該拿心裡的愧疚感怎麼辦，這是你唯一知道的方法。」

「經生……」

「我想麗生也體會了這點，你不放手，她也飛不遠，其實，真正需要遺忘的人，是你，我試了好幾年希望讓你明白，沒有人怪你，但是真能放你自由的，恐怕只有你自己。」

江城但笑不語。

「江城，你和愛珍本質上是相同的人，都是爲了追求人生的真，不惜違背世俗想法的人，我和麗生唯一能回報你的，就是成全你們，祝福你們。」

鍾家全家族的人齊聚於靈堂，一一向前來公祭的人們回禮，鍾愛珍跟著家人披麻帶孝，站立在一旁。

出殯的時辰就要到來，這場延宕了兩個月的喪禮，終於得以完成。

「除了等好風水的墓地之外，最大的原因，還是妳奶奶過身前交代要在這一天出殯。」李書平在離開殯儀館時，這麼跟女兒解釋。

愛珍想了下喪禮的日期，三月二十五日。「那是趙波被槍決的日子。」

看完婆婆的大體後，李書平對女兒的話不再有疑慮，婆婆和趙波曾經發生過感情，她猜想是公公到南洋當軍伕的那幾年裡頭所發生的事情，結婚沒幾天，公公就走了，兩人應該沒機會培養感情，既然如此，婆婆後來愛上趙波，甚至還懷了他的孩子，這不是不可能的事，只是……婆婆爲何不隨趙波離去？反而選擇留下來，埋藏那段感情，爲另一個男人接著生了六個孩子，保持沉默地陪在他身邊一輩子？

公公從南洋回來後，趙波還沒過世，那段日子，距離情人那麼近，卻不得相見，婆婆的心情又是如何？

此外，當初公婆搬離後溝，據說是因爲受不了親友近鄰的閒言閒語，這是不是表示，公公清楚妻子和好友的關係？他知道長子不是親生的嗎？不知怎的，李書平想得愈多，公婆的形象就愈模糊，那年代的故事，彷彿永遠不會有具體的解釋，就這麼隨著時間和生命的流逝，消失在塵世中……

李書平心不在焉地跟著禮儀社的指示，安排著喪禮的儀式和細節。

兩個高大的身影從敞開的大門走進來，逆著光，眼裡又噙著淚水，李書平瞇了好半天眼睛，才看清那是木之藝廊的經理，江城，伴著那個固執深情的孩子，趙經生。

她的視線和經生交會，感覺到他眼底的落寞和悲傷更深，那讓她心頭一緊，怎麼不想個辦法讓自己開心起來呀，你的人生還很長吶？她無聲地勸告著他，那是為他心疼，但卻不能說出口的心情。

接過她手裡的香，他的手在她的手上短暫地猶豫了一會，她斷然抽出手，退到一旁。

兩個男人向靈堂上的畫像上香敬禮。

江城的視線，即使在上完香後，仍然一動也不動地盯著婆婆的畫像。

同時間，鍾愛珍也注意到了，順著江城的視線，她看向祖母的畫像，像被雷打中般猛然跳了起來，這個舉動引起眾人的驚嚇。

她比著那幅畫像，喊道：「拿下來！我得看看那幅畫！」

叔叔鍾振源喝斥：「愛珍，妳要幹麼？」

鍾愛珍卻視若無睹，像著了魔般，逕自搬來椅子，爬到靈堂上取下那幅畫像。

看到她的舉動，在場的人莫不倒抽一口氣，只有剛祭拜完的那個高大男子，面帶微笑看著她。

「這這這……成何體統！我生眼睛以來就沒見過這種事！」穿著黑西裝的司儀匆匆趕上前制止。她撥開那人阻撓的手，拆掉畫框，細細檢查那幅十號大小的油彩帆布背面。

眾人只見她兩眼發光，興奮地抬起頭，對上那微笑男子的目光。

「趙波的簽名。」她宣布。

江城湊過去看了眼簽名旁的日文題句，要來一張紙筆，思索一番後寫下：

遲春初見，Motoko南風般容顏，與弟相約習作。

現場每個人都被這兩人給搞得一頭霧水，李書平和趙經生眼神交會，交換著了解和明白。

林素，無庸置疑的，就是Motoko，也是趙波一生的摯愛。

選擇用記憶來保存兩人的感情，表面上是這兩個愛人對現實的順從，實際上是爲了更深刻的理由，碰觸了內心最深處的真實情感，再也沒有其他世俗的方式得以保存……

喪禮過後，鍾家和客人平靜地吃完一頓齋飯，早晨靈堂前的插曲過去了，上一代的祕密被揭起又散去，那兩個相候許久的靈魂，隨著黃土飄落掩埋，終於得以安眠。

一切歸於平靜的夜裡，李書平和三個兒女，志豪、愛珍、愛倫，來到他們父親的病房。

鍾愛珍當著父親的面，絮絮交代回國以來尋找趙波贈畫的一連串發現。

「爸爸是趙波和奶奶的骨肉，而我們是趙波的子孫。」她對著哥哥和妹妹做了結論。

住在外地的鍾愛倫最不清楚尋畫的經過，這段過程在她聽來有如看電影一樣不真實。「所以我們應該姓趙，而不是鍾？」

李書平搖搖頭，「不，奶奶替你們做了決定，讓你們姓鍾，這點是永遠不會改變的。」

「不管怎樣，趙家那麼顯赫的家族，也不會輕易承認我們。」鍾志豪實事求是地分析：「愛珍說趙波留給奶奶和爸二十一幅裸女圖，但這也得他們肯承認確實有這個遺囑才算數，就算奶奶的畫出自趙波親筆，再有價值，我們總不能變賣奶奶的遺像吧？」

鍾愛珍明白哥哥的顧慮，他只是換個方式讓她明白尋畫這件事情，她是白費功夫了。

她將視線移向表情寧靜安詳的父親，他像是睡著了，也像是禪定，閉上眼只爲了更敏銳地感受世間所有動靜。

「趙波留給我們的，不只有那些畫。」她邊說邊走向父親床頭，低頭用手指輕描著父親的五官，「還有爸，他不畏批評，專注探索的精神，我重新看過他的畫，那不是模仿，而是孺慕，他的畫比趙波更柔和，更有包容性，色彩也更豐富，爸畫的，其實比趙波更好。」

鍾振興唯一無法超越趙波的，是裸女系列，因爲他無法理解既然擁有那麼真摯熱切的情感，怎麼可能忍心放手，他的一生從沒有過相同的感受，也或許，是無意間曾撞見母親思念的淚水，抑或感知了趙波筆觸裡流淌的深切懷念，讓他決定當一個旁觀者，認清了自己沒有那莫大的勇氣去面對相同的情感。

父親緊閉的眼，讓鍾愛珍終於明白，那是他經過深思熟慮後的選擇，但是這些思索，他沒有可以述說的管道，不能向飽受折磨的母親探問，對藝術陌生的妻子也不會懂得，只能向寄望深重的女兒珍珍，用無言的方式指引她去體會，讓她代替自己讓眾人了解。

在她身後，母親正和哥哥以及妹妹交代昨天的討論：「後溝的房子，奶奶一直希望能要回來，我和愛珍想由我們這一房出面，把其他人那份買下來，房子過戶到你們爸爸名下，你們看怎麼樣？」

鍾愛倫可有可無地說：「我沒意見。」

鍾志豪爲難地回答：「那房子值不了什麼錢，當然不是大問題，真正的問題是，要怎麼跟親戚們交代？難道真的要坦白爸是趙波的私生子？」

在鍾愛珍出言反駁前，李書平搶先一步，厲聲道：「趙波是個值得尊敬的人，你們應該以身爲他的子孫爲榮，你們的爸爸也會希望讓人家知道他是趙波的兒子！」

鍾愛珍看著母親，在心裡暗自鼓掌，媽媽的果決和氣勢，果然還是略勝她一籌呀！她發現自己第一次以欣賞的眼光看著母親，也明白她能讓風度翩翩的趙經生執迷愛戀了這麼長久的理由。

家人的討論聲漸漸從房間裡消音，她看著父親，撒嬌地拉拉他的手臂，「老爸，你不會介意有個人代替你疼愛媽媽吧？」

「怎麼會呢？我高興都來不及。」

「哼，你當然高興，也不檢討檢討，你從來沒有好好珍惜過媽，只當她是個不懂藝術的俗人。」

「對對對，珍珍說得對，爸是欠了妳媽很多。」

「你總是這樣，被罵了還是笑嘻嘻的，受人攻擊也不會反擊回去，不知道你上輩子修了什麼福氣，這輩子投胎當趙波的兒子，娶了個這麼完美的女人，還生了我們三個這麼乖的孩子。」

「三個孩子裡，只有妳最不乖吧？」

「我不乖？是誰幫你找出身世之謎？接下來我還要幫你辦一場轟轟烈烈的畫展呢！」

「好好好，珍珍最乖了。」

「老爸。」

「嗯？」

「對不起。」

「傻珍珍，妳對不起爸爸什麼？」

「我不應該在你面前摔畫筆。」

「妳不是又開始畫畫了嗎？老爸早就忘了摔畫筆那件事嘍。」

「還是對不起。」

「又怎麼了？」

「我應該更常回來看你，不應該去離你那麼遠的地方。」

「唉，我的寶貝珍珍啊，妳把爸爸放在心上就行了，這麼一來，妳去哪，爸爸就跟著去哪，妳的成就，爸爸都看得到，都爲妳驕傲呢。」

鍾志豪和小妹立在床尾，詫異地看著哭得慘烈的愛珍，奶奶的喪禮上她都沒掉眼淚，還上演了拆遺像的驚人戲碼，她現在到底爲什麼而哭？

他們交換個不解的眼神，接著更詫異地發現一旁的母親也無聲地流著淚，眼睛裡卻充滿欣慰。

木之藝廊所辦過的當地畫家展覽裡，沒有一場像鍾振興畫展這麼轟動，吸引了全國媒體和藝術圈眾多藝術家、畫商、藏家齊聚觀賞這場「趙波／鍾振興：血脈相承」的展覽。

一時間寬闊的大雅路負荷不了大量湧進的轎車和採訪車，紫荊市警局首次得爲了一個藝術展覽調度警力，指揮交通的窘境。

自展覽邀請函發出後就眾所矚目，主要原因是先由紫藤拍賣公司消息靈通的總監放出風聲：鍾家藏有趙波失落的珍貴畫作，找到那幅畫也可能找出趙波畫裡神祕的女人。

而這場以「血脈」爲主題的展覽，更是引人猜疑。

姑且不論這些記者藝術涵養水平高低，光是因爲展覽而引來全亞洲最重量級的幾位收藏家蒞臨，就已經有足夠的噱頭，各大媒體紛紛放下其他的娛樂文化新聞，派出報社最有分量的記者們前來山城進行採訪。

郭茜茜沒想到在這麼短的時間內，還會再回到這個小山城，由於趙家和木之藝廊的口風極緊，關鍵人物鍾愛珍又保持低調，從頭到尾不對外發言，於是郭茜茜突然成爲記者追逐的對象，等待開幕酒會開始前的階段，她應記者群要求，在下塌的飯店會議廳接受採訪，將她所知道的一切，關於木之藝廊的背景，江城木之的真實身分，和鍾愛珍在國外的聲望，發現達文西的經過，以及她和世界頂級收藏家馬文林區的關係，一一解釋給這票對藝術市場顯然一無所知的記者們聽。

記者會的焦點，聚集在她未經趙家同意就透露的趙波遺囑內容。

「郭小姐的意思是，只要找到這位Motoko，也就是趙波的模特兒，趙家就必須送出所有裸女系列的畫作？」某電視台的記者要求確認。

郭茜茜點頭，「當然這還是得看趙家人的良心，畢竟那份遺囑並沒有經過律師公證。」

「依您的看法，鍾振興這場『血脈相承』的展覽，和Motoko這幅畫有沒有關聯？鍾振興會不會就是趙波的私生子？」

「肯定有關聯。」郭茜茜沒有任何遲疑，「鍾愛珍是國際大畫商，聽說馬文林區已經備好大筆資金，準備由她主導開拓亞洲市場，成立『林區藝術』這個新的藝術品牌，要不是爲了找Motoko這幅畫，她才不可能浪費時間在山城待這麼久，也不可能單純只爲了幫父親辦畫展而留下來，再說，今天晚上出席的藏家，以汎亞美術館的關楊爲首，每一個都是趙波最忠誠的藏家，和趙波無關的畫展是請不動他們的。」

「請問鍾振興這個畫家之前的市場行情如何？」

「鍾振興是誰？我沒聽說過。」郭茜茜眨眨長長的睫毛，無辜地反問。

現場記者們哄堂大笑。

「讓我們假設，鍾愛珍今天晚上真能證明她父親和趙波有血緣關係，那麼鍾振興的市場行情是否會有改變?」記者又問。

「那當然，紫藤公司肯定衝第一個搶下現場所有的畫。」

現場大半不明瞭箇中道理的記者們面面相覷。

郭茜茜笑容迷人地說:「我到過鍾振興的工作室，近距離看過他的畫，技巧上是沒有問題的，他的畫和趙波的畫放在一起，我想在場沒有一個人分得出誰是誰，但仔細比較，鍾振興的油彩表現更活潑，主題也比較生活化，這是他勝於趙波的一點，雖然以風格和技巧來評斷，只能說是模仿趙波的技法，模仿得再好還是仿。」

「那麼一旦證明他和趙波有血緣關係，這點爲何會有所改變?」

「假如鍾振興真是趙波的私生子，那麼這就不叫模仿，而是一個兒子對父親的孺慕之情，而最動人的是，他甚至不知道那是他的親生父親，只是冥冥中受到血緣的感召，無法自拔的爲延續父親的畫而奉獻，這是多麼動人的故事。藝術的市場裡，有些作品因爲故事性而更迷人，例如梵谷割耳朵這件事，雖然沒有人真正知道原因，但因爲有諸多想像和猜測，使得他的畫在觀者眼裡多少帶有執著和癲狂的色彩，更加引人入勝。」

那些記者終於明白郭茜茜的論點，紛紛引頸期盼即將開始的展覽酒會。

回到飯店房間裡，郭茜茜向裡頭正翹著長腿等她的女人得意地笑笑。

「怎麼樣？我說得還可以吧？」

女人挑了挑眉，一臉不悅，「誰叫妳搞沒聽過鍾振興那一套的？」

郭茜茜一屁股坐在床上，無奈地看著她，「爲了製造戲劇效果嘛！妳也看到那些記者的反應了？我照妳要我說的，引用梵谷那段，說得夠精采吧？」

女人還是悶著臉一言不發。

「拜託，我也不過脫稿演出一句話，妳就別生氣了！」她眨眨眼，哄她：「愛珍，我的姑奶奶，好啦，別生氣了？」

鍾愛珍站了起來，一頭長捲髮披在裸露的肩膀上，穿著紀凡希的碎鑽黑禮服，她整個人看起來就像是尊不可侵犯的女神雕像，她臉上的陰霾隨著開幕酒會的逼近，愈來愈低沉。

「愛珍，妳答應幫我安排跟關楊那票收藏家吃頓飯，妳可別忘了！」

鍾愛珍覷了眼郭茜茜，「我考慮考慮。」

「媽呀，妳真難討好耶，我也不過說錯一句話，好好好，我道歉，行了吧？我可是放下香港那邊的春拍盛會，專程爲了幫妳跑來山城的。」

鍾愛珍冷哼一聲，「我不找妳，妳自己也會來。」

「妳說得是，我當然不會錯過有關楊和江城的晚會，尤其我還聽說江城最近工作得很勤，是不是要推出新作品呀？」

「妳消息還真靈通？不會收買了小靜吧？」

「小靜？」郭茜茜從鼻子裡噴出一口氣，「我會跟一個小助理打聽消息？我可是從紫荊市市長，趙君儀那裡直接聽說的。」

鍾愛珍聳聳肩，對這女人的八卦管道一點興趣也沒有，她拿起丟在桌上的晚宴包，走向門口，郭茜茜追上來，「愛珍，妳說，江城願不願意直接把作品交給紫藤拍賣呀？我們可以先跟他訂下來，價錢由他開，妳幫我跟他說說，拍出去的成果我們按成數給妳，怎麼樣？」

「妳知道我看不慣拍賣行的原因嗎？」

郭茜茜搖頭。

「你們二級市場要做，一級市場也不放過，到底把畫商和畫廊放在哪裡呀？其他人的市場你們或許可以一手遮天，但至少江城和趙波的東西，我會讓你們永遠動不了的。」

「現在誰不這麼做？藝術家願意，拍賣的錢直接進藝術家口袋，有什麼不好？」

鍾愛珍瞪了她一眼，「隨便你們要怎麼搞，要我幫妳弄到江城的東西，那是不可能的。」

「因爲妳要收下來做林區藝術的專屬藝術家嗎？」郭茜茜說出縈繞心裡許久的猜想，連在台北的她都聽到風聲，江城和立委趙麗生感情似乎生變，一些從山城來的藝術家之間耳語著，原因可能是因爲鍾愛珍的介入。

但她可是親眼見識過馬文林區對鍾愛珍的重視，沙奇的開幕晚會，他因爲找不到鍾愛珍而心神不寧，她不相信有了馬文林區這麼有權勢的男人，還有女人會看上江城那邋遢藝術家？

除非，鍾愛珍另有接近江城的目的，而她唯一能想到的理由就是林區藝術。

不過，看到她難看的臉色，郭茜茜決定閉嘴，不再繼續挖掘。

走到門口，手機鈴聲大作，鍾愛珍不耐煩地掏出手機，聽了半晌後，應付幾句便掛上手機，扭頭走回房裡，評估地看著郭茜茜。

「怎麼了？」

鍾愛珍雙眼一溜轉，嘴角露出冷笑，「妳只想跟關楊吃飯嗎？我給妳更好的，不過妳今天晚上還得在記者前幫我爸再多說一些話。」

江城踏進木之藝廊時，趙家姑姪忍不住笑了出來，連一旁的小靜都忍俊不禁。

只見他一臉彆扭，拉著領帶，直接扯下它，打開襯衫上的三顆鈕釦。「現在不可笑了吧？」

眼前的三個人根本不理會他，目光朝他的腳看去。

「江城穿皮鞋，這可是大新聞。」趙君儀嘖嘖稱奇。

「哇，野口沒看到這一幕，損失可大了。」

小靜聽著兩人的諷刺，噗哧一聲笑了出來。

藝廊內外形成強烈對比，一堆記者警察塞在門外，一片緊張吵雜的聲音，裡頭則是輕鬆愉悅的氣氛。

「愛珍呢？」

小靜聳聳肩，「叫了輛車去王子飯店，不知道做什麼呢。」

「都準備好了？」

她攤開兩手，「你們饒了我吧，連江先生都這麼緊張兮兮的。這個月啊，我的青春和睡眠時間都賣給藝廊了，還有什麼沒弄好的？」

趙經生笑著對江城解釋：「你閉關的這段時間呀，愛珍可是把木之藝廊鬧得人仰馬翻，小靜都快被她折磨得不成人形了。」

趙君儀也笑說：「愛珍是頂尖的畫商，小靜多跟高手學學是對的，跟著江城啊，妳也學不到什麼東西，頂多泡泡茶燒燒香。」

江城露出訝異之色，迎接趙家姑姪的調侃。這是怎麼回事？不過就是讓愛珍在籌備鍾振興畫展期間暫時接手管木之，她竟然連趙君儀都收買了。

「你們……準備好今天晚上要發表的東西了？」

趙經生點頭道：「都準備好了，多虧愛珍弄來她祖母的遺像，這會是Motoko絕無僅有的展覽，以後再也看不到了。」

「這不也是關楊那票人來的目的？」

趙君儀嘆口氣，「要我說啊，今晚的演說應該由大哥來說，雖然他好不容易同意內容，但是不希望看到爸成爲被評論的對象，他怎麼也不肯來。」

「依我看，你們也沒有其他辦法，否則愛珍不會放過趙家的。」

趙君儀反而不介意地笑笑，「我就想山城怎麼能出了一個這麼厲害的人，原來還是咱們趙家的子女，大哥那個老頑固，鬧他的彆扭去吧，我可是很高興呢。」

趙經生看著江城，小心翼翼地說：「麗生今晚也會來，你們有段時間沒見面了吧？」

江城聳聳肩。

「唉，我都不知道你們小倆口鬧什麼呢？不是好好的？選舉就要到了，可別鬧什麼笑話。」趙君儀嘆口氣。

兩個男人互看一眼，默不作答。

門外的警衛敲門問道：「時間到了，是不是可以開放入場了？」

江城點點頭，這場鍾愛珍親手籌備了一個月的秀，終於要登場了。

鍾愛珍偕同母親李書平出場，和紫荊市市長趙君儀，以及美院院長聯合剪綵，這是開幕晚會的第一個高潮。

江城本人在展場裡迎接來賓，造成第二個高潮。

滿場的記者忙著追逐稍早時郭茜茜所提到的人物，根本無心細看現場展覽的畫作。

而第三個，也是這場晚會設計好的最高潮，則是由趙君儀親自掀開趙波從未公開過的畫作〈Motoko〉。

站在木之藝廊的內室展間，那幅畫掛在入口，蓋著一塊紅布。

趙君儀對著滿場的賓客和記者，聲音沉穩地致詞：「今天我很榮幸，介紹這幅我父親一生創作裡，最珍貴的一幅畫，這幅畫珍貴的理由有很多，我只簡單講最重要的三個：第一，這幅畫只會展覽這麼一次，以後不會再對大眾展示。」

「第二，眾所周知，在我父親那個年代，人體畫是多麼的驚世駭俗，我的父親甘冒風險，爲藝術理想而努力，最後，也爲了理想而犧牲，讚頌他的同時，大家不要忘了，更值得讚頌的是在那個年代裡，願意用行動支持藝術，牴觸道德法律，甚至冒生命危險的人體模特兒。在場熟知我父親作品的收藏家朋友們應該都知道，裸女系列，我們暱稱爲Motoko，由來就是這個關鍵的作品，裸女系列感動了許多人，但是沒有人知道裸女的真面目，而那個失落的拼圖，就藏在這幅找回來的畫裡。」

講到這裡，她停頓了一下，視線落在鍾愛珍臉上，「最後一個理由，是我們終於找回趙家失落在外的珍寶，不只是這幅畫，也是失落在外的家人：我父親的第四個孩子，也是唯一一個繼承了父親的藝術精神、貫徹他的理念的孩子，他就是Motoko的兒子。依照我父親六十年前的遺願，我代表整個家族，將父親二十一幅裸女圖，悉數轉交給我的親弟弟，鍾振興。」

她的手優雅一拉，紅幕落下，〈Motoko〉的笑容首次在大眾面前展示，懸掛於內室入口處的Motoko，和矗立於中央的〈甦醒〉，從藝廊的某個角度看過去，連成了一幅畫，Motoko乍醒欲睡的容顏回歸軀體之上，回應親愛的人的笑容裡，有著一絲含蓄的欣喜，讓他看到她睡容的羞窘，也是讓他等待許久的歉意。

趙波想念著這副容顏，用盡最後自由的時刻，畫下〈甦醒〉，然後帶著這個最美好的記憶，從容赴義。

在場許多痴迷趙波藝術的人們，深深被趙波對這個女人超越時空和世俗的感情所觸動，收藏家的這些沉默感動，不爲其他人所察覺，默默地在彼此間流傳，共鳴，本來就是種很私密，難以言傳的感受，就像是個低沉的頻率，只有很少的人，在突然靜心的時刻，才能夠接收到的頻率。

其餘的人們，因爲趙君儀的最後一句話而沸騰起來。

記者們回頭去拍攝鍾振興的畫，藝評家和畫商們也在鍾振興的畫裡細看，端詳父子畫作的細微差別，然後將它擴大，從孺慕感懷，誇張成超越以及成長。

鍾愛珍陪著母親，靠近當年帶頭排擠攻訐鍾振興的同事，同時也是今天的美院校長。

「校長還記得我吧？」她語氣熱情，眼神卻冷若冰霜。

「喔，愛珍，當然，妳是當年班上最有天分的學生，我怎麼會不記得？」

「院長記憶力這麼好，應該也還記得，你當年曾經批評過我父親沒有創造力，只會模仿趙波的畫，對吧？」

「我說過這話嗎？唉，我年紀大了，記憶力都不好了，李老師妳說是不是？我們年紀都大了。」

李書平客氣地笑笑，「是啊，年紀大記憶力確實會變糟，還好有年輕人能幫我們記得一些過去的事情。」

「既然如此，院長現在看我爸的畫，還覺得是模仿嗎？」鍾愛珍不肯輕饒地繼續追問。

美院院長搖頭如浪鼓，「當然不是，振興兄的色彩豐富許多，假如說趙波的紫荊公園像梵谷，振興的山城寫生就像塞尚，沒有那麼濃烈執著的情感想表達，只是單純地想分享他對山城景物的欣賞，不一樣，兩個人是絕對不一樣的。」

美院院長訕笑著，入口處傳來的騷動分散了他們這個角落的緊繃氣氛，靠近他們的畫商竊竊私語的內容傳入他們耳中：「那不是馬文林區嗎？」

「郭茜茜帶著馬文林區進場了，還有法國都皇拍賣公司的瑪歌夫人，和歌劇院藝術集團的狄恩先生！」

馬文的到場，雖然在鍾愛珍的計畫之外，但注定會成為晚會的最高潮。

江城的視線越過人群，找到鍾愛珍，他挑眉無聲質問，她則以聳肩回答。

他很快來到她身邊，把她拉離美院校長和李書平，低聲問：「妳在玩什麼把戲？」

「我也才剛知道他們會來，所以派郭茜茜去機場接他們，直接從香港飛過來，我真懷疑山城的小機場怎麼容納得下馬文的噴射機。」

「妳很得意嗎？」

她笑笑，「不管怎樣，他來得正好，不是嗎？」往下看向他的鞋子，她故意岔開話題，誘惑地說：「你果然信守承諾，不過，你還是穿拖鞋比較迷人。」

「愛珍？」他警告她。

她指向站在另一個角落的女人，「你的妻子在那邊等你，我得去陪伴我未來的……」她舔舔嘴唇，

「老闆。」

語畢，她不管江城燃燒的眼神，風情萬種地迎向正用眼神尋找著她的馬文。

趙麗生對江城露出甜美的笑容。

「我聽說你最近閉關工作？」她流利而完美的日語，添上了前所未有的輕快。

他點頭，「妳呢？經生說妳到歐洲旅行了？」

「對呀，好久沒有這樣自由自在地到處走走，好痛快呀。」

面對她強裝的輕快，江城皺起眉頭，而那表情讓她斂起笑容。「不要這樣看著我，我不想被你看透。」

「麗生……」

「我不是玻璃娃娃，不會碎的，你不用擔心。」

「就當是……習慣。」

她扯扯嘴角，「我知道，讓我證明給你看，我比你想像中堅強，這次回來，我準備跟家裡人提我們的事，你找時間把簽好字的文件拿給我吧。」

「那確實是妳想要的？」

「江城，」她看著這個即使是注視都能讓她感到心痛的男人，「歐洲是很美的地方，目光所及到處都是藝術品，那是個讓人感覺很舒服，很自由的地方。在旅途中，我明白一件事，只有自由的心靈才能創造出美麗的作品。」

她定定地說：「我希望你能從愧疚中解放，我希望你自由，只有這樣，你才會快樂，而我，也才會快樂。」

「妳變了。」

她笑笑，摸摸自己的頭髮，「我希望是變漂亮了？」她看向不遠處的鍾愛珍，「那是個讓人移不開視線的女人，我知道自己比不上她。」

「妳和她是不一樣的女人。」

她回過頭來凝視著江城，「我本來以爲會嫉妒，但是看著她，我卻沒有那樣的感覺。」她停頓一下，「我不知道怎麼樣才能得到你的愛，但是我寧可相信那是因爲我們不適合在一起，而不是因爲你沒有辦法愛人。」

他等著她的解釋。

「因爲愛上一個人，全心全意，沒有退路地去愛，是人能擁有最動人而深刻的情感，即使可能受傷，但對於生命卻能帶來許多的啓發，這樣的心情，身爲藝術家的你應該，也必須體驗看看，就算是……」她咬著下脣，忍住冒出的淚水。

「就算是報答你，讓我這樣愛過你。」

他溫柔的眼神讓她幾乎承受不了，她隨手拉了一個經過的人，迅速地戴上面具轉移情緒。「陳議員，你也來看展覽呀？」

江城的視線跟隨著她臉上的笑容，那無懈可擊的笑容，能柔軟世上最冷硬的心。感情，是無法抓在手裡的，除了握緊，還有其他的方法可以保存那最初的感動和最深切的悸動，只是，一般人往往不能明瞭，也只有最聰明慧黠的心靈，才能看透這一點。

趙經生呆呆地看著那個幾乎被人群淹沒的纖細身影。

身後的人拍了兩下，才讓他回過神來。

「我的眼光沒出錯吧？YSL的洋裝很適合她，我也帶她去剪了個時髦的髮型，染了頭髮，看起來至少年輕了十歲，對吧？」是鍾愛珍，和他注視著同一個人。

他一臉狼狽，結結巴巴地說：「是……是啊，很不錯……不錯。」

她笑了出來，比了比樓上，「到辦公室去，我有事想和你聊聊。」

他點點頭，尾隨她走上樓梯，進入江城的辦公室，晚會的喧囂被阻隔在門外。

她走到窗邊，打開窗戶，「木之藝廊一下子擠進這麼多人，悶死人了，你不覺得嗎？」

他回想起第一次在這裡面對愛珍，她的強勢和野心勃勃讓他感到侷促不安，但即使是那個時候，他對愛珍都有著莫名的好感，現在他明白理由何在了。

「愛珍，我真的很高興，能找回妳這個妹妹。」

她搖了搖食指，「我們只有四分之一的血緣，你可不要亂認親。」

他笑了出來，「妳不想認我，我也不敢造次。」

她露出俏皮的笑容，「我不想太早認你。」

「什麼意思？」

「你和我媽呀，或許有一天會在一起，等到那一天再攀親也不遲。」

他一個四十幾歲的人，居然在小自己十歲的妹妹面前，臉紅了。

她擊掌開懷喊道：「說不出話來了，真妙，我媽年輕了十幾歲，外表跟你相配，接著你又臉紅地跟高中生一樣，改天我得幫我媽綁兩條辮子，才能配得上你了。」

「愛珍！」他急急喊道：「妳都是這樣捉弄哥哥的嗎？」

她止住笑聲，輕快地說：「我說過你不是我哥，不然等你和我媽在一起，我都不知道該怎麼喊你了。」

這次他決定放任她的淘氣，就像對待麗生一樣，不管她怎麼說，即使在知道血緣關係之前，他早就把她當妹妹一樣疼愛了。

「今天晚上的展覽很成功，恭喜妳了。」

「那是我欠我爸的。」

「也是趙家欠你們的。」他接著說：「妳想找我談畫的事，對吧？」

她點點頭，「我想問你，趙波基金會準備什麼時候成立？」

他習慣性地想回答：那得找江城談。繼而想起，不能再依賴江城了，他們才是趙波的子孫，應該負起責任，給爺爺一個交代了。

「這取決於妳，愛珍，除了妳，趙家沒有人有能力管理爺爺的畫。」

「我？」

「我和姑姑商量過了，江城遲早要走，他有更宏遠的未來，我們不能再綁著他，他走了以後，趙家就只剩下妳可以接手基金會的工作。」

「江城……要走去哪裡？」

他嘆口氣，「他本來就應該自由自在的，要不是爲了我們，他早就有更高的藝術成就。」

「他和麗生……」

「我們會離婚。」樓梯口傳來一個溫柔的聲音。

趙麗生緩緩地走進辦公室，身段優雅地在鍾愛珍面前坐下。兩個女人對視，交換著複雜而微妙的心情。

「我比妳大三、四歲吧？說起來我算妳的姊姊吧？」趙麗生對她溫暖一笑。

面對著這個女人，鍾愛珍無可避免地想起那晚，在江城家裡撞見他們親熱的那一幕，她和江城的關係還是若即若離，過去的一個月，她忙著展覽的事情，江城閉關創作，不輕易下山，兩個人根本沒機會見面，她不知道他和妻子真實的關係如何，江城也不會主動提起。

雖然明白自己不夠資格，但還是忍不住感覺嫉妒，這是面對她時擺脫不掉的心情。

而趙麗生似乎看穿了她的心思，「我們有過好幾次機會可以好好認識對方，但時機，好像總是不太恰當。」

鍾愛珍悶不作答。

「我不想讓妳不舒服，愛珍，我可以這樣叫妳嗎？」

她僵硬地點點頭。

她看了眼哥哥經生，「我和江城的決定，你都沒跟愛珍說嗎？」

趙經生搖頭，「別把我扯進去，江城不說的事，我也沒理由多嘴。」

他站了起來，「我看我還是別在這裡打擾妳們聊心事。」偏頭對愛珍說道：「基金會的事，妳考慮一下，細節我們以後再聊吧。」然後迫不及待地離開現場。

看著他遠離，她嘆口氣，「和江城一樣，都是不懂女人心的傻子。」轉向愛珍，她真摯地說：「離婚協議書我已經簽了字，也交給江城了。結束這段婚姻，我只有一個條件。」

「什麼條件？」

「必須等到年底選舉完才生效，妳可能不了解政治，就像我不了解藝術一樣，但是一個女人，要是在選舉前家庭出問題，就一點勝算也沒有了，這不是場公平的競爭，但事實就是如此。」

而她是不接受輸的結果的女人。

面對這個自信成熟的女人，鍾愛珍苦澀地了解了自己犯的錯誤，以前她一直是出於嫉妒及成見，將趙麗生想成驕橫的趙家公主。

然而她現在才明白經歷過那麼可怕的生死關頭，一個人是不可能不成熟的。

「我明白了。」

「愛珍，我雖然不清楚妳對江城有什麼想法，但是，我從來沒見過他對一個女人這麼著迷，我想，妳在他心裡有著很特殊的地位。」

「妳跟我說這些的目的是?」

她的眼神閃了一下，「我沒有能力從他那裡得到我想要的，但願妳比我幸運，可以得到妳想要的。」

「我不要他什麼。」

她笑笑，「那或許，就是妳比我有資格得到他的原因。」

這個回答讓居於弱勢的鍾愛珍抬起頭來，怔怔地看著她。

江城用生命守護這女人，從不拒絕，給她所有的一切，但她卻說得不到她真正想要的，這個說法讓鍾愛珍深深感受到江城所受到的傷害，也讓她不舒服極了。

趙麗生以為難懂的是江城，其實，難懂的是她自己，即使是現在，只要她願意，江城可以海枯石爛的守護著她，沒有盡頭的包容守候。

鍾愛珍根本就沒有資格和她競爭。

她不明白趙麗生選擇放手的真實原因，但可以肯定的是，她需要一些時間才能明白自己錯過了什麼，江城，不是可以用世俗的方式「得到」的男人。

她站了起來，不耐煩地想結束討論。

「既然妳可以算是我姊姊，那麼我能不能拜託妳一件事?」

「什麼事?」

「撕掉那張離婚協議書。」

她詫異地看著愛珍。

「我說過我不要江城什麼，他要我，就得自己爭取。」

「我不懂……」

「真心要我，他就必須採取行動，自己跟妳要求離婚，我要的感情，不是握在手裡，就是完全放手，和妳這種既想放手卻又捨不得的感情觀不太相同。」

說完，她欠身告退，回到樓下等著她的賓客群裡。

獨自坐在空曠的辦公室裡，趙麗生腦子裡迴響著她的聲音。

想放手卻又捨不得……她的心思，這麼輕易就被看穿嗎？故作的灑脫，難道不正是想激江城正視對她的感情，做出決定？當年，若不是江城，她絕對無法放開緊緊拉住父母的手，放手，從來就不是件容易的事……

慶功晚宴在江城的房子裡舉行，這並不是鍾愛珍的主意，她訂的是木之藝廊對面的酒吧包廂，人潮散去後，關楊想上山看看江城的工作室，這個提議獲得馬文和其他人的大力贊成，孤僻的江城，竟出乎意料地沒反對，於是一行人好幾台車，就這麼浩浩蕩蕩往江城那幽僻的住所前去。

「能去參觀Eshiro的工作室，真是沒白來一趟。」坐在汽車後座，緊緊靠著馬文，她聽見馬文這麼說。

她皺起眉頭，沉思江城打的什麼主意，這段時間他不准人上山找他，連她和經生都不能上去，他竟能那麼大方，對這些觀光客大開家門？

前座的狄恩回過頭來，曖昧地說：「Eshiro連沙奇都不屑一顧，我們有這個好機會，看來愛珍在他身上下了不少功夫。」

馬文銳利的眼神射向她，「是嗎？」

她想起離開北京前，他們最後一次的談話，馬文一方面要她引誘江城，一方面又對她表現出異常的情感。

我要妳，愛珍。

她胸中悶著一口氣，馬文驟生的占有欲讓她不悅，看來，今晚的展覽讓情況有所改變，她本來打算展覽後離開山城，到北京開始著手馬文的「林區藝術」計畫，但是趙君儀當眾承諾遵守趙波的遺言，將那二十一幅裸女畫送給鍾家，改變了一切。

晚會中場，關楊私底下找她商量另一個可能性。

「我聽說江城可能離開趙家，這麼一來，趙波基金會就得另外找人負責，只要妳願意，我可以跟趙家推薦妳，畢竟妳現在也算四分之一的趙家人了。」

她訝異地看著心思敏捷的關楊，她沒想過這個可能性，這段談話發生於和經生聊天前，那之前她只單純想讓江城主導的基金會繼續管理裸女系列，或許爲了市場考量，終究必須讓幾幅裸女畫流入市場，這麼一來才能確立該系列的行情，但不能超過半數，關於這部分的市場操作，也只有和收藏家關係良好的江城能處理。

關楊亮出最有說服力的理由：「我和其他朋友都認爲，憑鍾小姐的能力，其實不需要替外國人抬轎。妳離開北京以後，藝術家的圈子有些關於妳的流言，但大多數都是正面的，有了藝術家和收藏家方面的資源，加上趙波基金會負責人的頭銜，只要妳願意，隨時可以自立品牌，我們絕對支持到底。」

問題是，這麼一來，她勢必會得罪馬文，當今世上最具分量的收藏家。

「愛珍？」眾人下車後，馬文拉住她，低聲問：「妳怎麼了？」

她聳聳肩，「沒什麼。」

馬文瞇起眼睛，「從我抵達後，妳就表現得很冷淡，這是怎麼回事？」

派郭茜茜去接機，對馬文林區來說確實是很大的冒犯，他是爲了鍾愛珍才來山城這個小地方的，甚至帶來巴黎藝術圈舉足輕重的畫商，狄恩和瑪歌夫人，她當眾給他來這麼一手，簡直是不識抬舉，但他卻只是優雅地接受她那個「這是我父親的展覽，我抽不開身」的理由。

從北京到山城，馬文對她所表現出來的容忍和耐性，已經超出他對任何人的容忍程度。

「妳不高興我來？」他問。

這個問題，從一向高高在上的馬文嘴裡問出來，真有說不出的違和感。

她搖搖頭，刻意不看他，其他人已經跟著趙君儀的腳步進入江城屋裡，樹影籠罩著他們所處的隱密角落，身邊總是圍繞著奉承人群的馬文，難得有機會跟她單獨相處，她知道這次逃不掉了，再無法隨便敷衍他。

「當然……不是。」

他面帶笑意地偏頭問：「那是不高興我買下現場大部分的畫？」

馬文帶頭訂下鍾振興的畫，這件事情恐怕會是明天藝術新聞的頭條，連關楊也訂了幾幅，郭茜以紫籐名義搶下剩下的畫，不需要熟知市場的人都知道，本來沒沒無名的鍾振興，已然成爲最新崛起的明星畫家。

「早知道馬文要來，當初的訂價就應該翻倍，不，應該翻十倍！」在會場她懊惱地對小靜埋怨。此刻面對這個推動她父親進入一流藝術市場的恩人，她再也擺不出冷臉，真誠地說：「謝謝你，馬文。」

他俏皮地眨眨眼，「妳是該謝我，買十萬美金以下的畫，有損我的身價。」

那引來她的脾氣，「你不會拿來當紀念品送客戶吧？」

他將她的長髮束攏到腦後，以便清楚地看清她的容顏。

「親愛的，那是妳父親，妳以爲我會這麼沒有分寸？」

「分寸？」她從牙齒裡擠出話來：「我打賭你連他的名字都沒記住。」

他聳肩道：「重要的是那是妳父親。」鎖住她的眼神，他接著說：「再說，那確實是好畫，引人入勝的好畫。」

她冷硬的心突然間被他話裡的誠摯之意化開，或許是因爲討論的對象是她的父親，她首次不去計算和這個男人之間的利害關係，只是相信他。

「真的？」

他點點她的鼻尖，「當然是真的。」

他摟著她的肩膀走進屋裡，這次，她沒有抗拒，暗自下定決心，她不能背叛馬文。

一進屋，江城銳利的目光立刻向她掃射而來。

其他人正對著窗台前的瑜珈銅雕熱烈討論著，在沙奇美術館只看到三尊，現在全系列都出現在眼前，這票畫商和收藏家很難不動心。

但江城卻不理會來客熱情地遊說出售，只定定看著她。

她不動聲色地擺脫馬文的手，轉移他的注意力，「對了，你應該看看Eshiro這些作品。」她保持輕快的語氣，內心抗拒著不回應江城的凝視。

而這成了她今晚最大的挑戰，當他們移往江城的工作室時，那簡直變成折磨，她幾乎可以感覺到江城眼裡噴出的火焰。

工作檯上的十二尊蠟雕模型展示在眾人面前時，她愣住了。

「這就是Eshiro最新的作品呀？」

「好細緻的雕像。」

「這女人……很像……」所有人的目光齊聚到她身上。

而她還是呆呆愣愣地看著那十二尊靈動纖細的雕塑模型，或立或蹲，動作姿態輕巧而優美，閉關這段時間，她見不到江城，然而江城卻時時刻刻和她在一起，她的形象。

江城使用的銅雕工法是最古老的失蠟工藝，有別於大量工業生產所使用的模具鍛造，極其細緻的鍛造砂能附著在蠟雕上最細微的地方，表現出最精緻的細節，眼前的半成品，雖然還沒進行鎔鑄的工序，但已經可以看出這個系列比瑜珈更生動表現出人物的細微表情和動作。

她凝神注視工作檯上一系列的蠟雕，從第一次在野口壽司見面，第一天上山汲水洗腳，吊椅上的小歇，仰著充滿慾望的臉祈求，蜷曲著身體靠著父親傾訴，面對受傷野狗時的倉皇……那些都是她，但卻不是她所以為的自己，不知是出於江城眼裡，抑或實際上的她就是如此。

她轉向江城，他好整以暇地迎接她的注視，她終於明白江城同意開放工作室的原因。他知道展覽後，愛珍終會離開山城，而在她離開前，他希望她能見到這些未完成的作品。

在江城眼裡，她是這樣的嗎？

那些一閃而逝的情緒和動作，全被捕捉下來，固定下來，成為一個有靜有動，片刻即永恆的存在。

沒有妳我該怎麼辦？

那晚他問她這個問題，她以為那是問沒有她，他要如何完成這次的作品。

現在她才知道，江城的問題不是為了作品，而是為了他自己，她終將會離去，她必須離去，但他希望她知道，他會在這裡，守著她的形象，想念著她。

她瘖啞地開口：「你打算取什麼名字？」

江城回答：「珍愛。」

「那不是愛珍的名字倒過來嗎？」懂中文的關楊說出來，並且向其他人解釋。

靜靜佇立在工作檯前的馬文，若有所思地看著那一系列的雕像。

從江城家出來，她交代司機載客人到訂好的Lounge包廂，臨上車前，江城旁若無人地拉住鍾愛珍的手，「今天晚上，妳不是更該去個地方嗎？」

她像被催眠般點點頭，聽不到也看不見其他人的反應，就像被他從沙奇美術館帶走的那晚，順從地讓他牽著手，上了他那輛老舊的喜美轎車。

坐在父親床邊，愛珍靠近他耳邊，「爸，你紅了，現在沒有人會說你模仿趙波了，畫賣了七成，當然最好的我都留下來了。」

她輕輕順著他的頭髮，手指描著他平靜安詳的眼皮，鍾振興的睡容裡彷彿帶著一絲恬適，和一絲滿足。

江城站在她旁邊，將她的頭輕輕靠向腰側。

「那是個很成功的畫展，紫荊市有史以來最轟動的畫展。」他對著床上冥思中的男人補充道。

她低啞的聲音帶著不易察覺的哭音：「但是我還是得走，爸，請你原諒我，我必須去北京，我給了人承諾，不能不去。」

室內一片寂靜。

她繼續說：「雖然想留在你身邊，但是我還有很多想做的事情，留下來，我能做的事情有限，你能體諒我吧？」

「妳還是會回來的。」

聽著江城的聲音，她視線不移地看著父親，「我是從山城來的孩子，到哪裡都是，離開或留下來，這點永遠改變不了。」

「經生應該跟妳提了，趙波的市場，接下來得由妳接管。」

「不管我在哪裡，趙波的市場我都會顧好，但是，我還有其他理想，不能不完成。」

「那些理想裡，包含馬文林區吧？」

她抬頭看入他炯炯逼迫的眼神，「或許有，或許沒有，那取決於你。」

「我說過，想要我，你就得自己朝我走來。」她平靜地說：「但是你記住，我不會留在原地等你，我還是我，什麼情況對我最有利，我就會朝那個情況靠過去。」

「妳所謂的理想，就是對妳最有利的情況嗎？」

「不，是我覺得最舒服的狀態。」

他沉默，按著她肩膀的手加重力道，「妳希望我怎麼做？」

她嘴角露出一個感傷的笑容，「我希望有一天，你會明白該怎麼做，才能讓你也找到回家的路，回到你真正歸屬的地方。」她停頓一下才把話說完：「也希望到那時候，你知道在哪裡可以找到我。」

沉浸在各自思緒和煩惱裡的兩人，沒注意到床上的人悄悄地嘆了口氣。

鍾振興想爲女兒的灑脫喝采，但也爲她擔心，從小到大，不妥協的個性似乎沒有被歲月和經歷給磨平，不甘示弱的驕傲性格還是一樣，她這麼做，自以爲在幫助江城，但也過於天真，這是個像山一樣的男人吶，怎麼可能隨著山蝶的腳步而去？

江城氣質裡的出塵淡定，擁有一個藝術家應該具備的溫柔包容胸襟，山城的山水和人文有幸吸引他短暫駐足，那是因爲，他是個和山城一樣的男人，正因爲他的包容，老鷹得以在他身上找到棲息的孤枝，蝴蝶能沾嘗春露在其中嬉遊，唯有如如不動的姿態，才能穿透最倔強的心性，呵護內在的柔軟，爲這執著於真和美的靈魂，提供一個安身之地。

山蝶既然逃不出這座山，自然就沒有誰該向誰走去的問題。

這點，他們遲早會懂得的，必然，要懂得的。

終章　西之木

穿著灰色飄逸的純棉衫褲男人經過她桌旁時，不經意勾落桌上的書。

「抱歉，讓我來吧。」他制止她的動作，彎腰撿拾掉落的東西。

她留意到男人和自己年紀相符，眉宇間有股英氣，也有看透世情的淡然，聲音不高不沉，平穩中和讓人感到很舒服。

「謝謝。」李書平向他點點頭。

「《奧之細道》……」男人卻不急著還書，細細看著書封，「我們這兒的說法不同，叫《奧州小路》，妳的書名譯得雅些。」

李書平不習慣和陌生人對談，蹙著眉不回答。

那人將書放下，感興趣地看著她，「抱歉使妳不自在了。等人是嗎？」

她沉著聲音回答：「是，等我女兒。」

他英眉一挺，「妳女兒？她放下妳去參觀七九八園區嗎？」

「不，她在這兒工作。」

服務生走了上來，喚他一聲「古先生」，在他耳邊說了幾句話，看起來應該是熟客，或是店主之類的人物，李書平暗想。

聽完對方欲傳達的內容後，他偏過頭來對李書平笑笑，「我有事兒得處理，淸朋，妳給這位女士沏壺我昨兒帶回來的金駿眉，不要算在帳上。」

「那怎麼好意思？」李書平連忙說。

他的笑容裡有著不容拒絕的霸氣，「這間小店是我的，能招待喜歡的客人，是我的榮幸。那麼，我就不打擾妳了。」

李書平怔怔地看著他遠去的背影。

「媽，妳看我帶誰來了。」女兒突然冒出的聲音將她拉回現實。

她回過頭來往下看著窗外的女兒，和她身邊的男人。

趙經生溫和帶點害羞的笑容，期待地看著她。

女兒要她在這個茶館裡等候，說要去接個人，原來是指經生。

他們進入茶館，來到她這個憑窗的位子。

看著他單薄的衣服，她不悅地說：「不曉得北京二月天的氣溫嗎？穿這樣怎麼夠呢？」

趙經生只是痴痴地看著她，任她責備。

鍾愛珍脫下長大衣，喚來服務生吊掛起來，正好服務生送上講究的紫砂壺，邊放下茶具邊說：「這是古先生招待的茶，請品嘗。」

鍾愛珍揚起一邊眉毛，「古先生？」轉向母親，「妳見到古一夫啦？」

趙經生坐進李書平對面的位子，問道：「古一夫？」

「很有名的書法家，也是個重量級的收藏家，這間茶館是他開的，不過平常很少在這裡見到他。」

原來那個男人是個藝術家，難怪氣質與一般人不同，她看著女兒，才來北京不到一年，對這裡已經這麼熟悉，她來訪的這幾個禮拜，有時跟著愛珍的工作到處見人看展，不論走到哪裡，人人對她都是既忌憚又尊敬，跟著她，李書平都不自覺神氣起來。

「你怎麼來了？」北京的天氣實在太寒冷了，她再度擔心起經生。

趙經生低聲回答：「江城的展覽今晚開幕，他要我代替他來參加。」

「是嗎？他怎麼不自己來？」她偷覷了眼女兒的臉色，察覺到一絲悶悶不樂。

她現在比較知道怎麼看透心性高傲的女兒真實的想法，事實上，講到江城，愛珍總是不悅的，只是一般人看不太出來，不想江城，她不會成天看著掛在房裡那幅石頭畫出神。

「半年前從歐洲回來以後，江城回京都參加父親的忌日，那之後我就沒再見過他，本來以為他決定留在家鄉，又聽說他去了趟麗江，雲遊四海的，我的腦子都跟不上他的腳步了。」

「他不回山城了？」見女兒悶頭不語，李書平代她問道。

「他還是木之藝廊的掛名經理，蘭潭的房子也幫他留著，他遲早會回來的。」

「回去……他的家，應該是京都，不是山城吧？」

鍾愛珍忍不住插嘴：「你們就沒別的事情好談嗎？」

李書平和趙經生交換一個心照不宣的眼神，不約而同輕笑出聲。

大紅袍的清香和氤氳上升的白煙，爲這個乾燥冬末的午后添上一絲暖意。

「你怎麼放得下診所？」她問。

鍾愛珍在一旁翻了翻白眼，「媽，經生會安排自己的工作和生活，他又不是孩子。」

趙經生感傷地笑笑，「在老師面前，我總是被看成孩子。」

李書平抿著嘴不說話，愛珍轉向經生，埋怨道：「不只是你，我也是，她一來就嫌我浪費，一個人住一百平方米的屋子，也嫌我吃飯不正常，但是你看看她自己，這段時間瘦了多少，本來就不是多強壯的人，還有啊，她有高血壓的毛病，但卻不正常吃藥，這次來連藥都沒帶上！」

「那怎麼行？」趙經生喊了出來：「我讓診所護士幫妳寄藥過來？」

「不必……」她的話被女兒截斷。

「好啊，省得我一邊得工作，一邊還得擔心她！」鍾愛珍突然露出一個笑容，跟母親使著眼色，「媽，經生回程的日期跟妳同一天，同班飛機，你們這兩個禮拜可以結伴到處走走，汽車和司機我都幫你們安排好了，明天載你們倆去頤和園，聽說昆明湖結冰了，你們可以在冰上走走，挺好玩的。」

「經生來北京應該有事情要辦吧？」她僵硬地回問。

趙經生也不太自然，但還是鼓起勇氣說：「沒什麼事情，主要是來放鬆，看看愛珍的，收到藥之前，還是讓我這個醫生陪著妳吧，免得出了什麼狀況。」

她發現自己被這兩個人給設計了。

「這……不好吧，有假你怎麼不去美國看看淨雪和孩子們？」

鍾愛珍又翻了個大白眼。

「我和淨雪最好還是別見面，省得老在孩子面前吵架。」

「你這樣，怎麼可以呢？」

「怎麼不可以？」他反問。

鍾愛珍插嘴：「是啊，怎麼不可以？林淨雪寧可拖著不離婚，她在那裡早就有別人了，孩子們喊他叔叔，實際上把他當父親看待，憑什麼經生就不能隨心所欲，讓自己開心點？」

她愣愣地看著經生，他眼裡還是帶著那抹揮之不去的感傷，她記憶中，這個大男孩從來沒有開朗地笑過，憂鬱敏感一直是她對他的印象，也因此只要想起他，她心裡總會隱隱作痛。

「老師，我……考過國考了。」

李書平從考卷裡抬起頭，看著這個變得高大健壯的學生，她突然不太適應褪去男孩的羞澀，換上男人的自信和成熟的他。

「恭喜你了，經生。」

國文科辦公室裡射進黃昏的光影，暑假期間來課輔的老師不多，學生都走了還留在辦公室裡的老師只剩下她，她正等著這個畢業多年的學生回來看她，自從他寄來卡片，要求在這一天見她，從那時起，她就期待著，並且知道他會挑沒人的時候前來。

這年趙經生二十四歲，李書平三十八歲。

他是意氣風發的實習醫生，而她這個老師，外表上不比學生年長多少，纖細的身材和細緻的容貌，在他身邊竟有點小鳥依人的感覺。

身爲一個傳統家庭的長媳，工作之餘她得承受公婆的臉色，丈夫難懂的心思和三個孩子的淘氣不受教，讓還年輕的她，很早就失去了青春氣息。

但在這個學生若有他意的凝視下，她感覺重拾年輕心靈的悸動。

「我告訴我自己，一旦考過了，第一個就要告訴老師。」年輕的經生這麼訴說：「不敢直接打電話，所以寄了卡片。」

「卡片很美，我很喜歡。」

「那是我爺爺的畫，裸女系列，市面上看不到的。」

她曾經盯著那張昏暗光芒裡，憑窗偏頭的裸女背影發呆，學生寄了這樣一張卡片到學校來，她收也不是，丟也不是，藏在抽屜裡，偶爾打開看到，往往出了神，猜想畫裡的女子想些什麼呢？那雙看著她的藝術家眼睛，又從她的沉靜不語裡看見什麼？

「多可惜，那畫很美。」她輕嘆。

「有一天，我希望能送妳那幅畫。」

她抬起頭，看著經生熾烈灼熱的眼神，「經生，我怎麼受得起這樣的禮物？」

「我願意給妳更貴重的禮物，所有老師想要的東西，我都會拚了命去拿來。」

她咬著嘴脣，不敢多說一個字。

「這是我的心意，只是希望老師知道。」

她搖頭，視線回到考卷上，學生默書的〈登樓賦〉：情眷眷而懷歸兮，孰憂思之可任？

字句在眼前跳躍，她屏住呼吸不敢發出一點聲響。

他繼續說：「也希望老師知道……我不再是妳眼裡那個體弱的孩子，而是有能力保護妳的男人。」

「經生！」她喝道：「你跟老師說這些做什麼？」

從那時起，他眼裡就攏上那抹永恆不去的感傷，一直到二十年後的今天，在北京這個山城人受不了的寒冷地方，他仍舊毫無抵抗力地任她責備和傷害。

「你……」她看著眼前的男人，「該想個方法讓自己開心點。」

「只要妳開心，我就會開心。」他無畏地回視。

而她，竟然在自己女兒面前臉紅了起來。

鍾愛珍替他們決定：「那就這麼說定了，這兩個禮拜經生得陪著妳，幫我注意一下妳的高血壓老毛病。」

趙經生笑笑說：「愛珍也一起走走吧，看看妳才來多久，LC藝廊在北京、上海、香港都開了多少間店了，老是跑來跑去參展找畫的，妳恐怕也沒有好好享受過這邊的生活吧？」

鍾愛珍揚起一個燦爛的笑容回答：「我對觀光沒興趣，上個禮拜陪我媽在北京城裡到處走走，悶得我都快瘋了！」

「妳陪我？」李書平駁斥道：「是我陪妳吧？去找人，去逛街購物，這些可都不是我要求的。」

「逛街購物啊，我猜愛珍是用這招來逼妳收下她想送妳的禮物。」

鍾愛珍得意地揚起下巴，「妳瞧，連經生都猜到了，就只有妳不知道。」

李書平想起女兒硬幫她買的一大箱衣物和飾品，她哪裡不知道女兒的心意？天天帶她去給人按摩做臉修指甲的，其實自己老躲在一旁講電話，事情明明多的處理不完，卻花大半時間陪她到處參觀，嘴上說是要到那一區辦事情，其實辦事只用十來分鐘，卻花了一整天參觀附近的商店景點。

她露出淡淡的笑容，那笑容撐平了嘴角的皺紋，年歲的滄桑被餘韻猶存的美麗給取代，她看起來像是國畫裡走出來的古典美女，身上穿著女兒幫她張羅的時髦衣裳，本來沉靜的氣質轉為脫俗亮眼，難怪吸引了古一夫的注意。

趙經生發現，只要愛珍在身邊，李書平臉上最常露出的表情，就是這個拗不過女兒的寵溺笑容，愛珍用她的方式，讓李書平接受她平常不能接受的東西，由內而外地改變了她，他甚至感覺面前的李書平是個全新的女人，終於有了女性魅力的自覺，聽到未知的東西，眼神閃閃發亮，躍躍欲試的模樣也讓他感到很新奇。

這對母女，明明是相像的兩人，卻也因為如此，白白錯失了許多親近的機會，還好，現在還不算太遲。

人儘管不能隨心所欲過活，但是，有時只需要轉換個心境，就能欣賞到平常看不到的風景。

他暗自下定決心，這兩個禮拜，他會找機會跟她聊聊這些雜七雜八的想法，他相信，現在的書平一定能夠了解。

關楊站在汎亞美術館入口迎接他們。

「馬文不能來實在很可惜，他一定會喜歡江城的『珍愛』系列。」

鍾愛珍笑說：「那傢伙有比看展覽更要緊的事情處理，小孩都要出生了，總得給媽媽一個名分吧？」

「看來傳聞是真的嘍？」

看趙經生和李書平一臉不解，關楊解釋：「馬文和夏安妮那個女明星的緋聞呀，聽說是剛創LC藝廊初期，常來中國那一段時間搭上的。」

趙經生臉上露出恍然大悟的表情，記起診所護士聊起過這個緋聞。

「很多人因爲這件事情爲愛珍抱不平呢，大家還以爲馬文的第五任妻子會是愛珍。」

鍾愛珍不屑地冷哼一聲，「他四個前妻都沒撐過兩年，我跟著湊什麼熱鬧？」

「真讓我說啊，馬文是因爲得不到愛珍，失意加上心情低落，夏安妮才有機可趁。」關楊大膽說出假設，馬文林區和鍾愛珍這對合夥人的關係，在藝術圈裡永遠是最熱門的討論話題，真真假假讓人看不清楚，唯一可以確定的是鍾愛珍在馬文心裡的地位崇高，不然，他也不會接受將「林區藝術」

改爲「LC藝術」，用兩人姓氏的首字母創出這個品牌，對外介紹愛珍爲合夥人，而非他的雇員。

當然馬文林區是個精明的商人，他那麼做也可能只是爲了留住人才，畢竟身爲趙波孫女，又擔任趙波基金會的執行長，鍾愛珍在亞洲藝術圈的地位和名聲比馬文林區更響亮，從藝術家的角度，能和一個本身也在創作，身體裡流著趙波血液的畫商簽約合作，不只是出於仰慕和信任，更是榮幸。

對收藏家來說，還有比發現達文西的鍾愛珍所推薦的作品更值得信賴的嗎？

更別說，鍾愛珍揚言要出售十幅趙波的裸女圖，但是她對買家挑剔得很，一年裡只賣給關楊和他的朋友三幅，全是江城在手冊裡記載過的收藏家，其他人用盡心機巴結，她甩都不甩。

鍾愛珍這尾黑鮪魚，即使在中國這個廣大、潛力無窮的市場裡，都捲起不小的浪濤，難怪短短幾個月裡，LC的知名度就能超越經營中國市場多年的香格里拉和歌劇院藝廊集團，展覽也比尤倫斯和沙奇美術館豐富多元，最大的奇蹟是以短短的成立歷史，成功申請到世界上最富盛名的藝術盛會，瑞士巴塞爾藝博會的展場攤位，LC藝術放出風聲，將大手筆地帶二十位亞洲新興藝術家前去參展，被挑上的藝術家，包括光樂、陳可、范梅和小小等，莫不火力全開創作中。一年前江城在電話裡跟他說愛珍可能是趙波孫女時，關楊就知道，鍾愛珍絕對不會讓她祖父失望，趙波的藝術精神，會透過這個孫女繼續延續下去。

「我怎麼不知道你最近變得這麼八卦？」鍾愛珍不客氣地瞪他一眼，她和關楊在這一年裡培養出亦師亦友的關係，旁人也習慣她沒大沒小的態度，完全沒有一般人對汎亞集團總裁的畢恭畢敬。

趙經生笑說：「這我可以替關先生回答，牽扯到妳這條黑鮪魚的八卦，沒有人抗拒得了，想當初我和江城在野口那，聊妳可聊得愉快了。」

「呵呵，連江城也淪陷了，我又怎麼能抗拒？」關楊刻意略過愛珍聽到江城名字時的不悅，繼續說：「多虧妳的聯絡牽線，這批『珍愛』都到歐洲巡迴展展過一圈了，但是妳恐怕還沒見過原作吧？」

四人越過川流不息的賓客，往展覽間走去。

「我最喜歡的，是那尊『西之木』，跟江城討了好多次，他就是不肯割愛。」關楊的視線落在展覽室的正中央。

鍾愛珍順著他的視線，看向他所指的那尊雕像。

她的呼吸幾乎靜止，怔怔地立在原處，無法動彈。

那是發現Motoko那天，和江城渡過的夜裡，她為他擺的姿勢，挺著胸雙手撐在身後，柔軟的布料圍在腰間，宛若蓮花座拱著線條俐落的身軀，雕像表現的女子抬起下巴，微微偏頭，眼瞼輕闔，鍾愛珍從來沒在任何雕塑品上看到如此安詳的表情，也從來不知道，她的臉上曾經流露出相同的表情。

藝術心靈以如如不動的凝視，面對變動不休的世界，那充滿溫柔和包容心情，寬廣的胸懷，讓人幾乎可以觸摸到……

「那是銅雕？」她聽見母親訝異地問。

「看起來像木雕，不是嗎？江城在畫冊裡解釋過鏽蝕加上拋光的獨特手法，看樣子，不只是雕塑，他在色彩的掌握上也更進了一步。」趙經生解釋道。

「那是尊會讓人出了神的作品。」關楊語帶感情地說：「在堅強的外表下，卻有著能感動人心的柔軟。」他給愛珍的笑容裡帶著若有深意的了然。

「定神看著西之木，能感受到女性身體裡所共有的軟性力量，讓人生嚮往的力量，那感染人心的力道，我認爲超越了趙波的裸女。」

聽著關楊的讚嘆，她的腳步像有自己主張般走向那尊雕像，脫離陪伴著她的親友。

注視著安詳閉眼的女子，嘴角默默含笑，她記起去年在江城工作室裡看到的那尊雕像，也帶著相同的表情，但化爲木頭色彩的銅雕成品，比半成品多了點什麼，軟性力量，關楊是這麼說的，但她覺得除此之外還有點什麼，說不出的，在她面前，不禁想要放下武裝，全盤交託的吸引力。

那不是她，不是鍾愛珍，而是江城理想中的境界，在流動紛擾的世界裡，一個沉靜圓寂的境界，那是，他幫她找到連她自己都不知道存在的平衡。

回到山城尋畫的過程裡，偶爾在電光火石的剎那碰觸到那個平衡，但那只是稍縱即逝的片刻，她不知道該怎麼讓它延續下去，內心不時處於喧囂不止的狀態，曾經，她用唯一知道的方法，以行動和反擊製造更大的噪音，把喧囂硬蓋過去。江城透過這尊西之木，告訴她，平衡就位於她裡面，只有閉上眼靜下心褪去身上所有束縛，才能感受到。

雕像底下附上一張說明牌，她彎下腰瞇眼想看清楚，牌上標示著一串讓人不解的日文：

梅が香を　今朝は借すらん　軒の栗

她抬起頭，想找個人翻譯，就在轉身那一刻，她掉進他等待中的凝視，和初見時相同的，深不見底的凝視。

趙經生和關楊騙了她。

江城，本來就打算出席的，但不是爲了展覽，他這次來，又是爲了將她帶走。

「那是什麼意思?」

他看著她，淡淡揚起嘴角，「要我翻譯可以，但是有個條件。」

「又要我脫衣服?」

「沒錯，不過這次，不以次數來計算。」

她皺起眉頭，九個月不見，他玄虛的講話方式還是不變，而她，不管在其他人面前多麼強勢，遇上他，仍舊只能任他牽著鼻子走。

「那要怎麼算?」

「以年計算。」

「以一個藝術家來說，你可是一點都不讓自己吃虧。」

「以一個畫商來說，妳實在太令人牽掛。」

「既然如此你又不自己向我走來?」她的語氣裡充滿怨懟。

「我是山，妳是蝶，枯寂的山怎麼追得上輕快的蝶？」

她還是不肯輕易原諒他，「你這座山裡，花蝴蝶太多了，恐怕得等那些蝴蝶都走光了，你才知道該追求的是哪隻吧？」

他搖頭，「不，我一直知道要追求的是哪隻，只是必須等她願意棲息在山裡，而在那之前，我寧可她自由自在地在她想要的天地裡飛翔。」

「你就不怕她飛向其他座山？」

他上前一步，站在她面前，定定地說：「不會的。」

她昂起頭倔強地回瞪他，「你怎麼知道？」

他抬起手，溫習著他眷戀想念許久的肩頸線條，心痛，不足以形容等候她的心情，那是在沙漠裡看著遠處的綠洲前進，忍著饑渴的煎熬心情。

「因爲，我這座山很大，山蝶總是在裡頭。」

「江城……」她投降，淚水湧了上來，嘴上仍舊不甘心：「明明就是我等你。」

他輕觸她的眼角，接住那滴剔透珍貴的液體，瘖啞地說：「那很重要嗎？我不是來見妳了？」

她搖頭，「那都不重要了……」

躺在房裡，素子聽著門外傳來的聲音。

「趙兄大老遠跑這麼一趟，怎麼好意思呢？」

她聽著那個思念的聲音，淡然回應：「素子和孩子還平安？」

「平安，都強健安好。」

「那麼，恭喜你了。」

素子咬住被單，忍住衝口而出的啜泣。

你為什麼來？為什麼要來折磨我，也折磨你自己？

振興彷彿感受到母親心情的騷動，揮擺著手腳，從沉睡裡醒來。

嬰孩嚎啕大哭的聲音讓外頭的對談沉默了一會。

她輕拍著這個珍貴的孩子，斷了線的淚水，答答地落在他童稚的臉上。

「那麼，我走了。」

「趙兄，怎麼不留下吃飯，素子見到這幅畫會很高興的。」

「那是，我們相約開始的習作，就當成給你繼續描摹的範本吧。」

「雖然是我拜託趙兄以素子為對象，好趁機跟你學習人像畫，但是，我沒有趙兄的才情，恐怕永遠畫不出這等美作。」

「那麼你就看著素子，看著她，就是一幅畫。」

她再也忍不住，啜泣聲溢出口，孩子的哭喊同時間蓋過她的聲音，孩子的拉扯，直接地拉扯著她的心，她以前怎麼不知道，這世間有這樣痛徹心扉的苦，有誰能承受得了？

她放掉孩子，不理會身上產後的痛楚，急急下床，走到門邊，聽到他最後一句話。

「我得走了，家裡還有人等著吃飯。」

那句話潰散了她的決心，身體沿著門框下滑，蹲坐在地上。

你家裡有人等你，而我，在另一個地方等你，永遠，永遠。

她用力摀住嘴，無聲地哭喊，聆聽著他猶豫的腳步聲，終於遠去……

梅花清香　今朝可借用否　簷前栗樹

江城決定找個時間，把這個句子翻譯給愛珍聽，他要跟她解釋：本田師傅希望他修習的課業裡，從來沒明示，到底人該走向西之木，抑或西之木終會走向人，然而，創作珍愛的過程裡，他逐步領悟，西之木根本不在遠方，而在出發時那個飄著梅花香氣的庭院裡，僧人出發前順手摘下栗樹的樹枝爲杖上路去，栗木，就是西之木，縱使行腳天涯，西之木，片刻不曾遠離本心，緣此之故，從那裡出發的人們，終究會循著對美好與自在的記憶和渴望，回到那裡去。

Motoko之於趙波，愛珍之於江城，就是他們的回歸之境。

而旅途裡走過的岔路，都成爲一幅幅豐富心靈的美麗作品。

全文完

註 一：西之木雕像俳句典故，出自俳聖松尾芭蕉行經須賀川與友人在栗樹下吟詩：「栗字書以西之木，蓋與西方淨土有緣，行基菩薩一生之杖與柱，皆用此木云。人間冷漠，誰管花開花謝，簷前栗樹。」芭蕉旅伴等躬側記該次詩會，附記裡所作之俳：「梅が香を　今朝は借すらん　軒の栗」，譯文取自鄭清茂譯注的《奥之細道》，聯經版本（2011年）。除此之外的俳句，包含標題，皆爲作者自由創作。

註 二：文中提及的藝術家、畫商、以及機構名稱，大多數爲虛構，偶涉及影射，單純出於劇情需要的想像，無任何批評用意。文中提及的藝術家，若干爲了行文需要，而創出全新譯名，此部分統一在章末說明，譯名已普及的藝術家，如安迪渥荷、畢卡索等，則不另做說明。

國家圖書館出版品預行編目資料

山城畫蹤 / 喬一樵作 . -- 初版 . -- 臺北市 :
POPO 出版 : 家庭傳媒城邦分公司發行, 民 111.02
面; 公分 . -- (The One ; 2)
ISBN 978-986-06540-7-3(平裝)

863.57 111000151

The One 02

山城畫蹤

作　　者／喬一樵
企畫選書／簡尤莉
責任編輯／簡尤莉、吳思佳
總 編 輯／劉皇佑
行銷業務／林政杰
版　　權／李婷雯

總 經 理／伍文翠
發 行 人／何飛鵬
法律顧問／元禾法律事務所　王子文律師
出　　版／城邦原創 POPO 出版　城邦原創股份有限公司
台北市中山區民生東路二段 141 號 6 樓
電話：(02) 2509-5506　傳真：(02) 2500-1933
POPO 原創市集網址：www.popo.tw　POPO 出版網址：publish.popo.tw
電子郵件信箱：pod_service@popo.tw
發　　行／英屬蓋曼群島商家庭傳媒股份有限公司城邦分公司
聯絡地址：台北市中山區民生東路二段 141 號 11 樓
書虫客服服務專線：(02) 25007718・(02) 25007719
24 小時傳真服務：(02) 25001990・(02) 25001991
服務時間：週一至週五 09:30-12:00・13:30-17:00
郵撥帳號：19863813　戶名：書虫股份有限公司
讀者服務信箱 email：service@readingclub.com.tw
城邦讀書花園網址：www.cite.com.tw
香港發行所／城邦（香港）出版集團有限公司
地址：香港灣仔駱克道 193 號東超商業中心 1 樓
email：hkcite@biznetvigator.com
電話：(852) 25086231　傳真：(852) 25789337
馬新發行所／城邦（馬新）出版集團 Cité(M)Sdn. Bhd.
41, Jalan Radin Anum, Bandar Baru Sri Petaling,
57000 Kuala Lumpur, Malaysia.
電話：(603) 90578822　傳真：(603) 90576622
email：cite@cite.com.my

封面設計／ Gincy
印　　刷／漾格科技股份有限公司
經 銷 商／聯合發行股份有限公司
電話：(02) 2917-8022　傳真：(02) 2911-0053

□ 2022 年 (民 111) 2 月初版　Printed in Taiwan.

定價／ 360 元

 ISBN 978-986-06540-7-3